KB118924

파묻힌
도시의
연인

파묻힌
도시의
연인

한지수 장편소설

네오
픽션

차례

1. 미스터리 빌라(Villa dei Misteri)

I

헤르쿨라네움 문을 나와 묘지 길로 5백 미터쯤 올라가면, 미스터리한 빌라가 한 채 있다. 아름다운 금발의 사체가 발견된 장소는 그 빌라를 기점으로 외과의사 집과 삼각 꼴을 이루는 지점이었다.

사체는 갈리아(프랑스)에서 온 금발의 창녀였는데, 얼굴에 찍힌 가짜 점 때문에 그녀의 이름이 쿠쿨라로 밝혀지기까지 다소 시간이 걸렸다. 폼페이 창녀 중 삼분의 일이 금발에 가짜 점을 찍었고, 그 점의 위치를 바꿀 때마다 전혀 다른 얼굴이 되어버렸기 때문이다.

죽은 쿠쿨라는 루파나레(유명한 창녀촌)에서도 가장 잘나가는 고급 창부였다. 그녀가 가슴에 두르고 있던 가죽띠 안에서 가느다란 향수병이 나왔다. 양쪽 팔에는 용수철처럼 둥글게 똬리를 튼 뱀 모양의 금팔찌가 채워져 있었는데, 뱀의 눈에는 커다랗고 붉은 루비가 박혀 있었다. 사체가 발견된 시간에는 보슬비가 내렸고, 사체 주변에 무수한 개의 발자국들이 찍혀 있었다. 단서는 그것뿐이었다. 수상한 게 있다면, 죽은 상태에서도 전혀 아름다움을 잃지 않은 쿠쿨라의 미모와, 사체 발견 장소가 묘지와 빌라에 근접해 있다는 사실이었다.

시 의회는 긴급회의를 열었다. 폼페이 시장인 폴리비우스는 머리를 싸매고 생각에 잠겼다. 사건 현장과 제일 가까운 미스터리 빌라가 집정관*인 움브리키우스의 집이기 때문인데, 7월에 선거를 앞둔 상황이라 자칫하면 정치적 음모로 오해받을 수도 있었다. 게다가 폴리비우스 자신은 또 다른 집정관인 스카우루스와 결탁한 사이였기 때문에 이번 사건이 여간 껄끄러운 게 아니었다.

폴리비우스는 젊고 말재간이 좋은 행정관 포이부스를 현장으로 파견하면서 병사 두 명과 개 두 마리를 같이 보내주었다. 행정관은 그 당시 창녀들의 명단을 갖고 있었다.

잠시 후, 포이부스는 미스터리 빌라에 도착했다. 그는 예순 개의 방이 있는 대저택에 들어서면서부터 알 수 없는 기운에 압도당했다. 안뜰의 정원은 지금까지 본 것 중에 제일 크고 웅장

---

* 로마처럼 이두 정치였던 폼페이에서는 집정관 두 명이 최고로 높은 지위이고, 그 아래로 두 명 이상의 행정관들 그리고 군인들이 정치에 참여했다. 이 소설에 쓰인 움브리키우스와 스카우루스는 폼페이 멸망 당시 현존하던 집정관 이름이다.

한 데다, 큰 방의 벽 전면에 그려진 벽화 속의 현란한 여신들 때문이었다. 특히 바크후스의 어머니 세멜레가 유피테르(제우스)와 결혼하는 장면에서 탄생한 세멜레의 엉덩이는, 정말이지 프레스코화 중에서도 단연 압도적이었다. 그녀의 엉덩이를 대하면서 숨을 제대로 쉬는 사람이 드물고, 폼페이 개들조차도 불규칙한 숨을 몰아쉰다는 소문은 결코 과장이 아니었다.

개를 데려온 두 명의 병사도 벽화 앞에서 입을 벌리고 섰다. 벽화는 스물아홉 명의 인물들이 갖가지 장면을 연출하고 있었는데, 여신들의 배경인 붉은색이 말할 수 없이 신비롭고 아찔한 분위기를 자아내고 있었다. 집 안 분위기를 한마디로 말하자면 속이 훤히 비치는 겉옷만 걸친 여성을 대하는 느낌이었다. 애간장을 녹이되 헤프지 않으면서 함부로 손댈 수 없는 요사스러운 기운이 흘러넘쳤다.

포이부스는 타블리눔(응접실)에서 집정관 움브리키우스가 나타나기를 기다렸다. 그리고 여신들의 모습을 훔쳐보면서 폼페이에 떠도는 오래된 소문을 떠올렸다. 많은 사람들이 벽화의 붉은색에 대해서 쑤군거렸는데, 그 소문은 떠돌이 화가들의 가벼운 입에서 시작되었다. 이 집 벽화의 빨강은 도저히 흉내조차 낼 수 없는 야릇한 색이라는 것이었다. 그것이 심장을 돌아 나올 때의 피 색깔이라는 말도 있고, 닭의 간이라거나 모기의 피, 심지어 귀신의 피라는 소문까지 있었다. 또 누구는 공동묘지에 묻힌 시체를 꺼내 그 피를 쓰면 그런 빛깔이 나온다는 소리를 지껄이기도 했다.

포이부스는 저도 모르게 빨강을 향해 손을 내밀었다. 그때 움브리키우스가 투니카(허리에 끈을 매는 헐렁한 옷으로, 신분이 높으면 깃이 보라색으로 된 투니카를 입었다)의 앞섶을 여미면서 응접실로 바삐 들어섰다. 포이부스가 벌떡 일어나 그에게 경의를 표했으나, 움브리키우스는 다짜고짜 목소리를 높였다.

"이보게, 이건 음모일세. 이번 선거에서 날 밀어내려는 음모가 분명해!"

"죄송합니다. 그래도 수사에 도움을 주시면 선거에서도 유리하실 겁니다. 어젯밤에 이 댁에 많은 사람이 다녀갔다고 들었습니다. 죽은 쿠쿨라도 손님이었다고 들었습니다만."

움브리키우스는 갑자기 한 손으로 자신의 얼굴을 가리켰다. 그리고 다른 손은 쿠쿨라의 사체가 있던 방향을 가리키면서 신경질적으로 소리쳤다.

"이 말(馬)의 주둥이에, 저 죽은 새의 깃털을 꽂아놓고 수작을 부리는 거라니까."

"새의 깃털이라니, 무슨 말씀이십니까?"

움브리키우스는 다시 탱탱한 제 얼굴을 가리켰다.

"이 말(馬)은 초식동물이라네."

그는 마치 모욕이라는 실로 짠 옷을 걸친 듯이 온몸을 붉게 물들이며 떠들었다.

"글쎄 나는 초식동물이라서, 고기를 먹지 않는다는 말일세."

"무슨 말씀인지? 집 안을 살펴보도록 허락해주시면…… 아, 절대로 선거에 지장을 드리진 않을 겁니다."

포이부스는 데려온 병사들을 손짓으로 불렀다. 그러자 대기해 있던 병사가 개들을 집 안에 풀어놓았다. 윤기가 흐르는 새카만 털의 개 두 마리가 꼬리를 옆으로 흔들면서 집 안을 기웃거리기 시작했다.

움브리키우스는 안색을 붉게 물들이며 다시 말했다.

"전날 밤에 정치적 회합이 있었고, 모두 자정이 되기 전에 돌아갔다네."

그때였다. 꼬리를 좌우로 흔들고 돌아다니던 개 한 마리가 털썩 쓰러졌다. 목쉰 소리를 내지르더니 곧 온몸을 비틀기 시작했다. 개 입에서 하얀 거품이 보글보글 뿜어져 나왔다. 다른 개 한 마리가 벽화를 향해 맹렬하게 짖어대기 시작했다. 두 병사는 현관에서부터 개들이 움직인 동선을 다시 한 번 왕복하면서 원인을 찾기 시작했다. 그러자 벽화를 향해 미친 듯이 짖던 개가 벽화로 달려들더니 여신들을 마구 긁어대는 것이었다.

움브리키우스는 다시 손가락을 세워 자신의 붉은 얼굴을 가리켰다.

"그래, 이 초식동물이 육식을 했단 말인가? 난 남색을 밝힌단 말이오. 그래서 일부러 허풍을 떨었던 거네. 저 벽화 속 여인들과 사랑을 나누고 뒹굴고 핥는다고 떠들었지. 그게 뭐 잘못되었나?"

벽화를 핥던 개가 이번에는 콧등으로 여신의 발뒤꿈치를 비벼댔다. 곧이어 그 개도 입에 거품을 물었다. 빙글빙글 원을 그리며 돌더니, 뒤로 발랑 나자빠져 바동거렸다. 개를 데려온 병사가 아가리를 들어 올려 한참을 들여다보더니 미간을 찌푸렸다. 병사는 개를 눕히고 일어나서 포이부스에게 말했다.

"독극물입니다."

그 말을 듣던 집정관 움브리키우스는 벌컥 화를 냈다.

"아니, 독극물이라니? 지금 다들 보았지 않나? 난 아무 짓도 하지 않았네."

포이부스는 흥분한 움브리키우스에게 다가가 조심스럽게 말했다.

"집정관님, 독살 의혹이 있는 사체는, 새에게 먹여 조사해보면 곧 압니다. 또한 심장에서 잘라낸 조직을 불에 태웠을 때 탁탁 소리를 내며 타오르거나 주홍색을 띠면, 사체 속에 독이 들었다는 증거입니다. 화장을 해도 심장이 타지 않으면, 그 또한 독살로 봅니다."

온 집 안의 노예들이 모두 벽화 앞으로 모여들었다. 어쩔 줄 몰라 하던 움브리키우스가 벽화 앞으로 다가가자, 포이부스가 소리쳤다.

"벽화에서 떨어지십시오. 거기에 뭔가 있습니다. 그리고 아까 하셨던 말씀을 다시 한 번 해주시겠습니까? 그런 말씀을 누구한테 했다는 것인지? 부탁드립니다……."

움브리키우스는 목욕탕에서 갓 나온 사람처럼 붉고 탱탱한 자기 얼굴을 양손으로 떠받쳤다. 그러고는 회상하듯이 말했다.

"뭐, 선거 앞두고…… 이번 집정관 후보들이 우리 집에서 여러 차례 비밀 회합을 가졌다네. 바로 어젯밤에도 루파나레 창녀들을 불러서 연회를 했네. 왜냐하면 난 내 집 노예들 옷을 벗기는 사람이 아니라네. 아무튼 자정 전에는 모두 돌아갔네. 술에 취한 창녀들이 언제 갔는지는 난 모른다네……."

"그분들과 무슨 얘기를 하셨습니까?"

"사실 선거 얘기는 하지 않았네. 후보를 단일화하자는 것은 낮에 이미 합의를 보았으니까…… 아, 그렇지. 우리 집 벽화 여신들이 모두 내 애인이라고 떠들었네. 그 말은 뭐, 아는 사람들은 다 아는 얘기지만. 어쨌든 그 여신들 가슴에 얼굴을 묻고 있으면 근심 걱정이 다 사라진다고 말했네. 게다가 은밀한 곳을 애무하면, 살아 있는 여자들한테선 받을 수 없는 위로를 받는다고 말이지……."

"그쯤이면 충분합니다. 집 안의 사람들을 모두 벽화 앞으로 모이게 해주십시오. 아, 그리고 그 벽화에 손을 대선 안 됩니다."

그때 구경하던 여자 노예 하나가 뒤로 발랑 자빠졌다. 곧이어 다시 일어난 여자 노예는 알 수 없는 괴성을 내지르며 밖으로 달려 나갔다. 그녀는 침모의 딸인 포르투나타였는데, 웬일인지 개가 발작을 시작할 때부터 같이 몸을 떨었다고 했다. 포이부스는 재빨리 두 병사에게 눈짓을 했다.

포이부스는 빵 속에 독이 들었을 경우까지 생각했다. 결국 어제 빵을 구워 온 제빵업자 트레비우스가 새로운 용의자로 떠올랐고, 사체 주변에 널려 있던 무수한 개 발자국 때문에 폼페이의 모든 개들이 용의자가 되었다.

한편, 미스터리 빌라에서 뛰쳐나와 도망을 치던 포르투나타는 마켈룸(폼페이 중심 시장) 거리로 들어섰다. 포르투나타는 어제 낙태용 좌약을 사러 나왔다가 마술사들에게 현혹되었는데, 어느 순간 고운 눈매의 남자가 다가와 그녀의 손목에 향수를 뿌리고 있었다. 남자는 야릇한 미소를 짓더니 향수가 뿌려진 그녀의 손목을 잡고서 냄새를 맡게 해주었다.

몇 번이나 냄새를 맡던 포르투나타는 갑자기 온갖 근심 걱정에서 놓여나기 시작했다. 그런 기분은 난생처음 맛보는 것이었다. 낙태에 대한 불안이나 두려움도 멀리 물러나 있었고, 무엇보다 몸이 새털처럼 가벼웠다. 정말이지 그러다가 곧 날아갈 것만 같아서 자꾸만 간지러운 웃음이 새어나왔다. 남자는 아까보다 더 달콤하게 웃으며 치근거렸다. '두 시간 후에 다시 오면, 더 기분 좋게 해줄게.'

그녀는 남자를 만나러 다시 그곳으로 나갔다. 남자는 그녀의 손에 작은 물병을 쥐여주면서 속삭였다. '연회가 시작되면 이걸 벽화의 여신들에게 몰래 발라야 돼. 그렇게 하면 더 황홀하게 해줄게.' 그녀는 남자가 시키는 대로 하고 다시 그곳을 찾아갔다. 아슴푸레 어둠이 깔리고 있었다.

남자는 이번에도 그 기분 좋은 향기를 맡게 해주면서 말했다. '여신들의 중요한 곳에 다시 발라야 돼.' 그러면서 포르투나타의 가슴과 음부를 슬쩍 쓰다듬으며 '여기하고, 여기'라고 말했다. 포르투나타는 새어 나오는 비명을 삼키려다 쥐새끼 같은 소리를 냈다. 뜨겁고 깃털처럼 간지러운 남자의 손이 이번에는 포르투나타의 발등부터 다리를 훑으며 천천히 올라왔다. '그리고 여기부터 여기까지.' 그녀는 꿈결처럼 들려오는 남자의 목소리를 들으며 눈을 감았다. 남자의 손은 허벅지를 지나더니 사타구니에서 정확히 멈췄다. 포르투나타는 오줌을 지릴 뻔했다.

포르투나타는 어느새 중앙대광장으로 들어섰다. 그녀는 어젯밤에 향수를 발라준 남자를 찾아 시장 길을 달렸다. 개들이 버둥거리고 발작을 시작했을 때에야 겨우 어제의 꿈에서 깨어났다. 그러나 이해할 수가 없었다. 왜 그토록 아름다운 갈리아 창녀가 죽어야 했는지를.

포르투나타는 시장의 남자들을 훑어보면서 걷다가 뛰고, 멈췄다가 다시 뛰기를 반복했다. 그 바람에 오줌지게를 지고 가던 베루스의 오줌통을 무릎으로 걷어찼다. 그녀는 아픈 줄도 모르고 옆으로 비켜서려 했다. 그러나 오줌통이 흔들리면서 오줌이 흘러나왔고, 오줌지게를 지고 있던 베루스가 중심을 잃고 쓰러졌다. 두 사람은 오줌 범벅이 되어 뒹굴었다. 포르투나타의 뒤를 따라오던 병사들은 그녀가 일어나기를 기다렸다가 체포했다.

잠시 후, 행정관 포이부스는 오줌 범벅이 된 포르투나타와 병사 한 명을 데리고 향수 제조업자인 위피우스의 집에 도착했다. 포르투나타의 증언대로라면 향수가 범인임에 틀림없었다.

향수 제조자인 위피우스는 사건에 대한 연락을 받고 이미 외출에서 돌아와 있었다. 그는 이마나 코, 턱까지도 모두 동그랗게 생긴 데다 쌍꺼풀이 넓게 진 커다란 눈을 갖고 있었다. 그런

대로 선량한 얼굴이라고 생각하던 포이부스는 다시 생각을 고쳐먹었다. 각지고 모난 얼굴보다는 둥그렇고 살집이 좋은 저런 얼굴이 무언가를 감추기에는 더 적당하다는 생각 때문이었다. 포이부스는 포르투나타를 위피우스 앞으로 들이밀며 물었다.

"그런 특별한 향수를 만들 수 있는 사람은, 이 폼페이에 단 한 사람뿐이라고 하더군요. 그래서 확인하러 왔습니다."

포르투나타는 무슨 단순한 증거물처럼 행동했다. 따지고 보면 그녀가 이 사건의 가장 큰 단서였다. 그녀는 아무런 저항 없이 그저 잡아끄는 대로 이리저리 움직일 수밖에 도리가 없었다. 위피우스는 향기를 다루는 사람답게 포르투나타와 거리를 두고 그녀에게서 풍기는 냄새를 조용히 맡아보았다. 그녀에게서는 확실한 오줌 냄새와, 단순한 의문들이 공포와 뒤섞여서 풍기는 완강한 자포자기의 냄새가 났다. 그는 버릇처럼 손가락으로 코를 세게 문지르면서 입을 열었다.

"괜찮으시다면, 제 실험실을 보여드리겠습니다."

위피우스는 자신의 지하실에 있는 실험실로 세 사람을 안내했다. 그들은 147개의 계단을 내려가서 색색의 타일들이 깔려 있는 실험실에 도착했다. 벽을 오목하게 깎아 만든 벽감 안에서 촛불이 타오르고 있었다. 바닥에 새겨진 모자이크에는 술잔을 들고 있는 남자의 모습 위에 '피비우스 위피우스'라는 그의 이름이 새겨져 있었다. 작업실에는 오렌지와 재스민, 색색의 장미와 백합, 제라늄, 바이올렛 그리고 수사향노루의 향낭까지 보였다. 포이부스는 그것들을 눈여겨보다가 옆에 놓인 세모진 모양

16

의 딱딱한 물체를 주워 들고 물었다.

"이 돌덩이도 향수의 재료인가요?"

위피우스는 소중한 물건을 보호하기 위한 몸짓으로 다가와 그 물체를 빼앗다시피 가져가며 말했다.

"이건 용연향입니다. 향유고래의 토사물이죠."

"토사물요?"

포이부스는 급히 손을 털어내며 인상을 찡그렸다. 위피우스는 용연향을 정성스레 쓰다듬으며 강연을 하듯이 목청을 돋우었다.

"이건 아주 값비싼 물건입니다. 향수 제조에는 식물성 재료뿐 아니라, 동물의 분비선이나 분비물을 사용하기도 합니다. 최음 효과가 아주 그만이지요. 향수도 패션의 일부니까요."

그는 다시 밖의 정원을 가리키며 말했다.

"저 위에 있는 것들은 제가 향수 제조를 위해 특별히 재배하는 것입니다. 저는 뛰어난 양질의 향수가 아니면, 만들지도 판매하지도 않습니다."

위피우스는 자기가 만드는 향수 앞에 단호한 형용사를 갖다 붙이며 자신의 일에 대한 자부심을 증명해 보이느라 목에 핏대를 세웠다. 그의 정원에는 오렌지와 레몬은 물론이고 재스민과 라벤더, 올리브나무 등 이름을 알 수 없는 수많은 꽃들도 보였다. 그것들을 한 바퀴 휘둘러본 포이부스는 별다른 감탄의 표정도 없이 포르투나타를 가리키며 다시 물었다.

"그럼, 이 노예 년을 홀렸다던 향수는 대체 어떤 것이오?"

"사건에 대한 전갈을 듣고 곰곰이 생각해봤습니다."

위피우스는 밖을 향해 손짓하며 말했다.

"폼페이에는 무녀와 신녀가 많습니다. 어떤 신녀들은 신전에서 일하지만 무녀와 같은 일도 한다고 들었습니다. 소문에 듣자하니, 내 제조술을 모방하는 무녀들이 여럿 있답니다. 베수비우스 비탈 어디에 있다는 소리를 여러 번……."

위피우스의 말이 채 끝나기도 전에, 포이부스는 아까 내려온 147개의 계단을 다시 오르고 있었다.

얼마 후, 포이부스는 또 다른 병사와 함께 베수비우스 산을 오르고 있었다. 그는 시 의회에 들러서 말 한 마리를 빌려 타고 무녀를 찾아가는 중이었다. 아담한 체격에 동작이 재빠른 그는 얼굴도 반듯하고 곱상해서인지 하는 말마다 어느 정도의 신뢰를 갖게 하는 힘이 있었다.

베수비우스 산비탈에는 포도나무와 올리브나무가 재배되고 있었다. 비탈진 땅은 얼핏 거칠어 보였지만 포도나 올리브 등이 무성하게 자라고, 고랑 사이에는 곡식들이 재배되고 있어 온통 푸르렀다. 수천 년 전 화산이 뿜어낸 광물질로 아주 비옥한 땅이 된 폼페이는 이런 대자연의 혜택을 톡톡히 누리고 있었다. 산 중턱에 이르자, 넓은 마당을 끼고 있는 집이 한 채 나타났다.

무녀 세크레타(Secréta: 비밀)의 집이었다. 비탈을 다져서 만든 마당에는 향수 제조자의 집처럼 올리브나무나 무화과나무를 비롯해 각종 약초들이 뒤섞여 자라고 있었다. 그녀의 집은 네아

폴리스(나폴리) 만이 훤히 내려다보이는 전망이 좋은 곳이었다. 폼페이 시내도 한눈에 들어왔다. 실내에 들어서니 백단향 냄새가 떠돌고 있었다.

세크레타는 소문으로 듣던 것보다 훨씬 젊고 건강해 보였다. 자그마한 얼굴에 코가 낮고 눈이 약간 튀어나왔지만 조신한 몸가짐이 엿보였다. 그녀는 기다렸다는 듯 두 사람을 맞았고, 미리 끓여놓은 백합차를 내놓았다. 심술궂은 마녀의 모습을 상상했던 두 사람은 무녀가 보여주는 의외의 모습에 오히려 당황한 듯한 제스처를 서로 주고받았다. 세크레타의 장난기 흐르는 갈색 눈동자가 보는 사람으로 하여금 안정제 역할을 하는 것 같았다.

포이부스는 백합차를 마시면서 물었다.

"우리가 올 걸 미리 알았소? 아니면 혼자서 마실 차를 끓인 거요?"

"손님이 올 줄은 알았지만, 남자만 두 분인 줄은 몰랐습니다. 가슴이 더욱 방망이질을 치기에 곧 들이닥칠 줄 알고 차를 끓였지요. 제가 뭔가 대답을 해야만 하는 일이 생긴 겁니다, 그렇죠?"

포이부스는 고개를 끄덕이고는 찻잔을 내려놓았다. 세크레타는 포이부스의 설명을 차분하게 들었다. 그러고는 예의 그 장난기 어린 갈색 눈동자를 번득이더니 점괘를 말할 때처럼 입술을 슬쩍 깨물었다.

"아, 그 비슷한 걸 만들어준 적은 있지만 그게 효험이 있는지는 모릅니다. 만약 그 향수가 효험이 있다 해도 세 시간은 못 넘길 겝니다. 게다가 벽화에 독을 바른 시각이 연회를 벌이던 중

이었다면, 적어도 두 번은 더 냄새를 맡아야 최음 효과를 유지
할 수 있었을 겝니다."

"그걸 자네가 만들었단 말이지?"

"그건 최음제 비슷한 것입니다, 범죄에 쓰이는 독약이 아니
라……. 순박한 청년이 와서는, 연인에게 사용하고 싶다기에 망
설이다 내주었습니다."

"그게 결국 범죄를 저지르는 데 사용이 되었다네. 그러니 자
네를…… 어떻게 다루면 좋겠는가?"

세크레타는 그 말도 이미 짐작하고 있었다는 듯 부드러운 미
소를 지었다.

"그러면, 저를 이용하시면 되겠군요."

"그게 무슨 말인가?"

"일단, 의심이 가는 자들의 정원을 살펴보시죠. '죽은 자의
손가락'*이라고도 하는 약초가 있는데, 그걸 사 간 남자가 있었
습니다. 담홍색의 꽃이 피기 때문에 관상용으로 정원에 심기도
하지요."

"그게 사람을 죽일 만큼 강한 독성을 지녔단 말이지?"

"서서히 죽일 수도 있고 빨리 죽일 수도 있습니다. 예, 죽일
수 있습니다만."

---

* '여우 장갑'이라고도 하는 이 아름다운 꽃은 관상용으로도 쓰지만 약용(강심제)의 목
적으로도 재배되었다. 독은 그 잎에 들어 있는 디기탈린이다. 약용으로 쓸 때는 잎을
가볍게 달여서 마시지만 축적되면 무시무시한 중독증상을 띤다. 다량을 투여하면 구
토와 설사, 복통을 일으키다 황달이나 시각 장애를 일으키고 불규칙한 맥박, 저혈압,
심실빈맥에 의한 사망을 초래한다.

"분명히 죽는단 말이지?"

"예, 또 바곳*을 판 적도 있고 마전** 껍질을 판 적도 있기는 합니다만."

"같은 사람이 사 갔다는 것인가?"

"아닙니다. 뒤에 것은 여자가 사 갔습니다."

포이부스는 무언가 짚이는 것이 있는 듯 급히 밖으로 나가 말에 올라탔다.

베수비우스 산에서 내려다보는 폼페이는 산 자와 죽은 자가 나란히 이웃하고 있었다. 타원형의 커다란 벽이 도시를 둘러쌌고, 베수비우스 문이나 헤르쿨라네움 문, 놀라 문, 누케리아 문, 스타비아이 문 등을 나서면 곧바로 공동묘지가 펼쳐졌다. 그 밖에 마리나 문을 나서면 바다가 있고, 사르누스 문을 통해서는 사르누스 강에 있는 폼페이 항구에 갈 수도 있다. 거의 모든 문을 나서면 공동묘지가 있고, 그렇게 죽음이 늘 그들 곁에 함께 있었다.

포이부스는 병사를 앞에 태우고 산비탈을 내려오면서 중얼거렸다.

"삶과 죽음이 저렇듯 하나인데, 왜 우리는 이런 죽음에 의문을 갖는 건가?"

---

* 바곳은 미나리아재비과의 여러해살이풀로서, 꽃의 잎과 뿌리에서 아코니틴이라는 독을 얻을 수 있다. 독을 빼면 약재로 쓰이지만, 2mg을 먹으면 몇 분도 안 돼서 죽는다.

** 마전이라는 나무껍질과 씨에서 얻어낸 알칼로이드. 흰 결정체로 쓴맛이 난다. 극히 적은 양이면 흥분제, 강심제 등 신경자극제로 사용하지만, 그 양을 넘으면 신경이 마비되고 근육이 당기며 심한 경련이 일어나 질식하여 죽는다.

"포이부스(Phœbus: 빛나는 자) 님, 이름에 어울리지 않는 질문 같습니다."

병사는 말고삐를 당기며 속력을 늦추더니 말없이 산을 내려 갔다.

세크레타는 두 사람이 돌아가고 나자, 외출 준비를 서둘렀다. 급히 들를 곳이 두 군데 있었다. 그녀는 사르누스 강을 통해서 들어오는 해외 산물들을 에우마키아로부터 얻고 있었는데, 그중에는 외지에서 들여오는 약초 같은 것도 있었다. 에우마키아는 부유한 귀족 여인이긴 했지만 도를 지키는 미덕이 있었고, 자신 같은 천한 무녀에게도 함부로 말을 놓지 않았다. 보석이나 금은 세공품들, 화려한 비단의 거리인 아본단자 가도에 에우마키아의 건물이 있었다.

II

베루스(Vērus: 진실)는 빈 오줌통을 짊어지고 다시 집으로 돌아왔다.

에우마키아 가문의 노예 출신인 베루스는 올해 열여덟 살이 되었다. 주인인 에우마키아는 베루스가 열다섯 살 되던 해에 자유민으로 풀어주었고, 최근에는 그에게 오줌 나르는 일을 맡겼다. 에우마키아는 자신의 건물 앞은 물론이고, 폼페이 곳곳에 오줌 모으는 대리석 통을 설치해서 그 오줌을 세탁업자들에게 넘겨 이문을 남기고 있었다.

　오줌에 젖어 돌아온 베루스를 맞은 건 그의 어미인 그라티아(Grātia: 은혜)였다. 그라티아는 그리스에서 온 노예로 이제 막 서른이 되었으나, 모든 사람들은 그녀를 삼십대 후반으로 알고 있었다. 바스스 떨고 있는 그녀의 모습은 이제 막 피어나 하늘거리는 꽃잎을 연상시켰다. 그라티아는 투니카가 젖어 몸의 굴곡을 드러낸 채 돌아온 아들을 그저 바라보기만 했다.

　각이 선 눈썹에 볍씨처럼 날렵한 눈을 가진 베루스는, 불끈 튀어나온 광대뼈와 견고한 턱 선이 도드라지면서 어린 티를 싹 벗어내고 건장한 남자가 되어 있었다. 그는 여느 남자들보다 훨씬 키가 컸으며 떡 벌어진 어깨는 눈길을 끌기에 충분했다. 그렇게 다 자란 자식의 몸에 함부로 손을 대기가 민망했던 그라티아는 새 투니카를 준비해놓고 베루스를 별채로 불렀다.

　주인마님인 에우마키아는 아트리움(바닥에 타일을 깔아서 정원처럼 꾸민 거실)에 앉아 페리스틸리움(야외 정원)에서 들려오는 분수의 물소리를 듣고 있었다. 분수가 있는 정원 덕분에 온 집 안에 빛이 골고루 스며들고 있었다. 에우마키아는 베루스가 이 앞으로 지나가기를 기다리고 있었다. 그녀는 새 투니카를 갈아입고 나오는 베루스를 불러 세웠다.

　"베루스야, 네 꿈이 무엇이냐?"

　"……제 어미를 먹여 살릴 수 있으면 만족합니다, 마님."

　"네 어미라……."

　"예, 마님."

"저런, 꿈꾸는 데에 너무 인색하구나. 안 그러느냐?"

"글을 알고부터 오히려 힘이 들었습니다. 제 처지엔 공부가 오히려 걸림돌이었습니다. 이제는 만족하는 것을 배우고 있습니다, 마님."

"너를 가르친 그리스 선생이 그렇게 살라고 말하더냐? 그러지 말고 이젠 꿈을 펼쳐보는 게 어떻겠느냐?"

"베티 형제처럼, 부유해지라는 말씀인가요?"

"그래, 너는 글을 아는 자유민인데 무얼 못하겠느냐?"

"……."

"네가 그간 우리 집에서 일한 값으로, 이제 그 사업을 네게 넘겨주마. 거기서 나오는 돈도 물론 네가 관리하도록 해라."

"마님, 그렇지 않아도 제가 과분한 대우를 받는다고 집안의 노예들이 수군대고 있습니다. 저는 지금도 아무런 불만이 없는데, 여길 나가라시면 오히려 난감합니다."

"내가 언제 나가라 하였느냐? 그저 네 자신의 일과 자유를 준다 했을 뿐이다. 여기 머물면서 일을 계속해보거라. 그리고 돈이 모이면 네 일을 거들어줄 노예를 사는 것도 좋겠구나. 차례차례 이루어보거라."

"은혜를 꼭 갚아나가겠습니다, 마님."

베루스는 허리를 깊숙이 숙여 인사를 하더니 에우마키아에게 암포라를 몇 개 달라고 청하였다. 에우마키아는 기분 좋게 웃더니 수다스럽게 말했다.

"새삼스레 부탁이라니…… 이 집의 와인 창고는 네 마음대로 드나들지 않느냐? 필요한 게 있으면 언제든 가져다 쓰거라.”

베루스는 마님의 손이 자신의 등을 스치며 지나가는 것을 느꼈다. 베루스가 어릴 때부터 마님의 그 통통한 손은 망설이듯 그의 등이며 어깨를 지나다니곤 했다. 그럴 때마다 그는 조용히 머리를 조아렸다.

베루스는 와인 창고에서 암포라 여덟 개를 차례차례 꺼내 왔다. 그리고 어미인 그라티아에게 부탁했다.

“어머니, 안에 든 와인을 비워주세요. 새로운 오줌통을 만들어야겠어요.”

그라티아는 암포라를 들고 가더니 하나씩 비워가지고 나왔다. 베루스는 그 빈 암포라를 긴 막대기에 매달았다. 주둥이 끝이 오그라든 암포라는 목이 잘록하고 몸통이 길어서 찔끔찔끔 오줌을 지리지는 않을 것이다. 이전 오줌통은 여차하면 흘러넘쳐서 여간 고약한 게 아니었다.

베루스는 다시 암포라가 매달린 막대기를 지게에 연결했다. 그의 이마에 땀이 송골송골 맺혔다. 정갈한 대리석 위에 찬 물방울이 매달리는 것 같았다. 그는 무두질 공장에서 얻어 온 질긴 가죽끈을 지게와 작대기를 연결하는 데 꼼꼼하게 모두 사용했다. 한참 후에 그가 땀을 닦으며 일어섰다. 그의 어깨에는 양쪽에 암포라가 네 개씩 매달린 지게가 걸려 있었다. 폼페이에서는 처음 보는 새로운 지게였다.

에우마키아는 찻잔을 내려놓으며 그런 베루스를 찬찬히 눈여겨보았다. 그리고 지게를 짊어지고 나가는 베루스를 흐뭇한 시선으로 오래 바라보았다. 그 눈에는 회한이 어린 것 같기도 하고 그리움이 가득 담긴 것 같기도 했다. 세월이 그녀에게 저지른 온갖 악행 중에 가장 치명적인 것은 비만이었다. 사람들은 그녀의 등 뒤에서 '늙은 여자가 사랑에 빠지면 얼마나 잔인한 줄 아느냐'고 수군거렸다. 베루스의 근육을 눈여겨보는 것이 심상치 않다면서, 그 주름진 살덩이 속에 감춰진 오욕칠정이 불면을 불러온다고 떠들기도 했다.

그녀는 이제 자신의 불면조차도 소문 거리가 되는 이 폼페이에 싫증이 나기 시작했다. 게다가 그 말을 퍼뜨린 것이 다름 아닌 자신의 딸 '클라우디아'라는 것을 알았을 때는 숨을 쉴 수가 없었다. 천성이 곱고, 노래를 잘 부르는 어여쁜 딸의 입에서 그런 말이 나오다니……. 베루스보다 다섯 살이나 연상인 딸아이는 노예인 베루스를 연모하여선지 어머니에 대한 질투를 숨기지 않았다.

에우마키아는 아트리움의 긴 의자에 비스듬히 누웠다. 수로가 로마에서 폼페이까지 연결된 뒤로 그녀는 수도관을 집 안에 들여놓았다. 분수에서 쏟아지는 물은 그녀의 마음뿐 아니라 정원까지도 푸르디푸르게 만들어주었다.

그녀는 떨어지는 물소리에 귀를 기울이면서 찻잔을 들었다. 잔을 든 손이 심하게 떨려왔다. 언제부턴가 이명이 들려왔는데 코를 풀고 나면 오른쪽 귀가 사라지는 느낌이 들었고, 외부의 소리는 물론이고 자신이 내는 숨소리마저 너무도 크게 들려와서 불편하기 짝이 없었다. 그녀는 이제 바깥일에는 무심해지고 싶었다. 또한 남자들의 수염 앞에서도 초연하고 싶었으며, 그렇 듯 거룩한 갱년기를 맞고 싶었다.

에우마키아는 모두가 잠든 밤에도 늦도록 어스름한 주랑 아래를 서성거리는 버릇이 있었다. 잠이 없는 까닭이었다. 신들도 잠든 밤에 혼자 깨어 있는 그녀가 할 수 있는 건, 올리브를 한 알씩 입안에 넣고 굴리면서 따뜻하게 희석한 포도주를 한 모금씩 천천히 삼키는 일이었다. 그러다 보면 정원의 꽃과 풀 냄새가 더운 바람과 뒤섞인 채 이리저리 떠돌다가 그녀를 겨우 잠재우곤 했다.

언제나 그렇듯 베수비우스 산이 그녀를 굽어보고 있었다. 푸른 풀밭과 포도밭을 거느린 베수비우스는 그 비옥함만으로도 모두에게 많은 걸 베풀고 있었지만, 그녀의 눈에는 베푸는 자가 가진 당당함까지도 동시에 품고 있는 것처럼 보였다. 한밤중이어설까. 평평한 정상을 가진 베수비우스 산은 그림자처럼 거무스름한 형체만으로도 위협적이었다.

III

에우마키아는 남편 누미트리우스가 살아 있을 때 정부로부터 폼페이의 목초지와 양 떼를 받았다. 당시에 네아폴리스 만은 로마인들의 휴일 연회 장소로 사용되고 있었다. 많은 로마인들이 그랬듯이 에우마키아도 폼페이에 별장을 지어놓고 드나들다가 사랑에 빠졌다. 그리고 폼페이에 눌러앉았다.

젊었을 때의 그녀는 오만하고 변덕스러우며 격정적이었는데, 그런 기질은 그녀가 사랑에 빠졌기 때문에 더욱 두드러져 보였다. 그녀를 다룰 수 있는 사람은 검투사 이그니스뿐이었지만, 그는 원형 경기장의 모래 위에서 길지 않은 생을 마감했다. 에우마키아에게는 그 연애가 처음이자 마지막이었다.

그 당시에는 개들이 돼지와 양을 지키는 가운데 평화가 지속되었다. 남편 누미트리우스는 조금 늙었지만 건강했고, 남매인 프론토와 클라우디아도 잘 자라고 있었다. 그리고 그해에 사 온 노예 그라티아와 그의 아들 베루스를 비롯한 모든 노예들이 평화로웠다.

17년 전 2월 25일이었다. 본래, 벽에 금이 가는 정도의 지진을 수없이 겪은 폼페이 시민들은 웬만한 흔들림은 일상으로 여길 정도로 태평했다. 그러나 그 겨울의 지진은 급작스럽게 많은 것을 초토화시켰다. 갑자기 시작된 균열은 온 집 안으로 순식간에 퍼져나갔다. 분수는 멈추고 부엌에서는 불길이 솟아올랐다. 에우마키아의 눈앞에서, 갈라진 땅속으로 세간이 떨어져 내렸다. 그녀는 옆에 있던 갓난아이의 요람을 싸 들고 무작정 뛰었다.

거리는 아수라장이었다. 도망치는 말 떼에 밟혀서 비명을 내지르는 노예와, 그 노예를 구하려다 말 떼에게 짓밟힌 늙은 노예가 죽어가고 있었다. 육감이 발달한 짐승들이 항구 쪽으로 내달리자, 사람들은 짐승의 뒤를 따라 달리기 시작했다. 그 뒤로 신전의 기둥들이 무너져 내리고 베수비우스 문도 붕괴되고 말왔다. 이 모든 게 순식간의 일이었다.

에우마키아는 그 지진으로 남편을 잃었다. 남편은 두 남매를 구하다가 갈라진 땅에 발이 묶였고, 그 상태에서 우르르 떨어지는 기왓장에 머리를 묻었다. 일곱 살이던 아들 프론토는 그런 아버지의 모습을 꼼꼼하게 기억하고 있었다. 그뿐만이 아니었다. 프론토는 어깨가 탈골되었고, 어여쁜 딸 클라우디아의 왼쪽 눈에서는 여러 날 동안 피눈물이 쉬지 않고 흘렀다. 결국 클라우디아는 그 눈으로 어떤 사물도 분간할 수 없게 되었다.

그해의 지진은 에우마키아에게서 남편을 데려간 대신에 엄청난 부를 돌려주었다. 폼페이는 그로부터 8년이 지나도록 정상적인 복구를 하지 못했는데, 그사이 도시의 재건을 위해 짭짤한 가룸*과 포도주는 물론이고, 벽돌과 기와의 수요가 급격하게 늘어났다. 에우마키아는 그때부터 상업에 두각을 나타내기 시작했다. 벽돌 공장을 차리고 가룸과 와인의 상권을 거머쥐었다. 그렇게 늘어가는 재산에 비례해서 그녀의 살덩이도 거침없이 불어났다.

차차 시간이 지나면서, 그 미스터리한 빌라의 주인인 집정관 움브리키우스가 와인과 가룸의 도매에 손을 댔다. 그리고 지금은 세탁업자 스테파누스까지 그녀의 사업을 넘보기 시작했다.

---

* 발효된 생선 창자로 만든 비싼 요리용 소스. 베트남의 누옥-맘(nuoc-mam)과 비슷한 소스로 물고기에 소금을 뿌려 만들었는데, 어떤 물고기를 썼느냐에 따라 질이 결정되었다. 참치, 고등어, 곰치는 부잣집 밥상에 올랐고, 멸치는 가난한 사람이나 노예의 밥상에서 입맛을 돋우는 역할을 했다. 세네카는 가룸을 고약한 썩은 냄새가 났다고 조롱했다고 한다. 출처: 시공디스커버리 총서 『폼페이 최후의 날』

에우마키아는 농사를 6년 동안 짓고 1년은 땅을 쉬도록 했다. 포도밭이나 밀밭도 마찬가지였으며, 이삭을 거두어들이지 않고 누구든 주워 가도록 했다. 그리고 집안의 노예들에게도 엿새 동안 일하게 하고 하루는 일을 시키지 않았다. 그런 날은 그녀도 그라티아를 데리고 어딘가를 다녀오곤 했다. 에우마키아 집안의 등잔은 올리브기름으로 끊임없이 타오르고 있었다.

에우마키아는 준비해둔 금팔찌를 꺼내서 그라티아에게 건넸다. 팔찌에는 '오랜 주인이자 친구인 에우마키아로부터'라고 쓰여 있었다. 그라티아는 팔찌를 들여다보고는 에우마키아에게 수도 없이 고개를 숙여서 감사를 표시했다. 그라티아는 그 지진이 나던 해에 사 온 노예였지만 늘 곁에 두면서 누구보다 신뢰했다. 가끔씩 그라티아가 벙어리라는 사실을 잊을 때도 있었다. 정상인 노예보다 오히려 말귀를 잘 알아들을뿐더러 에우마키아의 표정을 읽는 능력도 뛰어났다. 그라티아는 집안의 모든 일을 알아서 척척 해나갔다.

에우마키아는 추억을 더듬는 눈으로 말했다.

"그날, 기억이 나느냐?"

"……."

"17년 전에, 네 몸값을 두 배나 주고 널 데려오던 날 말이다."

그라티아는 쑥스러운 웃음을 띠고 고개를 끄덕거렸다. 그날은 두 사람 모두에게 잊을 수 없는 날이었다.

에우마키아는 직접 노예장수를 찾아갔었다. 눈도 멀쩡하고 귀도 들리는데, 단지 벙어리에 글을 모르는 젊은 여자 노예를 구해달라고 부탁했던 것이다. 얼마 후 연락을 받고 노예시장에 가보니 빼빼 마른 그라티아가 손과 발이 묶인 채로 벌벌 떨고 서 있었다. 에우마키아는 그 노예가 첫눈에 썩 들지는 않았다. 그러나 부탁한 조건에 합당했기에 돈을 건넸다. 그런데 노예장 수가 손을 내저으며 말했다.

"마님, 두 명분을 주셔야 합지요!"

"말도 못하는 노예를, 제값 주는 것도 모자라서, 더 내라는 겐가?"

노예장수는 기다렸다는 듯 만면에 웃음을 띠고 말했다.

"마님, 그러니까 더 주셔야 합죠. 한 군데만 고장 난 걸 고르 느라 얼마나 애를 먹었는뎁쇼. 보석도 희귀해서 비싼 게 아닙니 까요? 이렇게 희귀한 것을 얻으셨으니, 값을 더 주시는 게 상도 의가 아닐까 합니다만……."

"허 참, 알았네."

에우마키아는 데려간 몸종에게 돈을 더 꺼내라고 지시했다. 노예장수는 양 손바닥을 비비면서 에우마키아에게 바싹 다가 오더니 목소리를 낮추었다.

"마님, 혹시 발목이 가는 남자 노예는 필요하지 않으십니까?"

"……."

"거리에서나 침대에서나, 말처럼 아주 잘 달립니다요."

"그만, 됐다고 하지 않았나!"

에우마키아는 노예 두 명 값인 5,048세스테르티우스를 지불하 고 그라티아의 손목을 잡아끌었다. 그게 벌써 17년 저쪽의 일이 있다.

에우마키아는 그날의 일을 회상하는 듯 눈길이 먼 곳을 향했다.

"그때나 지금이나 네 손은 여전히 작고 차갑구나."

그라티아는 자신의 손을 내려다보며 고개를 끄덕였다.

그때 남자 노예가 들어와 손님이 왔다고 전했다. 그 노예의 말이 끝나기도 전에 무녀 세크레타의 발그레한 얼굴이 불쑥 나타났다. 세크레타는 급히 물을 청해 마시고는 입을 열었다.

"마님, 폼페이에 이상한 기운이 돕니다."

"이상한 기운이야, 늘 있는 게 아닌가. 그래, 내가 부탁한 건 알아 왔는가?"

"예, 마님. 닭들이 강한 식욕을 보이며 땅에서 부리를 떼지 않았습니다. 마님의 사업은 길조입니다."

"그리고?"

"그런데, 또 한 가지 말씀하신 것은 좀 그렇습니다, 마님."

"그렇다니? 말을 해보시게."

"그는 물고기 눈알이 죽입니다."

"베루스가? 그럼, 물고기를 먹이지 말란 말인가? 그 아이가 시작하는 사업을 점쳐보랬더니, 갑자기 웬 물고기 타령인가?"

"마님, 오늘은 일단 점괘가 그렇게 나왔습니다. 거레스(생선 종류)를 먹다가 가시에 찔릴 수도 있지 않습니까?"

옆에 서 있던 그라티아의 눈이 휘둥그레졌다.

"그렇잖아도 그 애는 어릴 적에 체한 뒤로 가룸은 입에도 안

댄다네."

세크레타는 다시 물 한 잔을 청해 마시고는 물잔을 그라티아에게 건네주었다.

"마님, 오늘은 급히 가볼 데가 있어서 며칠 뒤에 다시 들르겠습니다. 그때는 좀 더 상세히 아뢰겠습니다."

세크레타는 뭔가 속이 타는 일이 있는 듯했다. 여느 때 같으면 이런저런 점괘를 주워섬기며 시내의 누구누구네 집에 먹구름이 끼었는데, 그 집 여편네의 연애에 마가 끼었기 때문이라는 등의 다양한 해석을 구구절절이 늘어놓았을 것이다. 그런데 오늘은 에우마키아의 점괘도 골자만 전달하고 일어서는 것을 보면 무슨 급한 일이 있는 모양이었다.

그라티아는 대문 앞에서 세크레타를 배웅해주며 걱정스러운 얼굴을 해 보이다 못해 다 죽어가는 표정을 지어 보였다. 세크레타는 그런 그라티아의 손등을 툭 건드리면서 알았다는 표정으로 말했다.

"기다려보시게나."

그 말을 마친 세크레타는 휑하니 에우마키아의 집을 나섰다. 그리고 빠른 걸음으로 스타비아이 목욕탕 앞에서 왼쪽 길로 사라졌다.

그라티아는 오래도록 대문 앞에 서서 무녀가 사라진 방향을 멀뚱히 바라보았다. 그라티아는 가냘프고 키가 컸지만 하얗고 이목구비가 또렷해서 어딘가 함부로 할 수 없는 기품이 엿보이기도 했다. 그리스 노예인 그녀는 사실 벙어리가 아니었다. 에우마키아의 노예로 팔려 올 당시에 아직 열두 살이었고, 이미 글을 알고 있었다.

어느 날 노예장수가 들어오더니 삐삐 마른 그라티아를 세워 놓고 요리조리 살폈다. 그러고는 맘에 들지 않는다는 듯 혀를 끌끌 찼다. 그도 그럴 것이 어디 한 군데 여성적인 징후를 보이는 곳도 없고, 힘도 없어 보여서 노예로 값을 받기에는 최하급이었던 것이다.

노예장수는 그라티아에게 이제부터 글을 모르는 벙어리가 되어야 한다고 말했다. 그다음에는 이상하게 생긴 잎사귀를 내놓으며 냄새를 맡으라고 했다. 그라티아가 뒤로 물러나자, 그는 험악하게 눈을 부라리면서 소리를 버럭버럭 질렀다. '이제부터 너는 열아홉 살이고, 글을 모르는 벙어리가 되어야 한다. 그렇지 않으면 사창가로 팔아버리겠다.' 그녀는 재빨리 그 잎사귀를 집어 들었다.

그라티아는 그 이상한 약초 냄새를 맡기 시작했다. 매일 아침에 일어나서는 물론이고 매 끼니 전에 한 번씩, 그리고 잠자기 전에도 수십 분씩 냄새를 맡아야 했다. 그라티아는 차차 두통을 느끼기 시작했고, 그렇게 한 달쯤 되었을 때는 혀가 말을 듣지 않아서 저절로 벙어리가 되었다.

그날 노예시장에서 에우마키아가 열아홉 살이 맞느냐고 물었을 때, 그라티아는 눈물까지 글썽이면서 온몸으로 그렇다고 대답했다. 그녀는 에우마키아의 집에서 갓난아이 베루스의 어미가 되었다. 그렇게 베루스를 키우며 6개월쯤 되었을 때, 시장

에서의 일이었다. 물건을 향해 손짓을 하던 그녀는 입안이 녹는
듯하면서 자꾸 간지러운 느낌을 받았다. 그녀는 본능적으로 혀
를 움직였고, 깜짝 놀라 입을 막고 멍하니 서 있다가 돌아왔다.

집에 돌아온 그녀는 방에 틀어박혀서 큼큼거리는 소리를 내
다가 자신의 이름 첫 자를 발음해보았다.

"그⋯⋯."

어색하지 않았다. 그라티아. 그녀는 다시 말할 수 있게 되었
다는 기쁨보다는 걱정이 앞섰다. 함부로 말을 해서는 안 되었
다. 옛날이나 지금이나 벙어리였을 때에만 안전을 보장받을 수
있었다.

그라티아는 베루스가 다섯 살이 되었을 때, 겨우 생리를 시작
했다. 베루스는 발육 상태가 좋고 골격이 튼튼해서 정말이지 쑥
쑥 자라났다. 덩치가 얼마나 크던지 베루스가 여덟 살이 되자,
그들 모자는 같이 커가는 형국이었다. 그라티아는 틈틈이 말이
하고 싶어 죽겠을 때는 입안에 천을 집어넣고서 이불을 뒤집어
썼다. 그리고 아주 옛날부터 지금까지의 이야기를 혼자서 중얼
거렸다. 노예로 팔려 온 일과 베루스에 대해, 그 아이가 얼마나
튼튼하게 잘 자라고 있는지, 생선 먹기를 두려워하는 것과는 반
대로 무척 영리해서 글을 배우는 속도가 빨라 깜짝 놀랄 때가
많다는 등의 말을 하다가 끝으로는 그리스의 시 구절을 조용히
읊어보기도 했다.

IV

한편 스타비아이 거리로 들어선 세크레타는 중앙목욕탕 앞을 뛰듯이 지나쳤다. 그 길 끝에 클로니아의 선술집이 있었다.

선술집 여편네 클로니아는 타고난 천성이 음탕하고 매사에 만족을 몰랐다. 게다가 그 여편네는 한 달에 한 번씩 알을 낳는다는 소문이 돌 정도로, 일 년 내내 임신을 하고 있었다. 밤이나 낮이나 언제나 늘 남자들에게 추파를 던지면서 바람을 피우곤 했는데, 이상한 건 남자들이 모두 그녀의 빵빵한 배 위로 엎어진다는 것이었다. 그 여편네가 세크레타에게서 사 간 낙태약만 해도 엄청났는데, 효험이 없었는지 시기를 놓친 건지 몰라도 늘 아이가 태어나 바글거렸다. 자식들은 딸이든 아들이든 아버지를 전혀 닮지 않았고, 지나치게 크고 건장해서 검투사나 군인들 자식일 거라는 소문이 파다했다. 그런 여편네가 며칠 전에 와서 마전 껍질을 사 갔다. 오늘 행정관 포이부스가 와서 그것의 출처를 물었을 때, 속으로 짚이는 데가 있어 이렇게 달려온 것이었다.

세크레타는 선술집 앞에서 숨을 몰아쉬고는 거친 목소리로 클로니아를 불렀다. 그런데 돌리아스* 앞에 서서 군인을 바라보고 있는 클로니아의 얼굴이 예전 같지 않았다. 왼쪽 입술이 위

---

* 부뚜막처럼 허리까지 오는 높이로 지은 일종의 음식 저장고. 시멘트로 일자나 기역 자 모양으로 길게 만들어 그 안에 동그란 구멍을 여러 개 뚫어놓았는데 그 구멍을 '돌리아스'라고 한다. 그 구멍 안에 음식이나 술 등을 저장해두고 꺼내어 사용하곤 했다.

로 슬쩍 말려 올라가 있었는데, 웃어야 할지 울어야 할지를 망설이는 광대의 얼굴과 똑같았다.

클로니아는 넓은 이마에 턱이 없는 야릇한 얼굴형이었지만, 남자들을 바라볼 때는 위로 올라간 눈이 바글거리며 불타올랐다. 여인숙에서 나온 군인이라도 그녀의 술집에 찾아들라치면, 돌리아스 속으로 손을 넣었다 뺐다 하면서도 군인에게서 시선을 떼지 않고 갖은 표정을 다 지어 보이는 재주를 부렸는데, 돌리아스 속으로 연신 손을 넣었다 꺼냈다 하는 동작이 모종의 수신호를 보내고 있는 것 같았다.

세크레타는 군인 옆에 서서 계속 헛기침을 해댔다. 결국 클로니아는 입질을 하던 군인에게서 마지못해 시선을 뗐다. 그런 다음 세크레타에게 들어오라는 시늉으로 얼굴과 입술을 동시에 움직였다. 세크레타는 안으로 들어가 작은 나무의자에 앉았다. 술집 벽에는 낙서가 많았다. '찬물 좀 주세요.' '내가 이겼다.' '죽어라!' 그리고 정면 벽에는 주인이 써놓은 공지 사항이 있었다. 그것은 이 선술집의 규칙이었다.

1. 다른 손님을 괴롭히지 말 것.
2. 다른 사람의 아내에게 음탕한 추파를 던지지 말 것.
3. 무례한 언동을 삼가며 몸단속을 철저히 할 것.

세크레타는 피식 웃었다. 두 번째 규칙은 자신의 아내를 지키기 위한 이 술집 주인의 호소문으로 보였다. 세크레타는 목소리를 낮추어 마전 껍질에 대해서 물었다. 그러자 클로니아가 제 얼굴을 가리키며 웃기 시작했다.

"원형 경기장에서, 이히히 현장을 들켜서, 히히 맞아 죽을까 봐 사 왔지……."

어쨌든 클로니아의 얘기를 종합해보면, 원형 경기장에서 어떤 놈의 손모가지가 자기 여편네 옷자락 속으로 끊임없이 들락거리는 것을 지켜보던 남편이 차라리 같이 죽자고 덤볐다는 것이다. 클로니아는 자꾸만 이상한 소리를 내면서 웃었다.

"이히히, 내가 먼저 독약을 옷에 묻히고 머리카락에 발랐지요. 자결한다고 겁을 주려고오……."

클로니아는 갑자기 신들의 이름을 부르며 정색을 했다.

"신들의 장난이 너무 심했지 뭐요. 글쎄, 머리카락에 발랐던 독이 입으로 흘러내리는 바람에 아, 입술 왼쪽이 이렇게 말려 올라갔지 뭐요……."

그때 여전히 가게 앞에 서 있던 군인이 클로니아를 부르면서 안으로 들어왔다. 그러자 그녀의 교태가 다시 시작되었는데, 어찌 된 일인지 이번에는 그 말려 올라간 입술이 또 한몫을 하는 것 같았다. 남자들이 늘 새로운 걸 찾는다 해도 그렇지, 이거야 원.

세크레타는 고개를 절레절레 흔들며 선술집을 나왔다. 그녀 앞으로 오줌지게를 진 베루스가 걸어가고 있었다. 베루스의 점괘가 영 시원치 않은 것이 찜찜했던 그녀는 동물의 내장을 가지고 다시 점을 쳐보리라 생각했다.

V

베루스는 새로 만든 지게를 지고 스테파누스의 세탁소를 향해 걷고 있었다. 폼페이에는 열두 군데의 세탁소가 있었는데, 그중에 일곱 개는 스테파누스라는 부유한 상인이 경영했다. 그곳은 실을 잣고 베를 짜고 천을 염색하면서 세탁을 하는 커다란 제조소였다.

베루스가 막 스테파누스의 세탁소에 도착했을 때, 플로시아는 노예들과 섞여서 맨발로 세탁조 안에서 철퍽거리고 있었다. 오줌에 담긴 세탁물을 밟는 일은 노예들 몫이었지만 그녀는 그 일을 즐거워했다.

플로시아는 옆 마을인 스타비아이에서 세탁소를 해온 평민의 딸이었다. 어느 날 스테파누스가 세탁소를 인수하겠다고 찾아갔을 때 그녀는 닭장의 굵은 횃대에 앉아 노래를 부르고 있었다. 그때 플로시아의 아버지는 닭싸움 훈련을 시키는 중이었는데, 거기서 얻는 수입이 세탁소에서 나오는 수입보다 훨씬 많기 때문이었다. 어쨌든 플로시아가 내는 특별한 노랫소리는 돈과 이재에만 밝은 스테파누스의 귀를 뚫고 들어가, 단단한 그의 심장까지도 벌렁거리게 만들었다.

스테파누스는 소리가 나는 쪽을 찾아가다가 결국 닭장 앞에 이르렀고, 그곳에서 총기로 가득 차 있는 짙은 올리브그린색의 눈동자를 발견했다. 처음에 횃대 위에 올라앉은 그녀를 본 스테파누스는 사람 흉내를 내는 커다란 닭이라고 생각했다. 마치 옷감을 접듯이 몸을 착착 접어서 쪼그려 앉은 플로시아가 싸움닭보다 조금 더 커 보였던 것이다. 횃대에서 내려선 그녀가 땅딸막한 스테파누스 앞에 섰을 때, 그제야 그는 기막힌 소리를 내던 싸움닭이 실은 자기보다 키가 큰 여자라는 사실을 깨달았다.

그녀는 빼어난 미모라고는 말할 수 없었다. 늙은 건지 젊은 건지 도무지 분간하기 어려운 분위기를 가진 데다가 손이 작고 손목은 가냘팠다. 야윈 듯한 뺨은 얼핏 그늘을 이루었는데, 아래로 처진 윤기 도는 입술이 그것을 떠받쳐주고 있었다.

그 당시 플로시아에게는 약혼한 군인이 있었다. 그러나 다음 날 스테파누스가 그녀의 집으로 찾아가서 말했다. 보름 후면 자신에게 시집을 와야 할 것이라고. 그녀는 낙천적이고 웃음이 많았지만 매사에 무덤덤했고, 남자에게 특별한 감정을 느껴본 적이 없었다. 그저 나이를 따라 진행되는 과정 중에 결혼이 있다고 생각했을 뿐이었다.

이상한 일은 그로부터 보름이 되기 전에 일어났다. 약혼했던 군인이 죽었다. 더욱 이상한 것은 그제야 죽은 약혼자에게 사무치는 그리움을 느끼게 됐다는 사실이었다. 그녀는 오열하기 시작했다. 죽은 약혼자의 심장이 타지 않았기 때문인데, 왠지 턱없이 부족했던 자신의 사랑 때문에 망자의 심장이 갈 길을 못 가는 듯했다.

플로시아는 그 긴 울음 끝에 걷잡을 수 없는 사랑을 발견했다. 마치 그 사랑이 약혼자가 죽기를 기다렸다가 그제야 나타난 것만 같았다. 그러나 죽음은 의문의 대상이 아니라, 겸허히 받아들여야 하는 대상이었다. 그녀는 약혼자의 뼛가루와 타지 않은 심장 조각을 은단지에 넣어서 보관했다.

플로시아는 스테파누스와 결혼을 한 후에도 마차나 노예들만 다니는 까만 돌길을 서슴없이 밟고 다녔다. 그녀는 천성적으로 신분 따위를 사뿐히 뛰어넘는 유연함이 있었는데, 위아래를 상관하지 않았다. 그녀는 특히 햇볕에 달구어진 돌을 맨발로 밟는 느낌을 좋아했다. 그것은 세탁조 안에서 세탁물을 밟는 것과 비슷한 쾌감을 주었기 때문에, 자신이 밟고 있는 것이 얼굴도 모르는 누군가의 오줌이라는 것은 아무 상관이 없었다. 그럴 때마다 그녀의 입에서는 노래가 흘러나왔고, 사람들은 어떤 뮤즈도 낼 수 없는 천상의 소리라고 생각했다. 노래의 가사는 주로 이런 것들이었다. 내일, 내일은 그를 죽이리라! 그녀가 노래하는 죽음은 듣는 이들의 가슴을 더욱 서늘하게 했다.

베루스는 세탁조에 오줌을 다 붓고 나서도 돌아가지 못했다. 높은 소리로 노래하는 여자 노예 때문이었다. 세탁조 안에서 일을 하는 노예들 속에서도 그녀는 확연히 눈에 띄었다. 우선 짧은 머리가 그랬고, 머리에 여러 종류의 꽃이 달려 있는 것도 그랬다. 그녀가 나풀거리면서 세탁물을 밟을 때마다 머리에 매달린 꽃들이 떨어지면서 나부꼈다. 베루스는 그 얼굴을 어디선가 본 것 같았다.

플로시아의 노래가 끝나고서야 세탁소를 나온 베루스는 갑자기 우뚝 멈춰 섰다. 그 바람에 그가 메고 있던 빈 암포라 여덟 개가 앞뒤로 심하게 흔들렸다.

어렸을 때부터 덫을 잘 놓기로 소문난 베루스는 그의 덫에 걸려들지 않는 짐승이 없을 정도였다. 사람들이 귀신도 잡을 수 있는 실력이라고 추어올리는 바람에 그는 공동묘지에 덫을 놓았다. 몇 달 전 일이었다. 어느 날 베루스는 덫에 걸린 여자 귀신을 보았다. 어두워서인지 귀신의 얼굴은 나이를 분간할 수 없었지만, 손에는 무언가를 한 줌 들고 있었다. 여자 귀신의 짧은 머리가 바람에 멋대로 흩날리고 있었다.

다음 날 낮에, 다시 덫을 보러 나간 베루스는 어느 묘지 위에 놓인 한 다발의 머리카락을 발견했다. 머리카락은 느슨하게 땋아서 양쪽이 묶여 있었는데, 단순한 갈색이 아니었다. 불순한 성분들은 모두 휘발되어 날아가버리고 따스한 발랄함만 남은 사랑스러운 아마 빛이었다. 묘비명은 슬펐다. '결혼하지 못한 병사가 잠들다.'

베루스는 빈 오줌통을 메고도 다리를 헛디뎠다. 머리가 텅 비어버린 듯 어지러웠고 그 머릿속 어디쯤에서 바람 소리가 들려왔다. 그 소리는 어느새 세탁소에서 들었던 여자 노예의 노래로 바뀌었다. 그는 묘지에서 본 여자 귀신의 환영과 세탁소에서 들었던 노랫소리를 조합해보며 걸음을 멈추었다. 그 바람에 지나가던 병사의 팔이 그의 오줌통에 닿았다. 병사는 무의식적으로 옆구리에 찬 칼집으로 손을 뻗다가 자신을 건드린 자가 얼마나 기골이 장대한지 놀라서 바라보았다. 날카롭게 각이 선 눈썹 밑의 쏘는 듯 강렬한 눈빛을 마주하고는 칼집에서 손을 떼었다.

병사는 시장인 폴리비우스를 호위하고 있던 중이었다.

베루스는 재빨리 병사에게 수건을 내밀면서 말했다.

"어리석은 제 잘못을 용서하십시오……."

병사는 그제야 자신의 팔에 닿은 것이 오줌통이라는 것을 알고는 안색이 변했다. 그러자 옆에 있던 폴리비우스가 커다랗게 웃으며 병사에게 말했다.

"거기 자네 오줌도 들었을지 모르니 그냥 보내주게."

병사가 수건을 받아 들자, 폴리비우스는 너그러운 시장답게 베루스에게 말했다.

"사람이 많은 길은 좀 피해 다니면 좋겠다. 안 그런가?"

베루스는 고개를 숙여 보이고는 곱슬곱슬한 다갈색 머리카락을 휘날리면서 군중 속으로 사라졌다. 폴리비우스는 베루스의 여덟 개짜리 오줌통과 그것을 짊어진 그의 어깨를 번갈아 바라보았다. 그는 지금 휘하들을 이끌고 루파나레로 들어가는 중이었다. 행정관들을 시켜 살인 사건을 수사하고 있으니, 자신도 뭔가 역할을 해야 했던 것이다.

VI

폼페이를 둘러싼 성벽 안에서 벌어지는 일이라면 시장인 폴리비우스를 피해갈 수 없었다. 그는 집정관인 스카우루스를 마음대로 주무르고 있었고, 또 다른 집정관인 움브리키우스는 스카우루스를 전적으로 신뢰하고 있었다. 그러므로 폼페이는 거의 폴리비우스의 손아귀에서 놀아나고 있는 셈이었다.

폴리비우스는 폼페이의 지도를 볼 때마다 못마땅한 표정을 지었는데, 그것은 움브리키우스의 빌라 때문이었다. 그놈의 미스터리한 빌라와 외과의사의 집 때문에 타원형인 폼페이 지도가 물고기 모양으로 변해버린 것이다. 게다가 사르누스 문과 누케리아 문 사이의 모서리에 있는 원형 경기장이 그 물고기 모양을 더욱 완벽하게 만들어주고 있었다. 그럼에도 그는 자유분방한 사람이었다. 예술과 여자는 물론이고, 폼페이 항구에 드나드는 외국 상인들의 거친 사투리까지도 높이 샀다. 그러나 그런 것들은 모두 그가 만족하고 있을 때에만 찾아오는 기분 풀이 같은 것이었다.

그의 목소리가 조용하던 골목길을 흔들었다.

"분명, 여기 있는 암늑대들이 쿠쿨라를 질투해서 죽였을 게야. 이 암늑대들 생명은 질투거든. 저길 보라고."

그는 웅변을 하듯이 손끝으로 벽화를 가리켰다. 골목의 벽에는 창녀들의 성교 기술을 묘사한 그림 따위와, 남성의 상징, 혹은 수간 장면 등이 그려져 있었고, 짐승에게 습격당하는 힐라스나, 샘물에 얼굴을 비추는 나르키수스도 보였다.

폴리비우스는 다시 호탕하게 웃으며 떠들었다.

"저 중에 젤 희한한 기술 가진 년을 찾아가면 되겠군. 그년이 범인일 거야. 희한하게 죽이는 방법도 알 테지."

폴리비우스는 막 루파나레 거리로 들어섰다. 루파나레 문 옆에는 보초를 서는 경비병들이 여럿 있었는데, 그들은 벌써부터 취한 듯했다. 발그레한 얼굴로 음탕한 농지거리를 안주 삼아 술병을 돌려가며 나발을 불고 있었다. 그들 사이로는 얼굴색이 다른 외국 상인들이 수시로 드나들었다.

루파나레 문 앞에 서자, 안에 걸려 있는 액자들이 한눈에 들어왔다. 그 수많은 액자 안에는 성관계 체위가 한 가지씩 그려져 있었다. 폴리비우스는 그 액자들을 바라보며 안으로 들어섰다. 포주로 보이는 사내가 남자 둘을 상대하다가, 우르르 들어오는 폴리비우스 일행을 보더니 미련 없이 그들을 버리고 달려왔다. 버려진 두 남자는 외국인이었다. 그들은 벽에 걸린 수많은 그림들을 가리키며 뭔가를 묻는 듯했다.

"어떤 종류들을 보여드릴까요? 저 안내 그림을 보고 고르셔도 됩니다."

사내는 벽화에 그려진 온갖 체위를 가리키며 말했다.

"꼭 저렇게 해야 하나?"

"저 그림에서 약간의 변형도 가능하지만, 대체로……."

폴리비우스의 질문에 대답하던 사내는 그쯤에서 말을 멈추었다. 알고 보니 무수한 벽화의 그림은 일종의 안내판 역할을 하고 있었다. 말을 하지 못하는 외국인들도 그림을 가리키면 화대를 알 수 있을 뿐만 아니라, 그 그림과 똑같은 접대를 받을 수도 있었다.

폴리비우스는 게걸스럽게 웃으면서 입을 열었다.

"여긴 유권자들이 많이 드나드는군. 선거운동을 여기서 해야겠구먼."

"여긴 색다른 몸 운동을 하는 곳입니다만?"

포주로 보이는 사내는 또 말을 거기서 멈추었다. 사내는 어딘지 모르게 늙은 여우 같은 느낌을 주었다. 얼굴은 굴 밖으로 내밀고 있으면서도 잔머리를 굴리는 눈동자는 찾아온 손님들을 탐색하느라 여우 꼬리처럼 흔들리고 있었다.

"이분은 폼페이 시장님이신 폴리비우스 님이시다. 살인 사건을 조사하…….."

폴리비우스는 호위 병사의 말을 자르기 위해 손을 내저었고, 그 병사의 입은 딱 거기서 정지했다. 폴리비우스를 모시는 사람들은 그의 손이 보내는 신호를 잘 살펴야 했다. 그는 입에서 나오는 말보다 손으로 하는 말이 더 많을 때가 있었다. 특히 심기가 불편할 때는 거의 손으로 모든 명령을 내리기 일쑤였다.

폴리비우스는 사내에게 갈리아 여자들과 매력 있는 여자들을 모두 데려오라고 했다. 사내는 날아갈 듯이 달려가더니 일단의 병력을 꾸릴 수 있을 만큼의 여자들을 데리고 나타났다. 그러나 쿠쿨라에 대한 단서를 찾기 시작하자, 창녀들의 반응은 의외로 시큰둥했다. 결국 알아낸 것은 한 가지뿐이었다. 쿠쿨라는 루파나레에서도 가장 잘나가던 창녀였는데, 그녀가 풍기는 냄새 때문에 폼페이 개들마저 이 거리를 뻔질나게 드나들었다는 것이다.

"그럼, 그 개들한테 화대라도 받을 걸 그랬구먼?"

폴리비우스의 말에 창녀 하나가 자지러지게 웃었다.

루파나레에서는 갈리아 창녀의 인기가 제일 높았는데, 그녀들은 남자를 꾀기 위한 어떤 행위도 하지 않는다고 했다. 그저 세상사에는 아무런 관심도 없다는 듯 몽롱한 시선으로 앉아 있거나, 눈을 뜬 채 태어난 신생아처럼 지나가는 남자를 생뚱맞게 바라보고는 곧 눈길을 거두어버리는 대신에, 백치 같은 표정으로 이상한 신음이 섞인 하품을 오래도록 해댄다는 것이다. 그러면 지나가던 남자 열의 아홉 명이 다시 뒤를 돌아보고는 그녀들에게서 풍기는 이해할 수 없는 냄새에 이끌려 허둥지둥 화대를 지불하곤 했는데, 그때 돌아보지 않고 지나가버린 한 명은 냄새도 맡지 못하는 맹인이거나 남색에 빠져 허우적대는 남자라는 것이었다.

폴리비우스는 어디 하품하는 창녀가 있는지 돌아보면서 투니카의 보라색 옷깃을 매만졌다. 그는 투니카를 입을 때도 기분에 따라 두 개씩 겹쳐 입곤 해서 깃에 달린 보라색이 유난히 넓게 보였는데, 그것도 일종의 퍼포먼스로 보였다. 격식을 차려서 가끔 흰색 토가*를 두르긴 했지만 그것은 거의 몸종 손에 들려 있곤 했다. 그때 우연인지 연출인지 창녀 한 명이 하품을 길게 하면서 지나갔고, 폴리비우스는 그녀를 향해 개 짖는 시늉을 하면서 루파나레를 나왔다.

7월에 있을 선거 때문에 도시 전체의 벽이란 벽은 모두 선거

* 길이가 4.5미터에 폭이 2미터나 되는 흰 천으로 된 토가는 노예 두 명이 달라붙어서 균형을 잡아 걸치고 세심하게 주름을 잡아야 했다.

벽보로 뒤덮여 있었다. 골목을 빠져나온 폴리비우스는 벽보에 쓰인 자신의 이름을 보고 걸음을 멈추었다.

"가이우스 율리우스 폴리비우스를 뽑아 도로와 공공 및 성스러운 건물을 맡게 합시다. 아셀리나의 아가씨들, 특히 즈미리나가 당신의 지지를 부탁드립니다."

그는 암늑대 거리의 창녀들이 자신을 지지한다는 벽보를 보고는 인상을 구겼다. 그는 노예들에게 벽보를 지우도록 지시하고는 시 의회로 발길을 돌려버렸다. 선거 벽보는 계속 이어졌다.

"트레비우스를 아이딜리스(행정관)로! 빵 판매업자들이 지지합니다."
"세이우스 세쿤두스를 뽑읍시다. 신들도 그를 지지합니다!"

VII

시 의회에서는 두 행정관이 폴리비우스를 기다리고 있었다. 또 하나의 사건이 그를 기다리고 있었다. 폴리비우스가 나타나자 행정관들은 반가운 얼굴로 벌떡 일어섰다. 항상 재빠르고 말하기를 좋아하는 포이부스가 사건 설명을 시작했다.
"어젯밤에 두 기의 무덤이 파헤쳐졌답니다. 그런데 모두 처녀의 무덤입니다……."

폴리비우스는 귀찮다는 듯 손을 내저으며 말했다.

"이미 죽은 처녀를 또 죽인 건 아니잖나?"

"그건 그렇습니다만, 두 가지가 없어졌답니다."

"없어졌다니? 죽은 처녀의 정조라도 훔쳐 갔단 말인가? 이
보게들, 무덤은 덮어두고 일단 독극물 사건부터 결론 지어버
리세."

"독살이라는 건 알지만 증거가 없으니 말입니다."

포이부스의 말이 끝나자, 폴리비우스가 시큰둥하게 말했다.

"증거를 만들면 되겠지……."

폴리비우스는 손등을 턱에 대고서 불안정한 자세로 왔다 갔
다 하더니, 한참 만에 멈춰 섰다. 그제야 평소의 모습으로 돌아
온 그는 사뭇 냉정한 표정으로 말했다.

"멧돼지를 잡으려면, 멧돼지처럼 생각해야 하지 않겠나?"

"멧돼지 소굴이라도 발견하신 겁니까?"

이번에는 멍청히 앉아 있던 멜라이가 놀란 표정으로 물었다.
폴리비우스는 다시 신경질적으로 대답했다.

"증거를, 사 오면 되지 않겠나!"

"……어디 가서 사 올 데라도 있는 겁니까?"

"한 군데가 있긴 한데……."

포이부스가 나섰다.

"그럼 범인을 알고 계신단 말입니까?"

"그럴 리가 있나…… 범인을, 만들자는 얘기지!"

폴리비우스는 두 행정관에게 명령을 내렸다.

"내가 다녀온 루파나레만 빼고 다른 암늑대들을 좀 만나보란 말이야."

두 행정관은 아무 말 없이 서로의 얼굴을 멍청히 바라보았다. 그러자 폴리비우스가 만면에 웃음을 띠고 물었다.

"왜 그러나? 이런 정치 처음 해보나? 증거를 만들란 말이야."

폴리비우스는 신경질적인 눈에 이론가다운 고지식한 이마를 가졌는데, 강압적이면서도 녹슨 듯한 쇳소리를 내는 음성은 웅변하는 사람 특유의 각진 표정을 뒷받침해주었다. 게다가 품위를 가장하는 부자연스러움까지 곁들인 그에게는 권력이 제일 입맛에 맞는 품목이었다.

그의 집은 한 골목을 거의 차지하는 거대한 주택인데, 그 집 담벼락에는 늘 열렬한 정치 문구가 새겨졌다가 지워지기를 1년 내내 반복했다. 그것은 그를 지지하는 사람들이 자발적으로 참여하는 것이었다. 따라서 지난번에 적어둔 선전 문구를 지우기 위해 회칠을 해야 하는 경우에는 노예들이 밤을 새우기도 했다.

그의 선거 운동은 주로 네 가지로 요약할 수 있었다. 첫째는 살루타토레스(일일이 가정방문을 통해서), 둘째는 아섹타토레스(시장 등 일터에서 설득하기), 세 번째는 레둑토레스(일터에서 집으로 돌아가는 유권자를 집에 데려다주면서 꼬시기), 끝으로 노멘클라토레스(운동원들이 영향력을 행사하는 사람을 노려서 집중 공략하기) 등이었다.

그는 결코 자기가 나서서 표를 달라고 호소하지 않았다. 지지자들이 그가 직책에 적합하다면서 시민들에게 지지를 호소하도록 유도했다. 그는 유독 선거에 시큰둥한 모습을 보였고, 오히려 선거철에는 여자들을 후리고 다니기에 바빴다.

폴리비우스는 여자들을 대할 때 늘 이렇게 물었다. 언제 과부가 되지? 혹은 언제 과부가 되었나? 여자가 처녀라고 말하면, '그러니까 언제 과부가 되느냐고?' 그렇게 물으면서 여자의 귀를 조심스럽게 만졌다. 어떤 여자는 그에게 조용히 귀를 내주며 수줍어했지만, 어떤 여자는 귀뿐만 아니라 머리통까지 내주다가 급기야는 그에게 온몸을 내던졌다. 그럴 때 여자들은 한결같이 말했다. 사랑해본 적은 많아요, 그러나 받아본 적은 없지요……. 그는 손을 대지 않고도 상대로 하여금 자결하게 만드는 카리스마를 지닌 것 같았다. 그러한 그의 재능이나 정치적인 악마성조차 신이 보내준 것처럼 보였다. 한마디로 그는 모든 정치, 아니 온갖 정치를 잘하는 사람이었다.

그는 강인한 생명의 피를 가진다는 환상으로 죽어가는 검투사의 피를 받아 마시기도 했는데, 그토록 편식과 포식을 번갈아 하는데도 아직 날카로운 얼굴선을 유지하고 있었다. 검은 머리는 이제 관자놀이부터 잿빛으로 변해가고 있었지만 그것이 나이를 들어 보이게 하기는커녕, 그의 매력에 불을 지피는 것 같았다.

시 의회를 나서려던 폴리비우스는 문득 뒤돌아섰다.

"아, 아까 그 무덤에서 사라졌다는 두 가지는 뭔가?"

이번에는 말이 없던 멜라이가 선뜻 대답했다.

"초상화*입니다."

"죽은 처녀의 초상화라?"

"예, 그리고 뼈들이 사라졌답니다."

"사체를 도굴했다는 말이구먼. 그럼 외과의사를 찾아가보지 그러나?"

그의 말에 두 행정관은 눈을 빛내며 서로를 바라보았다. 그렇잖아도 쿠쿨라의 사체와 무슨 연관이 있을지도 모른다는 생각으로 의사를 용의선상에 올려놓고 있었던 것이다. 그들은 동시에 시 의회를 나와 각자의 길을 갔다. 폴리비우스는 증거를 사러 갔고, 행정관 포이부스와 재무관 멜라이는 외과의사의 집으로 향했다.

VIII

외과의사의 집은 겉으로 보이는 것과 달리 어둡고 비좁았다. 외과의사라는 사람은 두 행정관을 맞으면서 히스테릭한 반응을 보였다. 무엇보다 그의 외모가 기이했다. 머리카락이 이마를 덮고, 턱수염과 구레나룻은 얼굴을 덮고 있었다. 그의 얼굴색은 물론이고 눈동자를 찾아내기도 어려웠다. 턱수염은 원래 철학자나 상을 당한 사람만이 기를 수 있었으나, 요즘에는 개나 소

---

* 장례를 지낼 때, 관 속에 죽은 사람의 초상화를 넣어주는 관습이 있었다.

는 물론이고 신전의 사제나 범죄자들도 수염을 기르고 다녔다.

외과의사의 집은 작은 언덕을 뒤로 끼고 있었는데, 거기에는 사람의 다리 높이만 한 수풀이 무성하게 자라나 있었다. 그러니까 야외 정원인 페리스틸리움을 지나면 바로 그 작은 언덕으로 이어졌다.

"저게 뭔가? 저기 말일세……."

포이부스가 가리킨 곳은 그 낮은 언덕이었고, 거기에는 허연 물체들이 둥그렇게 쌓여 있었다. 두 사람은 의사를 돌아보았다. 그러자 의사는 팔짱을 낀 채로 양쪽 어깨를 으쓱 들어 올릴 뿐이었다. 두 행정관은 재빨리 언덕으로 올라갔고, 동시에 걸음을 멈췄다. 거기에는 뼈와 두개골이 잔뜩 쌓여서 하얗게 빛나고 있었다.

"이런 것을 집 안에 두고도 발각되지 않을 거라 여긴 건 아닐 테고……."

의사는 기다렸다는 듯 입을 열었다.

"유피테르 신의 이름으로 맹세컨대, 난 모르오."

이번에는 멜라이가 재빨리 의사 곁으로 다가서며 물었다.

"살인이 취미요?"

"일부러 죽인 건 아니오."

"죽었더라도 화장을 해줘야 예의가 아닌가?"

"여기가 우리 집에서 제일 양지바른 곳이오. 이 상태로 기체가 되는 것도 좋다고 생각했소. 굶주린 놈들이 남은 살을 발라 먹도록 두기도 했소만."

"오, 플루톤(하데스)! 이 살인마를 용서할 수 없어."

멜라이가 의사에게 덤벼들었다. 멱살이 잡힌 의사는 바닥으로 내동댕이쳐지면서도 웃었다. 그러고는 일어날 생각도 하지 않고 누운 채 손바닥을 털면서 말했다.

"다시 한 번 보시오. 저게 사람 뼈인지 개뼈다귀인지……."

포이부스가 의사에게 손을 내밀어 일으켜주며 말했다.

"난 처음부터 알았습니다. 동물 뼈더군요. 하하, 멜라이, 자네 그렇게 정의롭다가는 언젠가 다칠 거라고 하지 않았나? 이젠 시민을 다치게 하는구먼."

의사는 일어나서 다시 손바닥을 털었다. 그리고 그 털북숭이 입을 열었다.

"거의가 개 뼈들일 거요. 다른 짐승은 얼마 안 됩니다. 이 도시는 임자 없는 개들이 너무 많지 않소."

"그래도 왜 저리 죽은 개가 많은 거요? 혹시 저 뼈의 임자들이 씨를 뿌리는 건 아닐 테지요?"

포이부스의 농담에 의사는 정색을 하고 맞장구를 쳤다.

"모르지요, 폼페이는 원래 번식력이 좋은 곳이니까요."

멜라이가 머쓱한 얼굴로 다시 끼어들었다. 그는 항상 진지한 사건 앞에서도 농지거리를 해대는 포이부스가 영 못마땅했다.

"의사 양반, 조사할 게 있어서 왔소만……."

"다시 유피테르 신의 이름으로 맹세컨대, 그런 살인에 대해서는 본 적도, 들은 적도 없소이다."

"아니, 묻지도 않은 질문에 그런 식으로 답을 하는 건 범인이라고 자백하는 게 아니오?"

멜라이가 목에 핏대를 세우고 나서자, 포이부스가 슬그머니 끼어들었다. 항상 멜라이의 진지함이 일을 어렵게 만들곤 하기 때문이었다.

"혹시, 진찰을 받으러 온 적이 있는지 봐줄 수는 있지 않겠소? 그 죽은 창녀가 말이오."

의사는 피식 웃더니 손을 내저으며 말했다.

"잘 아시겠지만, 이 폼페이에서 내게 오는 환자가 없소이다. 믿지 못하겠다면 우리 집을 모두 조사하시오. 내 진찰실도 보여 드리지요."

의사가 진찰실이라면서 안내한 공간은 사람을 살리는 곳인지 죽이는 곳인지 분간이 되지 않을 만큼 어둡고 음산했다. 진찰대 앞으로 길고 좁은 창문이 나 있어서 그나마 빛이 들어오고 있었다. 새로 깎아놓은 나무처럼 밝은색이 도는 진찰대가 놓여 있고, 그 위에 수술 기구들이 보였다.

"그럼, 아픈 환자들이 대체 어디로 간단 말이오?"

이번에도 멜라이가 따지듯이 물었다.

"다들 신전 앞으로 달려가거나, 뭐 급한 사람들은 무녀를 찾아가지요. 나는 그저 내 몸이나 돌보면서, 보시다시피 이렇게 검소하게 살아갑니다."

"신전 앞으로 달려간다?"

그때 어둠에 익숙해진 포이부스의 눈에 이상한 물체가 들어왔다. 그것들은 벽의 구석에 일렬로 나란히 걸려 있었다. 자세히 보니 배를 가르고 내장을 제거한 동물들의 말라비틀어진 사체였다. 배를 갈랐으니 박제라고도 할 수 없고, 미라도 아니었다. 두 행정관이 의사를 바라보자, 그가 가까이 다가왔다. 포이부스는 뒤로 한 발짝 물러났다. 의사는 그 말라비틀어진 동물들을 한 번씩 만져보면서 말했다.

"일종의 취미지요. 사람이 오지 않으니 이것들이라도 해부하면서 칼 솜씨를 녹슬지 않게 유지하고 있는 게지요……."

"이건 동물 유기죄에 해당하지 않겠소?"

"아, 멀쩡한 놈들은 건드리지 않았으니 체포할 생각은 마시오. 밖에 저 언덕 위에 있는 놈들은 운이 다해서 죽었지만, 가끔씩 병을 고쳐서 살아 나간 놈들도 있소이다. 혹시 소문 못 들으셨소?"

"소문이라니요?"

"이놈들은, 아프면 내 집 마당을 어슬렁거린다오."

외과의사는 자신의 의술이 동물들 세계에 소문이 난 것 같다고 허허거리며 웃었다. 두 행정관은 더 이상 물을 말도, 묻고 싶은 말도 없었다. 서둘러 진료실을 벗어나는 두 행정관들에게 의사의 말이 들려왔다.

"이놈들의 진료비를 폼페이 시 의회에 청구할 생각인데, 어떻소?"

두 행정관은 의사의 집을 나와서는 무슨 균이라도 들러붙은 것처럼 온몸을 떨어냈다. 그때 개 한 마리가 지나가자, 두 사람은 소스라치게 놀라 서로를 바라보았다.

IX

그 시각, 폴리비우스 시장은 무녀의 집을 찾아가고 있었다. 무녀 프레데리타의 집은 스타비아이 문을 나서기 전에 있는 무두질 공장 건너편에 있었다. 폴리비우스는 모퉁이를 돌기 전에 주악당에서 쏟아져 나오는 무리를 보았다. 그는 그 무리 중에서 에우마키아의 아들 프론토를 발견했다. 오늘도 프론토 옆에는 비극시인이라고 자처하는 비루먹게 생긴 작자가 들러붙어 있었다.

폴리비우스는 얼마 전에 프론토에게 행정관 후보 자리를 제안했다. 프론토는 그냥 웃어넘겼다. 그러나 사람을 주무르는 게 정치라는 말에는 관심을 보였다. 만약 에우마키아의 아들인 프론토를 시 의회에 끌어들인다면, 폼페이의 정치 경제를 모두 거머쥐는 것이나 다름없었다. 그러나 고집 센 에우마키아는 자신의 아들을 정치판에 내돌리지는 않을 터였다. 프론토에게 구미가 당길 만한 거래를 제시해야 했는데, 그는 그것을 알아차렸다. 프론토가 지진이 일어났던 17년 전(62년)의 상황을 집요하게 물어왔다. 그 당시 보았던 기억이 모두 사실인지 자신이 없다며 폴리비우스에게 도움을 청했던 것이다. 폴리비우스는 일행을 그 자리에 두고서 프론토 쪽으로 걸어갔다.

프론토는 푸른빛을 띠는 우윳빛 피부에 허약한 듯한 뼈를 지녔으나, 전체적으로는 섬세한 몸매에 귀족적인 얼굴을 가지고 있었다. 어렸을 때 지진을 겪은 후유증으로 그의 어깨는 늘 탈

골되어 늘어져 있지만 얼굴에 어린 총기는 그를 예사로이 볼 수 없게 만들었다.

그는 자기가 알지 못하는 것은 무조건 '터무니없다'고 말하는 버릇이 있었다. 그래서 모르는 사람이나 모르는 일은 물론이고 모르는 여자들도 모두 터무니가 없었고, 알 수 없는 것들로 가득 찬 세상도 그러했으며 연애마저도 터무니없었다. 결국 그는 터무니없는 삶을 살아가고 있는 셈이었다. 그는 피해망상 때문에 물 대신 와인을 마셨다. 덕분에 그는 늘 술에 취해 있었고, 비 오는 날 돼지게 얻어터진 비루먹은 당나귀 같은 몰골을 할 때가 많았다. 로마 놈들이 수도관에 무언가를 흘려 보낸다는 망상이었다. 그래서 폼페이 시민들을 성적 집착과 광기, 야수적이고도 잔인한 쾌락에 몸과 영혼을 내맡기는 중독 상태에 빠지게 만든다는 것이었다.

프론토는 옆에 있는 비극시인 아니케투스에게 힘주어 말했다. "정말 터무니없는 일이네. 로마에서 내려온 자들이 떠드는 소리를 들었다니까. '저것들을 조용히 잠재우려면 뭔가를 보내야 하잖소?' 그러니까 옆에 있던 놈이 목소리를 더 착 깔고서 말했네. '그럴 필요 없이 로마에서부터 보내는 게 있지요, 바로 물입니다. 그걸로 꼼짝 못하게 하는 게 어떻소?' '그래요, 세금도 왕창 물립시다.' 그러더군. 아아, 정말 터무니가 없네. 난 그날 이후로 물 대신 술을 마신다네."

그런 말을 하면서 정말로 소름이 끼친다는 듯 어깨를 떨었지만, 아무도 그의 말을 믿지 않았다. 넓은 이마와 움푹 들어간 눈 때문에 그의 얼굴은 전체적으로 사색에 잠긴 듯했으나, 사람을 찔러보는 듯한 검은 눈이 그의 기질이나 피해망상에 걸린 자의 표정을 아주 잘 보여주었다.

프론토는 자주 비극시인을 불러 대화를 나누고 산책을 했다. 이 비극시인은 몰락한 귀족으로 개 여섯 마리에 노예가 아홉 명뿐이었지만, 그들을 먹이는 일도 간신히 꾸려가고 있었다. 그는 술이 취하면 늘 똑같은 소리로 입을 열었다.

"유산 대신에 재난을 물려받은 시인이 여기 있습니다!"

사실 그는 비극적인 시보다는 에로틱한 시를 많이 지었고, 사람들에게 '개조심씨'라고 불렸다. 그의 집 대문 앞에 그려진 개와 '개 조심'이라고 쓰인 모자이크 타일 때문이었다. 실제로 그의 집에서는 개새끼들이 골아대는 콧소리 때문에 사람들이 잠에서 깨어나곤 했다. 그는 개 여섯 마리에게 집 안에 들어온 순서대로, 로마의 여섯 황제 이름을 붙여주었다. 물론 모두 수컷이었다.

첫째가 아우구스투스(Augústus)*, 둘째는 티베리우스(Tibérĭus)**, 셋째는 칼리굴라(Calígŭla)***, 넷째는 클라우디우스(Cláudĭus)****, 다

---

* 로마의 첫 번째 황제로, 황제 중에서 유일한 이성애자로 알려져 있고, 14년 8월 19일에 자연사했다.
** 아우구스투스의 양자로 37년 3월 16일에 자연사했다.
*** 칼리굴라('작은 장화'라는 뜻)는 병사들이 붙여준 별명이고, 본명은 가이우스 카이사르 게르마니쿠스(Gaius Caesar Germanicus)이다. 티베리우스의 조카로 41년 1월 24일 암살당했다.
**** 클라우디우스는 칼리굴라의 삼촌으로, 말더듬이에 절름발이이고 간질 환자였다. 54년 10월 13일에 죽었는데, 그의 네 번째 부인인 소아그리파에 의한 독살 의혹이 있다.

섯째는 그 유명한 네로(Něro)*, 여섯째가 바로 어제 죽은 베스파
시아누스(Vespasiánus)**라는 황제의 이름을 가지고 있었다. 그런
데 희한한 것은 이 개새끼들이 모두 그 황제들의 특징을 여실히
보여준다는 사실이었다. 첫째인 아우구스투스만 빼고 다른 다
섯 마리는 모두 양성애자 성향을 보였고, 셋째인 칼리굴라는 포
악하기가 이루 말할 수 없는 데다가, 집 안팎의 어떤 개든 호적
을 가리지 않고 닥치는 대로 올라타는 성적 편력을 보였다. 다섯
째인 네로 또한 어디서 물고 들어온 뼈다귀 한 개를 집 안의 신
전 앞에 올려놓고 지극히 섬기는 등, 온갖 골통 짓을 다하는 바
람에 집 안의 개들 사이에서도 왕따였다.

　황제의 이름과 가장 많이 닮은 개는 넷째인 클라우디우스였
다. 그 개는 절름발이에다 가끔씩 거품을 물었는데, 짖는 소리
도 희한했다. ‘멍멍’도 아니고 ‘왕왕’도 아니며 ‘컹컹’은 더더욱
아닌, 그냥 ‘해이행, 해이행’ 같은 딱히 표현하기 힘든 해수 기
침을 닮은 의성어였다. 그래서 비극시인은 그 클라우디우스를
암놈들 근처에는 얼씬도 못하게 했다. 암컷에 의한 독살의 우려
가 있다고 판단했기 때문이었다. 게다가 첫째나 둘째, 여섯째는
그런대로 건강해서 자연사할 가능성이 높지만 셋째, 넷째, 다섯
째는 성질이며 포악함 때문에라도 암살이나 자살의 우려가 높
았다.

---

* 네로는, 클라우디우스의 양아들이다. 원로원에 의해 제국의 적으로 선언된 후 68년 6월
　11일 어쩔 수 없이 자살한다.
**동방 지역의 지지로 정권을 장악했으며, 79년 6월 24일에 자연사했다.

어쨌든 폼페이 사람들은 그를 '개조심씨'라고 불렀고, 화가 난 그는 자기 집 대문에 '비극시인의 집'이라는 어이없이 커다란 문패를 새겨 넣었던 것이다. 그는 이제 일곱 번째 개를 데려오면 바로 얼마 전에 황제가 된 티투스(Titus)*의 이름을 붙여줄 작정이라고 했다. 그 개는 제발 적당히 고개를 떨어뜨리고 턱을 당기는 겸손함을 보일 줄 아는, 정말 '개 같은 개'였으면 좋겠다는 것이 그의 작은 바람이었다.

그는 술에 취하면 신전 앞으로 달려가곤 했는데, 기도를 드리기 위한 목적이 아니었다. 신전 앞에 엎어져 있는 사람들에게 일일이 신들의 복잡한 가족 관계를 캐묻기 위해서였다. 가끔 공물을 바치러 온 암늑대 거리의 창녀들에게 추파를 던지기도 하지만 그녀들이 보내오는 건 눈웃음과 콧소리가 아니라, 경계와 경기, 심지어 경멸 같은 것이었다. 그 모습을 본 프론토는 여자들이야말로 정말 터무니없는 존재라고 지껄이며 비극시인을 위로했다.

때로 비극시인은 베수비우스 산을 바라보며 시를 짓곤 했는데, 그토록 맑고 성스러워 보이는 베수비우스 산이 그의 시 속에만 등장하면 갑자기 에로틱하게 변해버렸다.

사랑은 너무 세게 다가오면,

* 티투스 황제는 베스파시아누스의 첫아들로, 81년 9월 13일에 감염병으로 사망하게 된다.

사람들에게

명성과 명예를 가져다주지 않는 법.

그러나 베수비우스가 은근히 다가오면,

어느 여신이 그토록 우아하리오!

여주인님이여, 내게는 그대의 황금 활에서

애욕에 담근 백발백중의 화살을 날려 보내지 마소서!*

비극시인은 오늘도 프론토에게 사랑의 기술을 가르치고 있었다.

"자네에게 필요한 건 열정이네! 이를테면 자네가 말하는 터무니없는 사랑 같은 거지."

"그게 어디 필요할 때마다 꺼내 먹는 추억 같은 건가?"

프론토는 갑자기 정색을 하더니, 비극시인에게 뜬금없는 질문을 했다.

"헌데, 자네는 9년 전(70년) 4월에 있었던 유대인 학살을 기억하는가?"

"그럼, 난 스물이 다 되어가고 있었는걸. 수십만의 유대인이 죽고 나머지는 노예로 팔렸다네."

"그때 내 어머니가 로마에 가서 여자 노예를 다섯이나 사 왔었네."

* 에우리피데스의 비극 「메데이아」 중에서 코로스의 대사. 원문에서는 베수비우스 부분이 퀴프리스(아프로디테)로 되어 있다.

62

"로마군은 그때 예루살렘에서 훔쳐 온 보물로 콜로세움을 지었다지 않나? 잡혀 온 유대인 포로들이 거기서 일하고 있잖나?"

"근데, 그때 데려온 노예들이 하나둘 사라지더니 최근에는 모두 안 보인다네."

"그런데 왜 그러나? 자네 정말 정치를 할 셈인가 보네그려."

그때 느닷없이 폴리비우스가 끼어들었다. 아까부터 두 사람을 살피고 있던 폴리비우스는 만면에 웃음을 띠고 다가왔다. 그는 프론토를 껴안고 호들갑스럽게 인사를 나누었다. 그리고 그 인사의 끝에 프론토의 귀에 대고 다정하게 물었다.

"그래, 사라진 노예들이 몇이나 되는가?"

"……?"

"아, 아닐세! 오늘 밤 어머니를 찾아뵙겠다고 전해드리게."

프론토는 폴리비우스에게 목례를 하면서 비극시인의 팔을 잡아끌고 서둘러 걸었다. 두 사람은 대극장 쪽으로 돌아섰다. 비명이 들려온 건 그 순간이었다.

사람들은 비명의 출처를 찾아 주위를 둘러보다가 주악당 맞은편의 벽을 등지고서 죽어가는 남자를 발견했다. 살인은 방금 전에 일어난 것 같았다. 그러나 남자의 목에서 흘러내린 피는 갈색의 투니카 앞자락을 거의 물들이고 있었다. 선혈이 낭자한 비극적인 성화처럼 보였다. 주악당에서 나온 사람들은 물론이고, 폴리비우스도 그 장면을 보고는 고개를 저으며 돌아섰다. 프론토는 벽화의 그림처럼 죽어가는 남자의 얼굴을 뚫어지게 바라보았다. 어릴 때부터 보아온 낯익은 얼굴이었다.

X

대극장에서 죽은 남자는 에우마키아의 가마터에서 암포라를 굽던 노예였다. 나이가 지긋하고 유독 성실했던 그 노예는 가마터 일을 거의 떠맡고 있었다. 사르누스 강에 배가 들어오는 날이면 폼페이 항구에서의 일도 그가 도맡아 했다.

에우마키아는 가마터의 노예가 살해되었다는 소식을 듣고도 차분히 앉아 차를 마셨다. 사고가 아니라 살인이라는 것이 그녀를 더욱 심란하게 했다. 심부름을 보낸 곳은 항구 쪽인데, 대극장 앞이라니. 석연치 않은 죽음이었다. 하필 그때 찾아온 폴리비우스 시장은 더 어이없는 소식을 들고 왔다.

폴리비우스는 자기 집에 빵을 대던 놈이 죽었다고 혀를 차면서 아트리움으로 성큼 들어섰다.

"오, 선한 에우마키아 님. 오늘은 제가 죽다가 살아 돌아온 날입니다. 게다가 미친 무녀한테서 불에 타 죽을 거라는 예언을 들었습니다. 아, 항구가 코앞인데 말입니다."

"살아 돌아오다니요?"

"오, 플루톤이여! 빵집 노예 놈이 빵을 들고 왔는데 새장에서 새들이 난리가 났지 뭡니까? 그래서 그 노예 놈에게 먹어보라고 했습니다."

"……."

"어떻게 됐겠습니까?"

"죽었군요?"

"첨부터 죽진 않았습니다. 네 개째 먹다가 죽었지요."

"독살인가요?"

"아마도 그럴 겁니다. 한 개 먹었을 땐 끄떡없더군요. 의기양양해진 놈이 두 개를 먹습디다. 그때 약간 눈이 풀리더니 순식간에 세 개째 먹는데, 말릴 틈이 없었습니다. 결국 네 번째 빵을 입에 물고는 부르르 떨더니⋯⋯."

에우마키아는 그의 말을 자르고 대뜸 물었다.

"그럼 제빵업자를 추궁해보셨나요?"

"추궁은커녕 얼굴도 못 봤습니다."

폴리비우스 집의 노예가 제빵업자 테렌티우스를 부르러 갔지만, 그는 이미 밀가루 반죽에 얼굴을 묻은 채 목이 부러져 있었다고 했다.

폴리비우스는 어이없어 하며 웅변조로 말했다.

"벽화 사건도 해결이 안 됐는데, 이 무슨 해괴하고 끔찍한 날벼락인지요! 선거는 다가오고, 이거 정신을 못 차리겠습니다⋯⋯."

"이상한 일이군요? 움브리키우스는 죽은 갈리아 창녀의 유력한 용의자고, 우리 집 노예는 살해당하고, 시장님마저 독살당할 뻔했다는 게 말입니다."

폴리비우스는 갑자기 온화한 표정을 지었다.

"그래서 말인데요⋯⋯. 폼페이 행정을 확실히 하기 위해서라도 아드님을 행정관 후보로 올리시지요. 이참에 제가 집정관 후보에 나서볼까 합니다. 가마터나 와인 쪽의 수입을 제 선거를 위해 써주시면 좋겠습니다만?"

"움브리키우스가 범인이 아닌 이상, 집정관은 이번에도 그가 다시 당선될 확률이 큽니다."

"그가 범인이 아니라니요? 그걸 누가 압니까?"

"……."

에우마키아는 아무 말 없이 폴리비우스를 올려다보았다. 뚱뚱하지만 예민하고 냉정해 보이는 얼굴에 가지런한 치아가 돋보이는 그녀는, 한때 열정 어린 시절이 있었음을 짐작케 하는 꿈꾸는 푸른 눈동자를 갖고 있었다.

에우마키아는 한참 후에야 입을 열었다.

"제 아들은, 그냥 두십시오. 그 애는 이쪽 길과는 거리가 멀고, 또한 신들의 변덕을 참아내기에는 아직 너무 젊지 않습니까? 게다가 몸이나 마음이나 어디 한 군데 튼실한 구석이 없는 아입니다."

"허허, 권력에 저항하는 자들은 대개 돈과 인연이 없지요. 안 그렇습니까?"

"돈과 인연을 맺기 위해 자식을 사지로 내모는 어미가 어디 있답니까? 정치는 제게 수단과 방법이지, 목적은 아닙니다."

대화술에 능란한 폴리비우스는 치고 빠지는 대목을 귀신처럼 알고 있었다. 지금은 빠지면서 다시 쳐야 하는 대목이었다. 그는 갑자기 호탕하게 웃으며 능청을 떨었다.

"아, 나를 죽일 생각은 마시오. 난 독살을 피하는 방법을 알고 있다오. 새와 동물을 기르면 됩니다. 내 집에 새들이 들끓는 이유가 그것이지요."

"……."

"그것들은 유독 물질을 보게 되면 표시를 해준답니다. 독을 보면, 차코라(히말라야 사냥개의 일종)는 눈에 상처를 입지요. 뻐꾸기는 목소리가 갈라지고, 왜가리는 흥분하지만, 공작은 실신을 하거든요. 아, 앵무새는 또 다른 이유로 기른답니다."

이번에는 에우마키아가 만면에 미소를 띠고 부드럽게 받아쳤다.

"저 같은 사람이 왜 그런 험한 일을 꾸미겠습니까? 스스럼없이 드릴 테니, 제게 다른 부담을 지우진 마세요."

"허허, 그 말은 맞는 것 같습니다. 유난히 이 댁 올리브와 포도가 실하다고 들었습니다. 게다가 농사를 6년만 짓고 1년씩 밭을 놀린다면서요?"

"땅이나 사람이나 쉬어야 기운을 차릴 게 아닙니까? 저흰 포도나무와 올리브나무 고랑 사이에도 곡식과 채소, 꼴을 기릅니다. 밀은 1년에 두 번 수확하지요. 게다가 제게는, 베푼 만큼 채워주는 분이 계십니다."

"정말 그런가 봅니다. 이 댁 창고가 언제나 가룸과 와인으로 넘치는 걸 보면 말입니다. 케레스 신(대지와 추수, 곡식의 신)이 유독 이 댁만 돌보시나 봅니다."

폴리비우스는 이 늙어가는 에우마키아가 그리 녹록지 않다는 걸 알고 있었다. 그녀는 지진으로 황폐해진 폼페이의 중앙대광장에 기념건물*을 지어 아들의 이름으로 황제에게 헌납했고,

로마에도 줄을 갖고 있었다. 그러나 제빵의 경우와 달리 가룸과 포도주의 생산은 규모가 컸다. 에우마키아는 가마터에서 암포라를 구워내 거기에 포도주와 가룸을 담아 그리스 등지로 수출을 시작하면서 이미 외교 수완을 발휘하고 있었다. 그런 그녀가 이 거래를 쉬이 뿌리치기 어렵다는 것도 폴리비우스는 알고 있었다.

잠시 후, 에우마키아가 다물었던 입을 열었다.

"훌륭한 양치기는, 양털을 깎아 가지만 가죽을 벗기진 않습니다. 자식은 제게 가죽 그 이상이지요……."

폴리비우스가 돌아가고 난 후, 침실로 올라가려던 에우마키아는 안뜰에서 들려오는 두 남매의 대화를 엿들었다. 평소에 별로 큰 소리를 내지 않던 딸의 목소리가 유난히 크게 들려왔다.

"오빠는, 사랑에 빠진 늙은이가 얼마나 잔인한 줄 아세요? 난 알아요."

"넌 어머니가 사랑에 빠졌다고 생각하느냐? 난 아니다……."

"그 누구도, 한쪽밖에 없는 내 눈을 피해 가진 못해요."

"그런 소문은 그럼, 네 생각이란 말이냐?"

"……."

두 남매 사이의 대화는 거기서 중단되었다.

---

* 에우마키아 기념건물 입구에는 지금도 이렇게 쓰여 있다. "루키우스의 딸인 여사제 에우마키아는 자신의 아들 누미트리우스 프론토의 이름으로, 로마의 영광과 황제에 대한 충성심을 기리기 위해 홀과 주랑현관, 지하 회랑을 지어 헌납하노라."

잠시 후 침묵을 깨뜨린 건 냉정하고도 높은음을 내는 딸의 목
소리였다.

"아직 살아 있는 이 눈은 영혼을 들여다본답니다, 오빠."

어쩌면 이 집안의 유전자에는 독이 흐르고 있는지도 몰랐다.
아마도 그것은 죽은 남편이 가지고 있던 특유의 '경멸'일 것이었
다. 아들 프론토가 자신을 감싸는 듯 말했지만, 그것은 다른 의혹
을 가지고 있다는 뜻이었다. 질투로 마음의 눈마저 멀어버린 딸
아이는 오빠의 말을 못 알아들었지만 에우마키아는 이미 아들의
마음을 헤아리고 있었다.

에우마키아는 정원에 서서 하늘을 올려다보았다. 그런데, 도
대체 누가 벽화에 독을 바르도록 사주했을까? 살해당한 가마터
의 노예와 제빵업자는 무슨 연관이 있으며, 죽을 뻔했다는 폴리
비우스 말은 사실인가? 그러고 보니 창녀의 죽음 외에 모든 피
해자는 남자들이었다. 최근 들어서 그녀의 집 안에는 유독 다친
노예들이 많았는데, 그중에서 불구가 된 노예도 넷이나 되었다.
그들은 모두 성실했으며 에우마키아에게 더없이 충직했던 노
예들이었다. 이제 그들은 노동력을 상실했고, 장애 때문에 노예
시장에 내다 팔 수도 없는 처지가 되었다. 그들이 늙어서 죽을
때까지 언제까지라도 에우마키아가 먹여 살려야만 했다. 이것
도 우연이라고 생각해야 할까?

2. 암늑대의 거리

I

베루스는 빈 오줌통을 메고 중앙대광장을 가로질렀다. 요즈음은 거리의 사람들이 유난히 정겹고 친밀하게 느껴졌다. 매일 지나치던 벽화도 처음 보는 것처럼 새로워서 그 앞에 한참을 서 있곤 했다.

그의 눈에는 벽화뿐만 아니라 시내에 있는 모든 것이 새로웠다. 오줌통을 짊어진 이후 처음으로 어깨에 힘이 솟는 것을 느꼈는데, 무엇보다 스테파누스의 세탁소에 갈 때가 제일 그랬다. 이 모든 것이 그 집의 노래하는 노예를 본 이후에 생긴 일이었다.

그녀를 매일 볼 수 있는 건 아니었지만, 운이 좋으면 세탁소를 들어서면서부터 그녀의 노래를 들을 수 있었다. 그녀가 부르는 노래는 마님의 딸인 클라우디아의 노래보다 한층 격이 있고 듣는 이의 마음을 어딘가 더 먼 곳으로 데려가는 이상한 힘이 있었다. 클라우디아의 노래는 알 수 없는 그늘과 한이 서린 듯 자주 명치를 조여 오는 느낌이지만, 세탁소집 노예의 노래에는 동경과 그리움이 철철 넘쳐 나서 저도 모르게 눈두덩이 달아올라 일손을 놓아버리게 만들었다.

베루스는 어느새 암늑대의 거리로 들어섰다. 이 거리의 오줌을 수거해서 세탁소로 가져갈 시간이었다. 폼페이 거리의 연인들은 아무 벽이나 붙어 서서 사랑을 나누곤 했는데, 그 장면이 벽화인지 실화인지 구별하는 것조차 귀찮아진 시민들은 애들을 데리고 거리에 나설 때면 으레 '저건 오래된 벽화란다'라고 미리 말해버리곤 했다. 아이들이 자꾸 이상한 소리가 들린다고 투정을 부리자, 오래되면 다 이상한 소리가 난다고 둘러대면서 별로 서두르는 기색도 없이 그 앞을 지나갔다.

2층으로 된 집들이 다닥다닥 붙어 있는 좁은 골목길에는 쏟아지는 햇빛을 가리기 위해 군데군데 천막이 쳐져 있었다. 그 아래로 물통을 지고 가는 남자와 채소 바구니를 끼고 가는 여자 노예들이 야릇한 시선을 주고받았으며, 성장을 하고 나온 암늑대 두 마리도 눈에 뜨였다.

암늑대들의 성장 차림이란 요란한 보석과 장신구를 온몸에 달고서 음모까지 다 비치는 얇은 실크 원피스만을 걸친 것이었다. 길고 탐스러운 머리채를 반은 틀어 올려서 온갖 장신구로 고정을 하고, 또 반은 허리까지 늘어뜨린 두 암늑대는 젖꼭지만 겨우 가리는 가죽띠를 두르고서, 발목 손목은 물론 목을 다 가릴 정도로 목걸이를 촘촘하게 걸고는 유유히 거리를 활보하고 있었다. 이 거리를 지나가는 군인들은 물론이고 어쩌다 흘러들어온 어린아이들까지 그녀들을 힐끔거렸지만, 베루스는 한 번도 그녀들의 모습을 제대로 바라본 적이 없었다.

암늑대들은 베루스가 오는 시간을 정확히 알고 있었다. 다른 사람들도 그가 움직이는 시간을 잘 알고 있었다. 사람들은 항상 정확하게 움직이는 베루스를 보고 해시계 남자라고 불렀고, 그를 보면서 하루의 일과를 꾸려가는 이도 있었다. 그의 일상이 곧 시계가 된 것이다. 그가 테르모폴리움(간이식당 같은 곳) 앞을 지나가면 열한 시, 생선가게를 지나 중앙광장목욕장 모퉁이를 돌아서 집으로 갈 때면 오후 한 시쯤이었고, 다시 오줌통을 지고 암늑대의 거리에 나타나면 오후 세 시경, 스테파누스의 세탁소를 나올 때면 오후 다섯 시 무렵이었다. 사람들은 그가 세탁소를 나와 집으로 향하면 서둘러 저녁을 짓거나, 밥을 먹기 위해 집으로 돌아갔다. 그의 일상은 단조롭고 지루해 보였으나 얼굴에는 알 수 없는 생기가 흘러넘쳤다.

언제나 그렇듯 베루스가 나타나자 암늑대들이 모여들어 일제히 그를 둘러쌌다. 그녀들은 각각 출처를 알 수 없는 묘한 냄새를 풍기고 있었는데, 그 냄새는 베루스에게 이유 없는 설렘과 흥분에 이어 부끄러움을 느끼게 했고, 다리에 힘이 풀리는 어지럼증을 유발했으며, 그 어지럼증이 차차 고통으로 변해가도록 만들었다. 베루스에게는 참으로 견디기 힘든 고난의 시간이었다. 오늘도 암늑대 한 마리가 그를 보며 꿈꾸듯이 말했다.

"이쯤, 포도는 자갈밭에서 더 풍요로워진다더니……."

그러자 다른 암늑대가 베루스에게 슬그머니 다가갔다. 그러고는 오줌을 수거하는 그의 팔꿈치를 톡 건드리면서 자지러지는 소리를 냈다.

"이토록 달콤한 열매를 맺게 하셨을까……."

"자연의 섭리는 경이로워라……."

암늑대들이 일제히 '자연의 섭리는 경이로워라'를 후렴구처럼 내뱉으며 신음했는데, 그 음정이며 가사가 어찌나 섬세하고도 웅장한지 신에게 바치는 거룩한 합창 같았다. 매일 세 시경이면 그런 웅장한 합창이 암늑대의 거리에서 울려 퍼지자, 그시간에 이시스 신전에서 제를 올리던 사제들도 덩달아 거룩한느낌에 사로잡히곤 했다.

이곳의 암늑대들은 물론이고 폼페이 시민들 대다수가 베루스에게 포도를 닮았다고 입을 모았으며, 자유민이 된 그를 아이딜리스로 뽑아야 한다는 벽보가 심심치 않게 나붙었다. 모질고고된 환경에서 저토록 튼실하고 당도가 높을 수 있느냐는 것이그를 지지하는 이유였다.

베루스는 한시바삐 암늑대들의 눈에서 벗어나기 위해 부지런히 움직였다. 이 거리에 들어설 때마다 숨이 막히고 땀이 흘렀다.

베루스가 그런 진땀을 흘리고 있을 때, 바로 몇 발자국 옆에있는 아셀리나의 술집에서는 젊은 행정관 두 명이 수사를 하고있었다. 쿠쿨라 살해의 용의자를 더 찾다 보니 폼페이의 모든 창녀가 물망에 올랐고, 여기 암늑대들의 저주가 쿠쿨라의 죽음에 작용했을 거라는 가능성에 무게를 두게 되었다.

아셸리나의 술집은 성적 유흥을 제공하는 2층 다락방을 가진 좁고 갑갑한 곳이었다. 그곳에는 오리엔스(동방) 출신 팔미라와 그리스 출신 아글라이, 유대 출신 마리아, 변방 출신 즈미리나 등이 일하고 있었다. 아가씨들은 술집 벽에 휘갈긴 낙서에 자신들의 다양하고도 신비로운 성적인 비법을 늘어놓았는데, 꽤나 고단한 그 비법들을 선전하면서 손님들을 끌고 있었다. 그래서 베루스는 그녀들의 이름을 모두 알고 있었다.

아셸리나의 아가씨, 그러니까 폴리비우스를 지지한다는 벽보를 만들었던 그 극성스러운 즈미리나의 일장 연설이 들려왔다. 베루스도 익히 수십 번은 들은 얘기였다.

"내가 태어나면서부터 기억하는 인간은 두 종류랍니다. 나를 사는 사람과, 나를 파는 사람이죠!"

"그 밖에 더 기억나는 건 없나?"

행정관 포이부스는 이제 수사에 이력이 난 듯 질문을 되는대로 내던지고 있었다.

"글쎄, 그 둘만이 내가 상대한 세상이었다고요."

"둘밖에 상대를 안 했다는 거야?"

"아, 전쟁에 나간 적도 있답니다. 네로 황제 시절이었죠. 그때가 저의 황금기였답니다. 그땐 어리고 가슴도 아담했지요. 창녀들을 모집해서 전쟁에 데리고 간 적이 있다니까요. 우린 거의 삭발을 하고 여전사처럼 전쟁터에 나갔답니다. 그 전쟁을 통해서 알게 됐지요. 짧은 머리에 송곳니를 드러내고 으르렁…….”

“우리가 더 들어야 하나?”

“……그러니까 그 짧은 머리에 송곳니를 드러내고 으르렁거리는 것보다, 어금니가 드러날 정도로 신음을 잘 지르는 게, 훨씬 강력한 무기라는 걸 그때 알게 되었답니다. 지금 내가 이 바닥에서 그나마 버티는 게 그때의 경험 덕분이라니까요. 그 황제 시절에 말이에요.”

“그러니까 우리가 더 들어야 하느냐고? 자네가 해결해.”

포이부스는 멜라이에게 즈미리나를 떠맡기고는 돌아서서 땀을 닦았다.

“아, 근데 그 황제는 미친 사람은 아니었어요. 물론 난 황제 막사 안에는 못 불려 갔지만요, 우린 그를 메로*라고 불렀답니다. 그때…….”

“여긴 화대를 어떻게 받고 있지?”

멜라이의 느닷없는 질문에 즈미리나는 갑자기 말문을 닫았다가 이내 다른 곳으로 수다의 물꼬를 돌렸다.

“바가지요금은 없어요. 체위별로 분리해서 받고 있지요. 몇 가지 체위를 거쳐 가면 그걸 다 계산해서 받는답니다.”

“그런 게 바가지 아닌가?”

“체위별로 받고 있다니까요.”

“그게, 한 번 엎드리고도 세 번 엎드렸다고 우긴다는 거잖아?”

---

* ‘맑은 술’이라는 뜻. 실제로 네로는 ‘메로’라고 불리기도 했다.

"어머, 그렇게 당한 적이 있으신가 봐요. 여섯 번 엎드렸다고 우긴 적은 있지만, 그건 나도 워낙 정신이 없어서 그랬던 거라고요. 근데 오늘, 여기 암늑대들 가격표 보러 나오셨나요?"

"그건 아니고……."

"아시다시피 우린 한 건당 1프로의 세금을 꼬박꼬박 내고 있답니다. 우린 한 번 해주는 데에 2아스*를 받고 있어요. 토큰(창녀촌에서 상용되는 매춘용 토큰)으로 받아도 마찬가지로 세금을 낸다고요. 여기야말로 세상 어느 곳보다 부당 거래 없는 진짜 정직한 골목이라니까요."

옆에 서 있던 포이부스가 참다못해 웃음을 터트리고는 골목을 빠져나가기 시작했다. 늘 그렇듯이 멜라이는 그 뒤를 허둥지둥 따라가며 땀을 닦았다. 즈미리나는 두 행정관을 향해 두 손을 모아 입에 대고는 손나팔을 만들었다. 그러고는 커다란 소리로 오래 참았던 질문을 던졌다.

"근데요…… 쿠쿨라가 여색을 탐하다 죽었다지요?"

두 행정관은 뒤도 돌아보지 않고 암늑대의 거리를 빠져나갔지만, 즈미리나는 여전히 손나팔을 풀지 않았다.

베루스는 그런 즈미리나를 뒤로하고 암늑대의 거리를 벗어나기 위해 서둘렀다. 그리고 잠시 음경이 그려진 돌바닥 앞에서 멈춰 섰다. 까만 돌 위에 양각으로 조각된 발기된 남자 성기는 정확히 아셀리나의 술집을 향하고 있었다. 항구에 드나드는 외

---

* 보통 와인 한 잔 값이다. 팔레르누스산 고급 와인 값인 16아스를 받는 창녀도 있었다.

국인들이 루파나레를 뻔질나게 드나들자, 이를 시샘한 아셀리
나의 아가씨들이 자기네 가게를 선전할 방법으로 만든 것이었
다. 이 돌로 된 음경은 암늑대의 거리를 찾는 남자들에게 더할
수 없이 확실한 등대 역할을 하고 있었는데, 말을 못하는 외국
인들도 발기된 성기의 방향을 따라가면 자연히 아셀리나의 술
집에 도착할 수 있었다.

베루스가 암늑대의 거리를 빠져나오자, 와인가게 두 군데가
나란히 문을 열고 있었다. 낮이고 밤이고 쉬지 않고 영업을 하
는 까닭인지 대낮인데도 사람들이 북적거렸다. 두 와인가게 사
이 벽에는 암포라 네댓 개가 기대어 있었다.

베루스는 와인가게에서 눈을 떼고 길 건너를 바라보았다. 맞
은편 청과물 상점에서 팔고 있는 페르시아산 복숭아가 눈에 들
어왔다. 그 귀한 복숭아를 보자 이내 누군가의 얼굴이 떠올랐다.
그는 잠시 얼굴을 붉혔다. 그리고 길을 건너기 위해 식료품점 앞
에 섰다. 식료품점 벽에는 물건 값이 커다랗게 쓰여 있었다. 올
리브오일 5아스, 양파 5아스, 항아리 1아스, 와인 2아스……

II

암늑대의 거리를 완전히 벗어난 베루스는 쉬지 않고 걸었다.
스테파누스의 세탁소를 가기 전에 한 번은 쉬어야 했지만, 오늘
은 쉬지 않았다. 도착한 후에야 지게를 내려놓고 숨을 몰아쉬었

다. 그런 다음에 조심스럽게 세탁소 문턱을 넘었다. 그러나 기대했던 노랫소리는 들리지 않았다. 그러자 갑자기 어깨 근육이 욱신거리고 온몸이 무기력해졌다.

베루스는 까닭 모를 통증 한 줄기가 명치를 훑어 내려가는 걸 느끼면서 무심코 세탁조를 돌아다보았다. 그리고 그 짧은 머리의 여자 노예, 더 정확히 말하면 그녀의 진한 올리브그린색 눈동자와 마주쳤다. 그녀의 머리는 처음 보았을 때보다 조금 더 자라 있었다. 베루스는 그제야 자신이 느끼던 통증의 원인이 바로 거기 있다는 것을 깨달으며 눈썹을 움찔거렸다. 그러자 그녀가 한 번 웃었는데, 줄에 꿰인 진주처럼 일렬로 늘어선 하얀 치아가 반짝 빛을 발했다. 순간 그는 정수리 뒤쪽으로 찬물이 흘러내리는 느낌을 받으며 다리를 허청거렸고, 그것을 들키지 않기 위해 재빨리 균형을 잡아야 했다.

잠시 후 세탁조 안에서 노랫소리가 들려왔다. 베루스는 그제야 오줌을 나르기 시작했다. 세탁조 안으로 새로운 오줌을 부을 때마다 다른 노예들은 인상을 찌푸렸지만, 노래하는 여자 노예는 세탁물을 새 오줌과 섞으면서 더 높은 소리로 노래했다. 베루스는 그녀의 가느다란 다리가 그토록 날렵하게 세탁조 안을 누비는 모습을 보면서 마치 자기 가슴이 그녀의 맨발에 꼭꼭 밟히는 듯한 관능적인 통증을 느꼈다. 그럴 때면 뒷덜미로 흘러내리는 땀방울에도 소스라치게 놀라곤 했다.

베루스가 다섯 통째 오줌을 붓고 있을 때, 큰 머리통을 가진 땅딸막한 남자가 세탁소로 쑥 들어왔다. 기미가 낀 듯 탁한 그 얼굴은 세탁소 주인 스테파누스였다. 그는 거드름이 온몸에 밴 자세로 노예에게 턱짓을 하며 말했다.

"밖에 있는 화가들을 불러들여라."

스테파누스는 볕에 그을린 듯한 거친 모래 색깔의 머리칼을 가졌고, 가슴에는 불그레한 털이 잔뜩 들러붙어 있었는데 고귀함이라고는 농담에 쓰려 해도 찾아볼 수 없었다. 그는 집정관 움브리키우스와 결탁해 그 미스터리한 빌라를 뻔질나게 드나드는 사이였지만, 매사를 귀찮아하는 움브리키우스와는 달리 확고한 세 가지 정치철학을 가지고 있었다. 감언이설과 뇌물, 그리고 협박이었다. 민첩하게 움직이는 그의 눈동자는 보는 사람으로 하여금 불안을 느끼게 했는데, 그것은 그의 정치철학 중 협박에 해당하는 것 같았다.

스테파누스는 거드름이 가득한 얼굴에다 웃음을 조금 더 보태어 담고는 세탁조를 향해 소리쳤다.

"플로시아, 당신은 정말 못 말리겠구려. 어서 나오시오, 나의 앵무새."

그 순간 베루스는 자신의 눈을 의심했다. 사람의 마음을 어딘가 더 먼 곳으로 인도해주는 천상의 소리를 내던 짧은 머리의 여자 노예가 세탁조 안에서 사뿐히 걸어 나왔던 것이다. 살아온 날과 살아갈 날이 반반씩 남은 듯한 그 애매모호한 얼굴로……. 그러자 땅딸보 스테파누스가 그녀의 얼굴을 아래로 끌어내려 양쪽 뺨에 입을 맞추었다. 그러고는 화가 일행들에게 말했다.

"나와, 내 아내의 초상화를 벽에 그려야 하오. 발끝까지 전신을 그려주시오."

베루스는 들고 있던 암포라를 품에 꼭 끌어안은 채 서 있었다. 그녀의 이름은 플로시아였고, 플로시아는 세탁소의 마님이었다.

베루스는 갑자기 더위에 전 오줌 냄새가 그의 코를 찔러오는 것을 느끼며 퍼뜩 정신을 차렸다. 그리고 남은 오줌을 서둘러 붓고는 세탁소를 나섰다. 처음 그녀를 발견한 날보다 더 심한 갈증과 현기증이 뒤따랐다. 빈 암포라를 메고도 다리를 허청거렸다. 이상한 허기와 이유를 알 수 없는 분노가 동시에 그를 덮쳐 왔던 것이다.

그는 암늑대의 거리를 피하기 위해 일부러 트레비우스의 빵집 앞으로 지나갔다. 한참을 걷던 그는 다시 돌아와 빵집 문 앞에 섰다. 지독한 허기와 끓어오르는 분노는 글을 배우면서 가졌던 의문이나 회의를 넘어서는 어떤 절대적인 것이었다.

베루스를 가르치던 그리스인 선생은 종종 아리스토텔레스의 말을 인용했다. '고통 없이는 배울 수 없다.' 어린 베루스가 자신의 신분에 갇혀 세상을 보려 할 때나, 혹은 그 신분을 넘어서 세상을 보려 할 때는 어김없이 그 말을 해주었다. 베루스가 최초로 느낀 배움의 고통은 노예라는 자신의 신분이었다.

초등교육은 8, 9세부터 16세까지 이루어졌는데, 라틴어와 그리스어 문법, 말의 수사학 등 논리적 표현을 위한 변증학까지 배울 수 있었다. 그 밖에 교양학으로는 산수, 기하, 역사, 지리 등도 배웠다. 베루스는 밀랍을 먹인 목판에 철필이나 상아펜으로 글을 썼다.

그는 '고통 없이는 배울 수 없다'라는 말을 쓰면서 하루를 시작했다. 새벽에 일어나면 유피테르 신전으로 달려가서 공물을 바치고 기도를 올렸다. 어느 날부터 가슴에 들어앉은 그 배움의 고통을 사라지게 해달라고 빌었다. 그 괴물은 시도 때도 없이 찾아와서는 어린 베루스를 송두리째 뒤흔들었다. 어느 때는 못보던 세상을 훤히 볼 수 있게 눈앞을 밝혀주기도 했지만, 돌아서면 곧바로 그의 목을 조여 와 세상 앞에서 숨도 못 쉬고 버둥거리게 만들었던 것이다.

그럴 때 신전 뒤로 보이던 베수비우스 산은 그가 느끼는 배움의 고통과 같은 모습을 하고 있었다. 그토록 높고 짙푸른 베수비우스는 어미인 그라티아의 품이나 인자한 마님의 눈에서도 찾을 수 없는 완전한 넉넉함으로 어린 베루스를 끌어안고 달래주었다. 그러나 어느 날은 그저 말없이 굽어보기만 할 뿐이었다. 베수비우스 산은 그렇게 말하는 것 같았다. 도저히 뛰어넘을 수 없는 신분조차도 신이 주신 거라고.

그는 배울수록 점점 더 고통스러웠다. 게다가 도련님인 프론토의 눈에는 글을 배우는 노예 놈이 얼마나 가당찮았을까. 어린 베루스는 더 이상 공부하지 않음으로써 자신의 머리에서 일어나는 모든 의심을 잠재우는 방법을 택했다. 노예라는 신분은, 신이 주신 '약간의 불편함'이라 여기며 살아가기로 마음먹었던 것이다. 그렇게 해서 프론토 도련님이 보내오는 그 합리적인 의심의 눈초리에서도 벗어날 수 있었다.

빵집 앞에 선 베루스는 여덟 등분으로 잘려 있는 커다란 빵을 바라보면서 가슴을 꾹꾹 눌렀다. 한 번도 느껴보지 못했던, 뭐라 설명할 수 없는 아린 통증이 느껴졌다. 어린 날에 느꼈던 배움의 고통과 의심의 눈초리에서 완전히 벗어났다고 여겼는데, 지금 그는 여전히 그 신분의 벽 앞에 꼼짝 못하고 서 있었다. 플로시아의 목소리와 올리브색 눈동자가 잊고 있었던 그 벽을 다시 일깨워주었다. 그는 가슴을 움켜쥐었다.

빵집 안에서 여종업원이 밖으로 나왔다.

"빵을 사실 건가요? 어디가 불편하……."

베루스는 종업원 앞에 8아스를 불쑥 내밀었다. 그리고 커다란 빵 한 개를 집어 들었다. 빵 조각을 한 개씩 입안에 구겨 넣을 때마다 그의 진지한 눈에서는 반사 작용처럼 눈물이 질금질금 흘러나왔다. 그는 자신의 심장을 씹어 먹는 것 같은 야릇한 쾌감과 고통을 동시에 느끼며 어금니를 앙다물었다. 순식간에 빵 여덟 조각을 해치우고 나자, 빵집 문 위에 쓰여 있는 글이 눈에 들어왔다. 수익은 나의 즐거움(Lucium gáudĭum). 빵집 벽보에는 선거에 출마하는 제빵업자 트레비우스를 지지해달라고 쓰여 있었다. 트레비우스의 빵집 안에서는 두 행정관이 수사를 하고 있었다.

트레비우스의 가게에는 메르쿠리우스 신(헤르메스: 신들의 심부름꾼이며 상업의 신)의 모습이 새겨져 있고, '수익은 나의 즐거움'이라는 글씨가 유난히 커다랗게 쓰여 있었다. 처음에는 그의 솔직함을 비웃던 이웃들이 집으로 돌아가서는 안 보이는 곳에 조그맣게 써놓기 시작했고, 점차 메르쿠리우스의 모습은 여인숙 계산대, 모직물 표백 공장, 담벼락, 선술집 현관 등에도 모습을 드러내면서 폼페이 모든 가게의 얼굴이 되었다.

트레비우스는 두 행정관을 보자마자 말을 더듬기 시작했다. 어릴 때부터 말더듬이였던 트레비우스는 내분비계통에 이상이 있는 듯 살색이 하얗고 눈썹이 거의 없어서, 아직 굽기 전의 허연 빵을 보는 듯했다. 그는 다른 제빵업자가 노예와 같이 죽었다는 소문을 들은 후부터는 말뿐 아니라 손과 발까지 더듬거렸다.

빵 굽는 일을 하고 있던 스타티아와 페트로니아가 트레비우스의 이상한 행동에 대해 행정관들에게 털어놓았다. 마치 말을 더듬듯이 여자의 몸을 그저 더듬기만 한다는 것이었다. 그가 발효된 밀가루 반죽 덩어리를 만지는 걸 본 사람이면 그의 손이 얼마나 부드럽고 섬세하고 정이 넘치는지, 능히 여자를 죽이고도 남을 예술가의 손이라는 증언이었다. 창녀들을 만질 때에도 너무 부드럽게, 그저 만지기만 하는 바람에 창녀들이 기겁을 한다고 말했다. 그러니까 트레비우스의 악덕은 상당 부분이 예술에 그 바탕을 두고 있는 셈이었다.

행정관 멜라이가 트레비우스에게 물었다.

"아이딜리스 후보로 나섰다는데, 사실인가?"

"아아니, 아아닙……."

그는 말을 다 못 마치고 재빨리 손을 내저으며 고개를 절레절레 저었다. 자기를 놀리려는 사람들 짓이라면서 아주 진저리를 쳤다. 곁에 있던 스타티아와 페트로니아도 그의 말이 사실이라고 거들었다.

"우리는 노예가 아니랍니다. 돈을 받고 빵을 굽지요. 이 화덕을 책임지고 있어요. 한여름이 우리에게는 가장 고통스럽답니다."

멜라이가 고개를 끄덕여주고는 다시 물었다.

"쿠쿨라는 이곳 빵을 먹는다던데?"

이번에도 트레비우스는 손부터 내저으며 더듬거리기 시작했다.

"빠방빵 바바반죽할 때처럼 여어여여자를 마만만지기만…… 난 도도 독 같은 건 몸몸모릅니다."

이번에는 포이부스가 그의 말을 거들며 나섰는데, 그의 얼굴에 짓궂은 미소가 떠올랐다. 장난을 할 때의 그는 여지없이 그 미소를 지으며, 팔짱을 끼고 상체를 뒤로 젖혔다.

"빵 반죽 할 때처럼, 여자를 만지다가 죽였다면 몰라도, 응? 여자는, 만져서 죽진 않는다 이거 아냐?"

트레비우스는 말 대신 고개를 수도 없이 끄덕거렸다. 멜라이는 진지한 표정으로 질문을 던졌다.

"혹시 만지다 죽인 건 아닌가? 쿠쿨라는 돈만 주면 무덤까지 출장을 간다는 소문이 파다하던데?"

트레비우스는 말을 못 하고 억울한 표정으로 다시 손만 급히 내저었다. 그러자 포이부스가 다시 농지거리를 했다.

"어떤 여잔, 만지기만 해도 죽는다고 나자빠지던걸?"

"급소가 달라서 그런 거 아닌가?"

이번에도 멜라이는 진지하게 받아쳤다. 포이부스는 멋쩍게 돌아서서 빵을 들더니 요리조리 살폈다. 그러고는 빵에 쓰여 있는 자그마한 글씨를 가리키며 물었다.

"이건 무슨 암호 같은데?"

이번에도 트레비우스는 손만 내저었고, 스타티아와 페트로니아가 달려왔다. 그녀들은 빵을 들여다보더니 웃으며 말했다.

"그건 빵 만들 때 사용한 재료를 쓴 거랍니다."

포이부스가 자세히 들여다보니 '콩'이라고 쓰여 있었다. 그는 저도 모르게 혼자 중얼거렸다.

"언제부터 시에서 빵가루 내용을 밝히라고 했었나……."

"자네가 태어나기 전부터 아닌가."

멜라이의 진지한 대답에 포이부스는 고개를 갸웃거리며 가게 안을 둘러보았다. 그러다가 벽에 쓰여 있는 숫자들을 발견했다. '22, 6, 8, 3' 그리고 그 아래에도 '8, 5, 8, 9, 6'이라고 쓰여 있었다. 그는 이번에도 고개를 갸웃하면서 여종업원을 불렀다.

"저건 뭐라고 잡아뗄 참인가?"

그러자 페트로니아는 입을 가리며 웃기 시작했다. 한참을 웃던 그녀가 겨우 한 말은 외상 장부라는 것이었다.

포이부스는 밖으로 나와버렸다. 그리고 지게에 매달린 여덟 개의 암포라를 발견했고, 그 암포라의 주인이 젖은 눈에서 발산하는 진지하고 파릇한 빛을 보았다. 그 슬픈 눈의 사내는 젖은 눈을 몇 번 더 깜박거리고는 몸을 돌렸다. 그런 다음 암포라가 매달린 지게를 숙명처럼 짊어지고 천천히 걷기 시작했다.

III

베루스는 반나절 사이에 수척한 병자의 모습이 되어 집으로 돌아왔다. 오랜 병고에 시달린 사람처럼 뺨이 꺼지고 눈동자의 빛도 사라졌으며 커다란 그의 손은 가슴에 올라가 있었다. 그는 그라티아의 근심 어린 얼굴도 못 본 체하고 비척거리더니 털썩 자리에 누워버렸다. 그리고 한여름의 오후에 심한 열병을 앓기 시작했다.

베루스는 가끔씩 자신의 심장이 불규칙하게 뛰면서 엉키는 느낌에 상체를 벌떡 일으켰다가 다시 눕곤 했다. 자신의 팔다리와 몸의 감각기관들, 특히 청각과 후각과 촉각이 마구 뒤섞이는 느낌을 받았다. 그는 듣기에도 참혹할 정도의 앓는 소리를 내면서 연신 몸을 뒤척였다. 정신까지 들락거리는 것 같았다. 처음 오줌지게를 졌을 때 잠시 몸살을 앓기는 했지만 이렇게까지 정신을 놓은 적은 없었다.

베루스는 밤새 명치에 손을 올리고 힘껏 누르면서 고통스러운 비명을 흘렸다. 그 모습을 보던 그라티아는 가슴을 저미는 아픔이라는 것이 어떤 느낌인지 절실히 깨달으며 새벽을 맞았다. 참다못한 그라티아는 베루스를 흔들어 눈을 뜨게 하고는, 자기 가슴을 주먹으로 치는 시늉을 해 보이곤 했다. 그러나 베루스는 말없이 고개를 흔들고 다시 눈을 감았다. 이상한 일이었다. 평소의 그는 남의 감정에 민감하게 반응하는 성정이 훌륭한 노예였고, 어미의 일이라면 모든 일을 팽개치고 달려들어 성심껏 도와주던 효심이 극진한 아들이었나. 그라티아는 이상한 예감에 사로잡힌 채 베루스를 다시 찬찬히 바라보았다.

갑자기 베루스가 벌떡 일어나 앉았다. 그러고는 비틀거리며 일어나서 밖으로 나가더니 와인 저장고로 내려갔다. 잠시 후 암포라 한 개를 들고 올라온 그는 곧장 새벽 공기 속으로 달려 나갔다. 아직 이른 새벽이어선지 거리에는 아무도 보이지 않았다. 공물을 들고 신전을 찾은 사람은 베루스뿐이었다.

베루스는 포도주가 든 암포라를 들고 유피테르 신전의 돌계단을 올라갔다. 어린 시절 배움의 고통을 느낄 때마다 달려오던 곳이었다. 신전 앞에 암포라를 바치고 무릎을 털썩 꿇은 그는 두 손을 머리 위로 높이 펼쳐 들고는 서글픈 목소리로 유피테르 신을 불렀다.

"유피테르 신이시여! 신께 맹세합니다. 그녀를 제게 보내주시면, 그렇게 해주신다면 하찮은 곡물 따위가 아니라, 기꺼이 저를 바치겠나이다. 신이시여, 신께 맹세합니다. 그녀를 제게 보내주시면, 그렇게 해주신다면……."

사람들은 누구도 자기 자신을 제물로 바치면서 기도하지 않는다. 모든 기도는 자기 자신의 목숨이 전제가 되는 것이고, 그렇기 때문에 제단에 바치는 것은 갖가지 곡물이나 짐승의 피, 혹은 그것을 태운 연기를 바치면서 신과의 거래를 시도하는 것이다. 그 거래에는 기약이 없다. 그러나 베루스는 동이 터올 때까지 자기를 제단에 바치는 기도를 올렸다.

날이 훤하게 밝아오자 신전 뒤로 베수비우스 산이 모습을 드러냈다. 공물을 들고 신전을 찾는 사람들의 발걸음이 부산하게 들려왔다. 베루스는 그제야 눈을 뜨고 올렸던 손을 내렸다. 자리에서 일어서던 그는 돌계단에 무릎을 찧고 다시 주저앉았다.

그는 비스듬히 누운 채 고개를 돌렸다. 그 순간 베루스의 눈에 들어온 베수비우스 산은 말할 수 없이 자애로운 표정을 짓고 있었다. 마치 그의 기도를 어김없이 들어주겠다는 듯 시리도록 밝고 푸른빛을 사방으로 내뿜고 있었다. 문득 그의 눈에는 베수비우스의 풍경이 한 장의 편지처럼 보였다. 올리브나무와 포도나무 고랑 사이에서 자라는 곡물들이 꼬물거리는 글씨로 보였던 것이다. 그것은 푸른 파피루스*에 쓴 맹세의 편지 같았다.

베루스는 한걸음에 집으로 달려왔다. 그리고 다시 와인 저장고로 내려가 암포라 한 개를 꺼내 오더니 그라티아 앞에 내려놓았다.

"어머니, 안에 든 술을 비워주세요. 아, 그리고 말려주세요."

그라티아는 늘 그렇게 했듯이 포도주를 자신의 물병에 모아놓았다. 그리고 빈 암포라를 볕이 드는 곳에 비스듬히 눕혀놓았다. 다 죽어가던 베루스의 안색이 다시 돌아온 것만으로도 감사할 일이었다.

베루스는 밀랍을 입힌 서판을 찾아냈다. 그리고 함께 처박아두었던 파피루스를 꺼내어 먼지를 떨어냈다. 그는 베수비우스

---

* 이집트 특산의 사초과(科)의 식물을 재료로 해서 만든 필기 재료. 일종의 종이를 말한다. 또한 이것에 쓴 문서 등을 뜻하기도 한다.

산에서 얻은 영감으로 푸른 맹세의 편시를 쓰기 시작했다. 그 편지는 쉬이 끝나지 않았다. 그는 그리스 선생이 마음을 사로잡는 글에 대해 말했던 기억을 떠올리려 애썼다. 우선 자신에게서 한 발짝 떨어질 것, 그런 만큼 보내는 상대의 마음에 다가갈 것, 그리고 더 이상은 기억나지 않았다.

베루스는 한참을 써놓고서 다시 읽어보았다. 자신에게서 한 발짝은커녕 한 뼘도 떨어지지 못한 글이었다. 신에게 자기를 바쳤다느니, 당신의 음성이 나를 어딘가로 보내는데 거기가 도무지 어딘지 알 수 없다느니, 나이도 분간할 수 없는 당신의 얼굴이나 어떤 장애물도 뛰어넘을 수 있는 신념으로 넘친다느니, 온통 자신의 격정 안에서 헤어나지를 못하고 있었다. 그 편지는 오전이 다 지나서야 끝이 났는데, 결국은 달랑 두 줄만 남게 되었다.

플로시아, 당신의 노래를 들으러 매일 그곳에 갑니다!
나 베루스는, 온 마음을 바쳐 이 말을 생각했습니다.

베루스는 빈 암포라 안에 파피루스를 말아 넣고 입구를 봉했다. 그리고 지게를 짊어지고서 그 암포라를 가슴에 안았다. 그는 활기찬 걸음으로 집을 나섰다.

그라티아는 베루스가 나가는 모습을 지켜보면서 아까 덜어낸 와인을 홀짝거리기 시작했다. 그녀는 시간이 날 때마다 술에 손을 대기 시작했는데, 언제부턴가 중독이 되어버렸다. 끊어보려고 했지만 금단현상이 찾아와서 일을 제대로 할 수가 없었다. 그녀는 이제 남몰래 와인 저장고를 드나들면서 술을 훔쳤다. 드디어 그녀도 바크후스(술의 신)를 섬기게 된 것이다. 그라티아는 아침부터 술에 취해갔다.

IV

베루스는 암늑대의 거리에 도착했다. 암늑대들은 이른 시간에 도착한 베루스를 둘러싸고 입씨름을 벌였다. 제대로 차려입지 않아서 헐벗은 차림새의 그녀들에게 둘러싸인 베루스는 숨을 제대로 쉬는 것도 힘이 들었다. 지게를 벽에 기대어놓자, 암포라 여덟 개가 나란히 벽에 붙어 늘어섰다.

헐벗은 암늑대 한 명이 베루스의 시계가 고장 났다고 장담했다. 그러자 차려입어봤자 더 헐벗어 보이는 또 다른 암늑대는 자신들의 시간이 어긋났다고 대들었다. 베루스는 가슴에 안고 있던 암포라를 지게에서 조금 떨어진 벽에 조심스럽게 기대놓고 일을 시작했다. 그는 한시라도 빨리 세탁소에 도착하고픈 열망으로 허둥거렸다. 오줌을 퍼내어 암포라에 담고 거리의 공동 급수대에서 얼굴을 닦았다.

암늑대들은 이상하게 열에 들뜬 베루스의 거동을 샅샅이 눈여겨보고 있을 뿐, 만지지도 달라붙지도 어설픈 합창을 하지도 않았다. 그만큼 오늘의 베루스는 평소와 사뭇 다른 분위기를 뿜

이내고 있었다.

베루스는 다시 지게를 짊어지고 발레리아 혜도네의 여인숙 앞을 지나갔다. '수익은 나의 즐거움'이라고 쓰인 나무 간판이 여인숙 2층과 1층 사이에 걸려 있었다. 1층에서는 술과 음식을 팔았고, 2층에서는 시간 단위로 방을 빌려주었다. 이 여인숙은 지금 그 자리에서만 3대째 이어 내려오며 순전히 방을 팔아먹고 살았는데, 혜도네가 맡고부터는 1층에서 술과 음식을 팔기 시작했다. 왜냐하면 예전의 연인들은 방으로 숨어들어가 몰래 만나곤 했는데, 요즘 들어서는 점점 아무 데서나 사랑을 나누는 인종들이 늘어나는 바람에 빈방이 많아졌기 때문이었다.

여인숙 주인 혜도네는 거침이 없기로 유명했다. 그녀의 가게 안에는 유난히 낙서와 그림이 많았는데, 집주인인 혜도네의 단편적인 성격을 잘 드러내주었다. 벽에 그려진 그림은 손님과 혜도네를 그린 것이었고, 그림 위에 각자의 대사가 적혀 있었다. 탁자에 앉은 손님 두 명이 '여기, 찬물 좀 주세요.' '아니야, 내가 먼저야.' 하고 말하고 있었고, 물잔을 들고 나타난 혜도네 위에는 이런 대사가 쓰여 있었다. '아무나 받아요, 다른 자리로 갖다주기 전에.' 게다가 이 집에서 노름판을 벌이는 사람들은 서로를 믿지 못하는 것 같았다. 혜도네의 그림 옆에는 주사위로 도박하는 그림이 있었고, 그 위에는 이런 낙서가 보였다. '내가 이겼다!' '잘 봐, 셋이 아니라, 둘이잖아.'

그때 가게 안에서 노름판을 벌이던 술꾼들 사이에 싸움이 벌어졌다. 혜도네는 곧 표정을 바꾸더니 안으로 들어갔다. 그녀는 싸움이 붙은 군인들을 가차 없이 밖으로 끌어냈는데, 그들을 모두 끌어내는 데에 단 몇 분도 걸리지 않았다. 헤도네에게 끌려 나온 군인들이 베루스의 오줌통을 아슬아슬하게 피해 갔다. 그리고 여인숙 아래 있는 클로니아의 선술집 앞으로 하나둘씩 들러붙었다.

선술집에서는 또 시비가 붙었다. 그것은 위에서 있었던 헤도네의 싸움과는 사뭇 다른 풍경이었다. 바람둥이 클로니아는 여인숙을 드나드는 군인들에게도 가차 없이 시비를 걸었는데, 그러한 수작은 대개 그녀가 부리는 작업의 시작 단계였다.

베루스는 가슴에 안은 암포라에 온정신을 집중하고 걸었다. 이 일을 하면서 베루스가 알게 된 것은, 폼페이에는 세탁소가 열두 곳이지만 술집은 백이십 군데나 있다는 사실이었다.

베루스가 스테파누스의 세탁소에 도착했을 때, 마침 스테파누스는 외출 중이었다. 초상화를 그리느라 며칠간이나 포즈를 취하는 데 진력이 난 스테파누스는 화가 나서 원래의 전신상을 포기했고, 상반신만 그리는 것으로 끝내자고 소리치더니 뛰쳐나갔다는 것이다.

초상화는 각 부위별로 전문가가 따로 있었다. 눈을 그리는 사람과 코, 얼굴형 등 신체를 세분화해서 각기 나누어 그렸는데, 머리카락과 눈썹은 한 사람이 그렸다. 석회와 비누를 섞은 용액에 밀랍을 약간 넣고 물감을 풀어 넣은 뒤, 그림을 그리고서 광을 내고 닦아내면 되는 것이었다. 화가 대여섯 명이 한꺼번에 몰려와서 차례로 물감을 섞으면서 난리 북새통을 벌이고 있었는데, 무슨 문제가 있는 것 같았다.

아트리움에는 플로시아의 초상화를 그리는 화가 일행과 노예들이 뒤섞여서 북적거리고 있었다. 화장과 머리 손질 전문인 이집트 노예가 플로시아의 짧은 머리를 곱슬곱슬하게 손질하고 있었고, 플로시아는 언제나 그렇듯 노래를 부르고 있었다. 그 난리 북새통에 앉아서도 그녀는 전혀 다른 곳에 가 있는 것 같았다.

베루스는 지게를 내리지도 않고 다시 밖으로 나가서 초상화가 그려진 벽을 찾았다. 초상화는 세탁소 전면의 벽이 아니라, 모서리를 돌아야 볼 수 있는 벽에 있었다. 스테파누스와 플로시아의 상체는 거의 완성되어 있었다.

스테파누스의 초상화는 사실과 허구의 중간쯤으로 그려져 있었다. 서너 개나 되는 이마의 주름은 한 개밖에 보이지 않았고, 파피루스 두루마리로 턱을 받치고 있어서 불그레한 가슴 털도 보이지 않았다. 사람 좋아 보이는 어색한 미소는 화가들이 무한의 상상력을 쥐어짜낸 결과물로 보였다. 게다가 짧게 곱슬곱슬한 저 검은 머리카락은 헤나로 물을 들이고서 노예 다섯 명 이상이 달라붙어서 인두질을 해대느라고 새벽부터 부산을 떨었을 게 틀림없었다. 스테파누스의 쌍꺼풀은 실제보다 좁아져 있었고, 플로시아의 것은 실제보다 넓게 그려져 있었다. 그래서 두 사람은 얼핏 남매처럼 보였다.

플로시아는 실물보다 전체적으로 통통해 보였다. 무언가를 골똘히 생각하는 듯한 표정으로 왼손에 서판을 든 채 오른손에 든 첨필로 턱을 살짝 찌르고 있었다. 눈썹도 과장되어서 두 눈썹이 거의 붙을 지경이었는데…… 그런데, 눈썹 아래 있어야 할 그녀의 눈이 보이지 않았다. 눈이 텅 비어 있었다. 플로시아의 텅 빈 눈을 바라보던 베루스는 그녀의 깊고 푸른 눈을 그리고 또 그려보았다.

그때 여자 노예 두 명이 베루스 옆으로 살금살금 다가오더니 속삭였다.

"주인마님의 눈이 문제랍니다."

플로시아의 눈, 아니 그녀의 눈동자가 문제라고 했다. 모든 화가들이 입을 모아 일찍이 그런 올리브그린의 눈은 본 적도 그린 적도 없다고 딱 잡아뗀다는 것이었다. 그때 아트리움에서 화가들의 비명이 들려왔다.

"찾았다! 눈이 여기 있어! 찾았다고!"

플로시아의 눈동자 색깔을 찾은 화가 일행은 새로 찾은 물감을 서로의 얼굴에 발라주면서 껴안고 뒹굴면서 한바탕 난리를 쳤다. 그건 어이없는 실수 덕분이었다. 플로시아의 스톨라 색을 칠하던 화가가 자신의 붓을 그만 눈썹 그리던 물감에 담그고 말았다. 그런데 바로 거기에서 그녀의 눈동자 색이 나타났던 것이다.

잠시 끊어졌던 플로시아의 노래가 다시 시작되었다. 이전보다 더 높고 더 고운 소리였다. 마치 자신의 기분이나 의사를 노래로 대신하는 것 같았다. 그 소리를 듣는 순간 베루스는 다시

금 자신이 살아 있다는 충격에 빠졌다. 그녀의 노래를 듣기 전에는 도대체 무슨 생각을 하며 살았는지 알 수가 없었다. 그런데 문제는 그 살아 있다는 깨달음 뒤에 찾아오는 이상한 허기였다. 그는 지게를 벽에 기대놓으며 생각했다. 숨을 쉴 때마다 찾아오는 이 가슴 뻐근한 느낌은 도대체 어디서 나오는 걸까.

어렸을 때 혼자서 너클본즈*를 할 때에도 이런 기분을 느끼지는 않았다. 이상하게도 주인마님은 베루스가 다른 노예들과 어울려 노는 것을 금지시켰고, 그의 어미인 그라티아는 늘 바쁘게 일을 해야 했다. 그렇다고 다 커버린 도련님이 놀아줄 리도 없었다. 그래서 그는 웬만한 놀이를 혼자서 해야 했지만 이런 허한 느낌을 갖지는 않았다.

그 당시 베루스는 도련님이나 작은 아씨인 클라우디아가 차고 다니는 금으로 만든 불라(행운을 비는 아이들 장신구)를 착용했다. 에우마키아가 그라티아에게 건네준 것이었다. 물론 도련님이나 작은 아씨에게 들키면 안 되는 일이어서, 언제나 그라티아가 주의해서 채워주었다. 베루스는 자유민이 되었을 때에야 그 불라를 마님께 돌려주었다. 어린 시절을 지켜주셔서 감사하다고 말했을 때, 마님은 고개를 끄덕이면서 중얼거렸다. 아주 잘 자랐구나!

베루스는 지게를 벽에 기대놓고 안으로 들어가면서 그때의 불라를 생각했다. 아직도 그것을 착용하고 있었다면, 어쩌면 생

* 공깃돌 대신에 양의 발목뼈들을 던져서 많이 잡는 사람이 이기는 놀이.

각지도 못한 행운이 지금 자기를 찾아올지도 모를 일이었다. 그는 오늘 다른 날보다 훨씬 많은 땀을 흘렸다. 가슴에 안고 있는 암포라가 땀에 젖어서 이미 짙은 적갈색으로 변해가고 있었다.

그는 아트리움 앞에서 서성거리다가 지나가던 여자 노예를 불렀다.

"이 암포라를 마님께 전해드리고 싶소."

암포라를 받아 든 노예는 그와 젖은 암포라를 몇 번이나 번갈아 보았다.

"부탁드립니다……."

베루스의 정중한 태도에 여자 노예는 천천히 플로시아에게로 걸어갔다. 그러고는 머리를 손질하던 이집트 노예에게 귓속말을 했다. 잠시 후 플로시아가 노래를 멈추고 베루스가 있는 쪽을 바라보았다. 어느새 젖은 암포라를 든 노예가 다시 베루스에게 다가와 말했다.

"와인 창고에 보관하라고 하시네요."

플로시아의 노래는 다시 시작되었다.

베루스는 밖으로 나와 지게 앞에 섰다. 그제야 자신이 엄청난 양의 땀을 흘렸다는 것과 수도 없이 마른침을 삼키면서 떨고 있다는 것을 깨달았다. 무엇보다 어지러웠다. 사실 요즘 들어 음식이 목을 넘어가지 않았다. 어떻게든 먹어보려고 노력했지만 목구멍으로 넘어가는 건 마른침뿐이었다.

그는 서둘러 세탁조 안에 오줌을 붓고는 도망치듯 밖으로 나왔다. 지게를 내려놓은 곳에 다다른 그는 다리 힘이 다 풀려서 주저앉을 뻔했다. 어느새 플로시아가 그의 지게 옆에 서 있었다.

"조심하셔야 해요."

플로시아는 그 한마디를 하고는 진주 같은 이를 드러내 보이며 웃었다. 베루스는 자기 몸에 흐르는 것이 땀인지 오줌인지 분간할 수 없었다. 아니, 언젠가는 저 여자 앞에서 오줌을 지릴 것이 분명했다. 한편으로는 가슴이 후련했고, 또 다른 편으로는 너무도 허전해서 어쩌면 그런 느낌이 죽음은 아닐까 하는 생각마저 들었다.

베루스는 돌아오는 길에 거리의 공중 분수대에서 얼굴을 씻었다. 오줌통도 한 번씩 헹구어냈다. 그리고 미친 듯이 찬물을 들이켜고서 한참 동안 앉아 있었다. 여든 걸음 간격으로 늘어서 있는 공중 분수대는 그에게 너무도 친절한 존재였다.

V

어느새 베루스는 무두질 공장이 있는 길로 들어섰다. 이 공장은 무두질을 잘했는데, 특히 참나무와 가죽을 물에 불리는 작업을 하는 것으로 유명했다. 그렇게 불은 가죽을 계속 두들기면 훨씬 더 강하고 질긴 가죽을 얻을 수 있었다. 그의 지게에 맨 끈도 모두 이 공장에서 얻은 것이었다.

골목 끝에서 베루스가 지게를 세운 곳은 무녀 프레데리타의 집이었다. 입구에 들어서자 이시스 신상이 제일 먼저 눈에 띄었다. 불쑥 하녀가 나타나 베루스를 안내했다. 이상하리만치 뚱뚱한 그 하녀는 거대한 골반을 문에서 겨우 통과시키더니 말했다.

"잠시 기다리시면 프레데리타 님이 돌아오십니다."

베루스는 프레데리타가 이시스 신전의 신녀로 일하는 것을 본 적이 있었다. 그곳에서는 신도들에게 신탁을 들려준다는 소문이 돌았다. 신탁을 들은 신도들이 꽤 많았는데, 마님인 에우마키아는 그것을 일종의 사기라고 말했다. 신도들에게 환각음료를 먹인 후에 동굴로 데려가서 거중기에 매달린 사제들이 신탁이라며 떠든다고 했다. 그러면 신도들의 눈에는 사제들이 공중 부양하는 것으로 보여서 그들의 신탁을 고이 받들어 모신다는 것이었다.

베루스는 긴 나무의자에 앉아 기다렸다. 집은 전면에서 보는 것보다는 뒤쪽으로 긴 것 같았다. 지금 이 방으로 오기까지도 세 개의 방을 지났는데, 각각의 방에서는 몰약이나 백단향 등의 향냄새가 났다. 방마다 거친 실이 수놓아진 천이나 약초나무를 엮은 발이 문 앞에 드리워져 있었다. 거친 실로 된 문발에는 숯덩이들과 동물의 뼈 조각 같은 것들이 대롱대롱 매달려 있었다. 처음 이 집에 들어왔을 땐 두통을 느꼈는데, 지금은 차차 머리가 맑아오고 있었다.

베루스는 갑자기 자리에서 일어났다. 문득 이곳을 찾아온 이유가 부끄러웠다. 여자 앞에서 떨지 않고 의젓해지려면 어떻게 하느냐고 물으려던 자신이 한심하게 여겨져 웃음마저 나왔다. 그때 밖으로부터 여자의 말소리가 들려왔다.

"반가운 손님이 오셨구먼그래."

그 말이 끝나면서 문 앞의 가리개가 획 걷혔다. 그리고 흰 아마포로 된 사제복을 입은 프레데리타가 나타났다. 그녀는 베루스에게 앉으라는 손짓을 하면서 말했다.

"밖에 세워둔 지게를 보고 알았지."

그녀가 머리에 썼던 아마포를 걷어내자, 탐스러운 빨강머리가 치렁하게 늘어졌다.

"원하는 걸 줄 테니 기다려보시게나."

"……."

그녀는 참았던 웃음을 터뜨리듯 그릇 깨지는 소리를 내며 웃어댔다. 베루스는 그녀가 웃는 소리를 처음 들었다. 이시스 신전에서 제의를 거들 때의 그녀는 얼굴에 아무런 표정도 짓지 않았다. 언젠가는 이시스 여신의 하얀 얼굴에 피눈물*이 흐르는 것을 보기도 했다. 그래서인지 어쩌다 그 길을 지나면서 흰 아마포를 전신에 두른 그녀를 볼 때면 어떤 성스러움 같은 것이 느껴지기도 했다.

웃음을 그친 무녀가 베루스의 안색을 살피며 물었다.

"헌데 그 잘난 얼굴이 왜 그리되셨는가?"

"그만 가보는 게 좋겠소."

베루스는 이미 문 쪽으로 걸음을 옮겼다.

---

* 특히 아폴로를 숭배했던 그 시기의 사제들은 속임수를 써가면서 자신들의 신탁을 믿도록 해야 했다. 정교하게 조립된 장치들에 의해서 신상의 눈물샘에서 피눈물이 흘러내리는 등의 쇼를 보여주기도 했다.

"원하는 걸 준다지 않는가?"

"내가 원하는 걸 나도 모르는데, 그대가 어찌……."

"사랑에 빠졌지 않나?"

"그걸 밖에 서 있는 내 지게가 알려준단 말이오?"

베루스는 밖으로 나가기 위해 가리개를 들췄다. 그때 무언가 날아와 그의 등에 부딪혔다.

"못 믿겠으면 지금 사용해보든지……."

베루스는 등에 맞고 떨어진 것을 주워 들고 찬찬히 바라보았다.

"그게 자네가 나를 찾아온 이유지."

그녀는 허리 위에 양손을 얹고는 의기양양하게 웃었다. 그리고 거만한 목소리로 물었다.

"그 부적*을 원하는 게 아니었나?"

무녀가 말하는 부적에는 검은 덩어리가 진득하게 들러붙어 있었다.

"신상품이지. 그걸 척추에 붙이시게."

"붙이면, 그러면 어떻게 되는 거요?"

"눈뜬 송장이 되지!"

"……?"

"어떤 여자 앞에서도 태연할 수 있다는 말이네."

---

* 신경을 둔하게 만드는 약초들을 달여 고약처럼 만든 다음 천에 붙인 것으로, 그것을 척추에 붙여 교감신경을 차단하려는 것.

베루스는 부적을 한참이나 바라보다가 단호하게 물었다.

"값은 얼마면 되는지요?"

"난 후불로 받지."

그녀는 밖으로 나가며 쾌활하게 말했다.

"효과를 보거든, 팔레르누스산 포도주 열 잔 값을 내시게."

프레데리타가 나가자, 뚱뚱한 하녀가 들어왔다. 하녀는 그에게 부적을 착용해주겠으니 뒤로 돌아 누우라고 말했다.

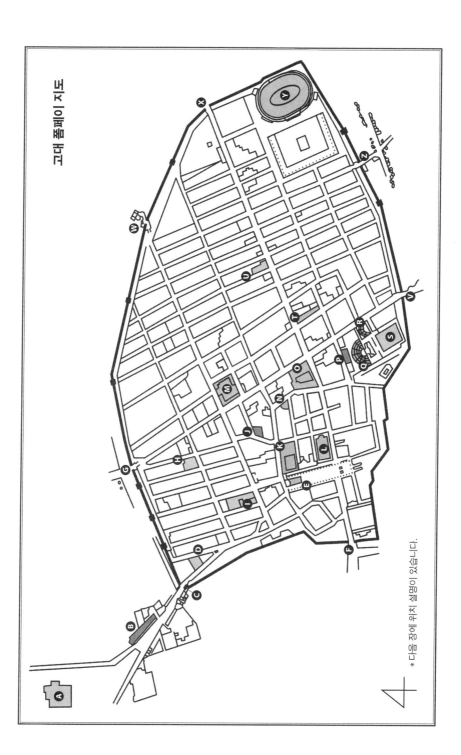

고대 폼페이 지도

* 다음 장에 위치 설명이 있습니다.

폼페이 지도

3. 죽은 처녀의 초상화

I

무덤을 파헤치고 사체를 훼손하는 범행이 잇따랐다. 항구에서 죽은 처녀들의 초상화가 팔리고 있다는 제보가 시 의회에 들어왔다. 병사들이 항구에 나가서 회수해 온 초상화의 대부분은 무덤이 파헤쳐진 죽은 처녀들 것이었다.

시 의회에서는 병사와 노예를 몇 팀으로 나누어서 항구에 잠복하는 작전을 짰다. 병사들은 항구에 배가 닿고 떠날 때마다 노예들을 외국 상인들 사이에 섞이도록 지시했다. 각각의 노예마다 수출하는 물품을 들려서 내보내거나, 배로 들어오는 외국 산물들을 사들이도록 했다. 그렇게 열흘도 되지 않아 현장이 포착되었다.

문제는 엄청난 양의 초상화가 거래되고 있다는 사실이었다.

초상화를 팔다가 발각된 상인들은 소매업자 역할을 하고 있었고, 초상화의 출처에 대해서는 전혀 알지 못했다. 그저 죽은 처녀들의 초상화라고만 알고 있었다.

시 의회에서는 압수된 초상화를 놓고 긴급회의에 들어갔다. 초상화의 숫자보다 훼손된 무덤이 훨씬 적다는 것에 일단 의문을 두었다. 초상화 속에는 별의별 얼굴을 한 처녀들이 다 있었다. 갖가지 의상과 머리 스타일, 가슴을 가리는 장신구 등 볼거리가 아주 풍부했다. 각기 한 가지씩은 매력이 있어서 그런대로 값을 치르고 사 갈 만했지만, 죽은 처녀의 얼굴이라는 섬뜩함 때문에 행정관들은 초상화를 만지면서도 고개를 저었다.

"이게 누구야, 이거?"

시장인 폴리비우스가 초상화 중에서 한 장을 집어 들었다.

"이건 아직 살아 있는 처녀 같은데……. 이 얼굴 못 봤나?"

폴리비우스는 포이부스 앞으로 초상화를 던졌다.

"측면 얼굴이군요. 죄송합니다. 전 여자 얼굴을 잘 못 알아봅니다."

폴리비우스는 알 수 없는 미소를 머금으며 그 초상화를 돌돌 말았다.

"혹시, 그새에 죽은 건 아니겠지?"

폴리비우스는 보초를 서던 병사에게 초상화를 던져주고는 에우마키아의 집으로 배달하도록 했다.

"아, 그리고 일단 죽었는지 확인 먼저 해보도록."

잠시 후, 병사의 방문을 받은 에우마키아는 탄식을 내질렀다.

"내가 너무 오래 살았나보네그려."

에우마키아의 손에는 클라우디아의 초상화가 들려 있었다. 그녀는 다시 평소에 유지했던 냉정을 모두 내던지고 광분 상태에 빠져 소리를 질렀다.

"신께서도 무심하시지! 나를 데려가시려거든 빨리 데려가실 일이지……."

그라티아도 클라우디아의 초상화를 보고는 경악했다. 클라우디아의 측면 얼굴이 너무도 아름다운 자태로 그려져 있었는데, 목걸이며 귀걸이는 물론이고 평소에 즐겨 입는 스톨라 색깔마저 똑같았다. 클라우디아는 실명한 왼쪽 눈 때문에 정면에서 바라보면 섬뜩한 느낌이 들지만 오른쪽에서 비스듬히 보는 얼굴은 고혹적이리만치 아름다웠다. 에우마키아는 다시 예감 타령을 하며 벌떡 일어섰다.

"요즘 잠 못 들 때 드는 그 이상한 예감들이 하나씩 나타나는 게 아닌가 몰라. 그렇다면 이건 시작에 불과하지. 암, 시작에 불과해."

에우마키아는 전신에 소름이 돋았다. 죽지도 않은 딸의 얼굴이 죽은 처녀라고 그려진 것만도 기가 찰 노릇인데, 그것이 거칠고 더러운 외국 상인들의 손에서 손으로 옮겨 다닌다는 사실이 생각만 해도 치가 떨렸다. 에우마키아는 뒷덜미에 돋는 소름을 쓸어내리면서 그라티아를 불렀다.

"자네, 그 비극시인인지 개조심인지를 좀 불러오게."

그라티아는 다른 노예를 시켜 에우마키아 앞에 찬물을 내놓게 했다. 그러고는 어린 노예를 앞세우고 서둘러 밖으로 나갔다.

에우마키아는 모든 게 마음에 들지 않았다. 어설픈 비극시인 흉내를 내는 아니케투스가 자기 아들과 어울리는 것도 마땅치가 않았다. 게다가 그 비극시인이 프론토에게 놀러 와서는 여동생인 클라우디아를 바라보는 것은 더욱 맘에 들지 않았다. 그가 클라우디아의 옆얼굴을 바라보며 넋이 나간 듯 중얼거리다가 돌아간다는 것은 이 집안사람들 모두가 알고 있는 사실이었다.

에우마키아는 딸의 초상화를 엎어놓고 찬물을 들이켜기 시작했다. 그나마 임플루비움*에서 떨어진 물이 실내의 공기를 식혀주고 있었다. 그때, 밖으로 나갔던 그라티아가 사색이 되어 돌아왔다.

"무슨 일인가? 왜 혼자 돌아왔는가?"

그라티아는 허옇게 질린 얼굴로 마켈룸 시장 쪽을 가리켰다. 다른 쪽 손가락으로는 V자를 만들어 보이며 쓰러지는 시늉을 했다.

"베루스가 쓰러졌다는 게냐?"

그라티아는 정신없이 고개를 끄덕거렸다. 에우마키아는 불현듯 세크레타의 말을 떠올렸다. 물고기 눈알이 베루스를 죽인

---

* 아트리움 가운데 있는 '네모난 타일 물받이'로, 그 위의 천장을 네모나게 뚫어서 빗물이 그곳으로 떨어지게끔 고안된 것.

다고 했던가. 에우마키아는 세크레타를 불러오라고 지시하고
는 외출복으로 갈아입었다.

대문을 나서려던 에우마키아는 문득 뒤돌아서서 그라티아를
바라보았다. 그리고 눈을 점점 더 크게 뜨면서 물었다.

"자네, 방금 뭐라고 했나?"

"……."

"글을 아는 게냐?"

그라티아는 눈을 휘둥그레 뜨기만 할 뿐이었다. 에우마키아
는 손가락으로 V자를 만들어서 그라티아의 얼굴에 들이대며
물었다.

"V라고 하지 않았느냐, 방금? 베루스라고 말이다."

그라티아는 앙상한 손으로 황급히 제 입을 틀어막았다.

"일단 가세."

에우마키아는 다시 앞장서더니 마켈룸 쪽으로 걸음을 재촉
했다. 그라티아는 검불처럼 가벼운 몸을 그나마 더 얇게 접고서
에우마키아의 뒤를 따랐다.

바삐 걷던 두 사람은 어딘가로부터 흘러온 오줌줄기를 발견
했다. 베루스가 짊어지고 다니던 여덟 개의 암포라에서 흘러나
온 오줌이 카피톨리움 삼신전을 거쳐서 라레스 신전과 베스파
시아누스 신전, 그리고 아폴로 신전을 지나 이제 막 중앙대광장
으로 이어지고 있었다. 에우마키아와 그라티아는 포룸의 회랑
을 지나치면서부터는 그 오줌줄기를 따라서 달려갔다.

시장으로 들어서기 전부터 두 여인의 귀에 들려온 건, 이 세

상에서 포유류가 낼 수 있는 가장 서러운 소리였다. 베루스는 여덟 개의 오줌통과 함께 뒹굴면서 처참하게 울고 있었다. 그 큰 주먹을 입에 물고서 터져 나오는 울음을 막아보려 안간힘을 쓰고 있었지만, 상처 입은 짐승의 슬픔은 여지없이 새어 나와 포룸을 뒤흔들었다. 세상이 창조된 이래 자기만큼 불행한 사람이 있을까 싶은 원망이 섞인 통곡이었으나, 그건 울음소리라기보다는 위험에 처한 동물이 보내오는 절박한 신호음처럼 들렸다. 그 절박한 신호음과 지린내를 맡고서 몰려든 구경꾼들은 놀라지 않을 수 없었다. 그토록 성실했던 베루스가 자신의 눈물과 시민의 오줌으로 폼페이 시장을 하염없이 물들이고 있기 때문이었다. 구경꾼들은 너 나 할 것 없이 온갖 추측을 하기에 이르렀고, 곧이어 제법 그럴싸한 시나리오를 이어 맞추며 집으로 돌아갔다.

집으로 돌아온 베루스는 그야말로 처참한 몰골이었다. 어느새 얼굴살이 모두 내려서 양 볼에 그늘이 져 있었고, 그토록 진지했던 눈은 푹 꺼져 들어가 아무런 빛도 발산하지 않았다.

급히 불려온 세크레타는 베루스를 뚫어져라 바라보며 천천히 그에게로 다가갔다. 그녀는 베루스의 눈꺼풀을 들어 올리고 살피더니, 위장 쪽을 쿡쿡 쑤셔보고 나서 옆구리에 주먹을 대고 톡톡 두들기기도 하다가 결국은 허리춤에 붙어 있던 부적을 발견했다. 그녀는 부적을 떼어서 킁킁거리며 냄새를 맡기 시작했다. 그러고는 빙그레 웃었다.

에우마키아가 다가와 눈을 크게 뜨면서 물었다.

"그건 뭔가? 왜 그런 게 거기 붙어 있는 건가?"

세크레타는 야릇한 미소를 지으며 입을 열었다.

"이건 그냥 돼먹지 못한 부적입니다, 마님."

"보기에도 고약한 그것과 베루스의 병이 무슨 상관이 있는 게 아닌가?"

"상관이 있을 수도 있고 아닐 수도 있습니다, 마님."

"도대체 무슨 소린가? 이 아이가 왜 쓰러진 게냐고 묻고 있네, 지금."

이번에도 세크레타는 야릇한 미소를 지었다.

"심장과 비장에 울체된 기운 때문입니다, 마님. 그걸 풀어줘야 소화 기능은 물론이고 식욕이 돌아옵니다."

"그래, 먹질 못해 영양실조로 이 지경이 됐단 말인가?"

"주기만 하고, 받아 오지를 못해섭니다."

"그럼, 다시 뺏어 오면 되겠구먼."

"그게 문젭니다, 마님. 준 것이 물건이 아니기 때문이지요."

"마귀에 붙들린 게 아니란 말인가?"

세크레타는 대답하기 전에 그라티아를 가까이 오도록 하고 잘 들어두라고 말했다. 그리고 다시 에우마키아에게 조심스럽게 말했다.

"아무래도 아시아에서 들여온 황토*를 구하시든가, 홍연**을 마

---

* 상사병에는 황토를 경단처럼 작게 만들어서 먹이기도 했다.
**홍연은 건강한 소녀의 진주같이 고운 색을 띤 첫 월경을 말하는데, 그것을 받아서 마시는 것도 상사병의 처방으로 취급했다.

시게 함이 좋을 듯합니다. 그게 힘드시면 소인이 여성의 음모를 태운 재를 올리브기름에 짓이겨 드릴 수 있습니다. 또 한 가지 방법은 그 여성의 성기가 닿은 속옷 부분을 도려내서 태운 재를 물에 풀어 마시게 하는 방법도 있습니다."

"아니, 도대체 뭘 받아 오지 못했는데 처방이 죄다 해괴망측한 것들뿐인가?"

"마음입니다."

에우마키아는 눈썹을 치켜세우고는 날카롭게 되물었다. 통통한 그녀의 얼굴에서 아직도 가장 날렵하게 움직이는 것은 눈썹이었다.

"고리대금도 회수할 때는 힘든 법이지요. 하물며 마음이야 오죽하겠습니까?"

"뭐라…… 마음?"

"예, 마음을 죄다 주었기 때문에 되돌려 받기가 좀 곤란합니다, 마님."

에우마카아는 자기 가슴에 손을 턱 갖다 대고서 다짐하듯이 물었다.

"그래, 여기 있는 이 마음 말인가?"

"바로 그렇습니다, 마님."

세크레타가 돌아가고 난 뒤, 에우마키아는 커다란 에메랄드를 꺼내 왔다. 그것을 베루스의 배꼽 위에 올려놓고 조용히 입을 열었다.

"배부른 새처럼, 저공비행으로 인생을 허비할 생각은 하지 말거라. 상사병은 극복할 수 있는 병이다."

베루스는 겨우 눈을 뜬 채로 아무런 반응도 보이지 않았다. 그러자 에우마키아는 자신의 가슴에 손을 얹어놓고 말했다.

"모든 불행은 머리가 아니라 여기에서 나온단다. 또한 행복도 여기서 비롯된다는 걸 명심해라."

에우마키아가 이번에는 그라티아에게 말했다.

"통증은 멎을 거네. 차도를 보일 것이니 잘 보살피게나."

그라티아는 방에서 나가는 에우마키아의 뒤를 따라 나갔다. 그리고 에우마키아 앞에 파피루스 두루마리를 한 뭉치 내놓았다. 그건 베루스가 플로시아에게 편지를 쓰다가 버린 것들이었다. 온통 플로시아의 눈짓, 몸짓은 물론이고 그녀의 아름다운 목소리를 높이 찬양하고 있었다. 에우마키아는 왠지 그 이름이 낯설지 않았다.

"플로시아, 플로시아라…… 혹시 그 애비가 투계꾼 아닌가? 스타비아이와 헤르쿨라네움까지 싸움닭을 끌고 다닌다는 그 노인 말이네. 노래하는 딸을 두어서 싸움닭에게 모이 대신 노래를 먹인다고 떠들고 다닌다지?"

에우마키아는 갑자기 생각난 듯 그라티아에게 물었다.

"그런데 언제쯤이면 네 글을 읽을 수 있는 게냐?"

그라티아는 대답 대신 고개만 주억거렸다. 에우마키아가 다시 말했다.

"탓하려는 게 아니다. 그저 놀랐을 뿐이지."

그라티아는 어지럽게 널려 있는 파피루스 중에서 한 장을 꺼내어 무언가를 적이 내려갔다. 그리고는 에우미키이에게 보여 주며 희미하게 웃었다. '눈길을 끄는 것과 마음을 끄는 것은 엄연한 차이가 있습니다. 베루스의 병이 쉬이 나을 것 같지 않습니다, 마님.' 에우마키아는 감탄한 얼굴로 그라티아를 다시 쳐다보았다.

"나쁘지 않구나! 종종 글로 마음을 전해보게."

에우마키아는 그라티아의 어깨를 두드려주고는 주랑을 걸어 나왔다. 베루스와 그라티아는 밖으로 난 야외 부엌 옆에 거처하고 있었다.

에우마키아는 아트리움으로 들어와 한숨을 내쉬며 중얼거렸다.

"나 또한, 그 병이 마음대로 나을 수 없다는 걸 누구보다 잘 알고 있다네……."

에우마키아는 서른 중반쯤에 그 병을 앓았다. 그래서 눈길을 끄는 것보다 마음을 끄는 것이 얼마나 질기고 무서운 증상인지도 알고 있었다.

II

에우마키아는 넓고 긴 욕조 속으로 걸어 들어갔다. 하녀들은 흰 장미 꽃잎을 욕조에 띄워놓고 계속해서 더운물을 날라다 붓고 있었다. 마음이 착잡할 때의 그녀에게는 더운 목욕이 도움이 되었다. 그녀의 불어난 살덩이들이 물에 잠기자, 욕조의 물이 넘쳐 나서 장미 꽃잎들이 욕조 밖으로 밀려났다. 젊은 날의 그녀는 저 꽃잎처럼 얇고 보드라우면서 하얀빛을 발했었는데…….

언젠가 그녀는 폼페이 원형 경기장의 광분한 시민들 사이에 앉아 있었다. 여자들은 피를 튀기는 검투사들의 애무를 받으며 신음을 흘리고 울부짖었다. 에우마키아는 그런 자리를 더 이상 견딜 수가 없었다. 검투사들이 흘린 피에 환호하는 관중들을 뒤로하고 자리를 털고 일어났다. 칼이 부딪치는 소리는 물론이고 먼지 속으로 흩뿌려지는 피를 보는 일에도 싫증이 났다. 게다가 검투사들의 무식한 몸놀림이라니……. 그런 것을 보면서 왜 저토록 흥분하며 날뛰는지 도대체 알 수가 없었다.

에우마키아는 서둘러 관중석을 빠져나오다가 팔에 붕대를 감은 남자를 건드렸다. 그 남자는 곧 에우마키아의 눈길을 끌었다. 그는 광분하는 관중의 열기에 조금도 동요하는 기색 없이 물끄러미 지켜보기만 했다. 코가 가늘고 높아서인지 지적인 냄새마저 풍기는 남자는 단번에 그녀의 마음을 사로잡았다.

검투 경기를 싫어하는 그녀의 눈에 끌린 남자가 실은 검투사라는 것을 알게 되었을 때에는, 이미 모든 마음을 다 빼앗긴 다음이었다. 이그니스(Ignis: 불)는 검투 경기 도중 입은 상처로 출전을 못 했던 것이었다.

이그니스는 그리스 출신이었다. 그는 검투사가 되어 우승을 거듭하면서 자유민이 되었다. 그러나 관중의 함성에 중독이 된 그는 계속해서 경기장에 서고 있었나. 얼핏 보면 지적인 느낌을 풍기지만 독수리 같은 눈은 그가 싸움꾼이라는 것을 증명하고도 남았다. 그러나 에우마키아를 만날 때 그의 두 눈은 초조한 듯 열에 들떠 있었고, 입술은 굳은 결심이라도 한 듯이 일자로 다물려 있곤 했다. 그것은 사랑이 깊어질수록, 그 사랑을 유보시키고자 하는 집착도 더욱 깊어지기 때문이었다. 두 사람은 알고 있었다. 그들이 온전한 가정을 이룬다는 것은 유피테르 신의 힘으로도 안 되는 일이라는 것을. 그러나 그런 명백한 사실이 두 사람 사이에 최음제 역할을 한 것도 사실이었다.

두 사람은 서로에게 미쳐갔다. 에우마키아는 종종 그에게 안긴 채 중얼거렸다. 미친다는 게 이런 맛인 줄 알았다면 진작 미쳤을 거라고. 『사랑의 기술』*이 그 두 사람의 사랑에 많은 영향을 끼쳤다. 거기에는 사랑의 묘약이나 최음제를 비롯해서 남녀가 서로를 유혹하는 방법까지 상세히 기술되어 있었다. 두 사람은 고양이처럼 사랑했다. 서로를 유혹하고 유혹당하면서 죽음의 시간을 유예시켰다. 발정이 난 동물 특유의 암내를 풍기면서 사방을 헤매고 다녔으며, 장소를 구애받지 않고 사랑을 나누었다. 이그니스는 가끔 투정을 부렸다. '당신은 남자 몸을 너무 잘 알아.' 그러면 에우마키아는 그를 어르고 달래면서 신전의 사제처럼 말했다. '많이 아는 것보다는, 잘 아는 게 좋지요.'

---

* 아우구스투스 황제 시절에 시인 오비디우스가 쓴 성생활 지침서이다. 그 후 그는 흑해로 추방당했는데, 황제의 손녀도 같은 시기에 추방당했다. 사람들은 둘 사이에 무언가 있었을 거라는 추정을 하고 있다.

검투사 막사에서는 누구나 그들의 불륜을 알고 있었고, 수도 없이 그들의 사랑을 목격했지만 그저 사방에 널려 있는 한 폭의 벽화려니 하면서 침묵으로 응원했다. 에우마키아의 떠들썩한 연애는 그 후로도 2년간이나 지속되었고, 그동안 그들은 2천 번 넘게 사랑을 나누었다.

흰 장미 꽃잎에 파묻힌 에우마키아의 입에 얼핏 미소가 떠올랐다. 그녀는 눈을 떴다가 다시 감았다. 그리고 현실적인 문제를 떠올리려고 애쓰면서 생각의 갈피를 나누기 시작했다. 우선 딸아이의 초상화가 문제였다.

그때 그라티아가 욕실로 들어왔다. 그라티아는 욕조 옆에 서 있는 몸종에게 에우마키아를 깨우도록 눈짓했다. 그리고 에우마키아가 눈을 뜨자, 세크레타가 찾아왔다고 전했다. 그라티아는 우선 베수비우스 산 쪽을 가리켰고, 한 손으로는 자신의 머리와 가슴을 바쁘게 오가는 시늉을 해 보였다.

에우마키아는 자기도 모르게 몸을 발딱 일으켰다. 부르지도 않았는데 세크레타가 스스로 찾아올 때는 불길한 소식을 가져올 때가 더 많았던 것이다. 에우마키아는 몸에 붙은 장미 꽃잎을 떼지도 않고 몸종이 들고 있던 옷을 걸쳤다.

세크레타는 동물의 내장으로 점괘를 보곤 했지만, 그것만이 그녀의 재능은 아니었다. 그녀에게는 아주 기막힌 재능이 있었는데, 그것은 안 좋은 사건의 냄새를 맡는 일이었다. 마치 그 사건에 어떤 냄새가 있는 것처럼 천 리 밖에서도 그녀의 후각을 피하지는 못했다.

세크레타는 에우마키아가 아트리움에 들어서자마자 바싹 다가왔다.

"그자를 가까이 하시면 화를 입습니다, 마님."

"그자라면, 폴리비우스 시장인가, 세탁업자 스테파누스인가?"

"세탁업자는 마님의 상대가 못 됩니다. 아시지 않습니까?"

세크레타는 고개를 약간 숙이고 목소리도 조금 더 낮추고 속삭이듯이 말했다.

"그 집 창고에서 발효되는 건 와인뿐이 아닙니다, 마님. 거기선 죄악이 발효되고 있어요."

"왜 그러나? 이번에도 무슨 냄새를 맡았는가?"

"집사가 와서 두꺼비와 독사를 한 마리씩 사 갔습니다."

"그게 뭐 어쨌다는 말인가?"

"한 달 동안만 사람을 꼼짝 못하게 하는 게 있느냐고 해서 방법만 살짝 말했을 뿐입니다. 마비가 제 전공 아닙니까, 마님."

"그래, 그 방법이 뭔가?"

"두꺼비와 독사를 한 마리씩 잡아서 솥에 넣고는 마구 찔러서 분노하게 만들면 독을 뿜어냅니다. 그 안에 대극과의 여러해살이풀과 수정 부스러기를 넣고 약한 불에 뭉근하게 끓여서 증발시키면 되는 겁니다. 그걸 한 방울만 삼켜도 한 달 동안이나 산 사람이 아닌 게 됩니다."

"한 달이라?"

"예, 마님. 그자가 돌아간 뒤 곰곰이 생각해보니, 그때쯤이면 선거가 깨끗이 끝나 있을 겁니다요."

"그렇구면. '산 것도 죽은 것도 아닌 자'는 당선이 될 수도 없겠구면."

세크레타는 무엇이 우스운지 한참을 하하거리며 웃었다.

"아니, 귀신이 정치를 한다니요……."

그녀는 아직 웃음이 남은 얼굴로 에우마키아에게 물었다.

"그런 자들이 정치를 할 수 있겠습니까, 마님?"

에우마키아는 팔꿈치에 붙어 있던 장미 잎을 떼어내고는 정색을 했다. 그러고는 여전히 웃고 있는 세크레타를 나무랐다.

"귀신 같은 자들이 정치하는 세상은 이미 와 있질 않는가? 자네가 그걸 모른다니 원……."

에우마키아는 세크레타를 배웅하면서 복잡한 심경 속으로 빠져들었다. 아무래도 프론토를 진지하게 설득해야 할 때가 온 것 같았다. 그녀는 다시 욕조로 돌아가지 않고 옷을 잘 챙겨 입었다. 몸종에게 머리를 손보도록 하고 직접 약간의 화장을 했다. 스티비(안티몬)로 속눈썹을 검게 칠하고는 몸종에게 마무리를 하도록 시켰다.

에우마키아는 아들 프론토를 야외 정원에 있는 식탁으로 불러냈다. 그러나 잠시 후에 나타난 프론토는 약속이 있다면서 자리에 앉으려 하지 않았다.

"그러지 말고, 잠시만 앉자꾸나."

"시간이 다 되었어요, 어머니."

에우마키아는 아들과의 식사를 포기하고 들고 있던 치즈를 내려놓았다.

"얘, 너도 트로이 놀이*를 즐기고, 경마회나 예비군인회**에 가입하지 그러니?"

"어머니……."

"아니면 극장이나 주악당에라도 가보거라. 네 상대가 될 만한 처녀가 있을지도 모르니, 한 번쯤은……."

프론토는 경멸하듯 보일 듯 말 듯한 미소를 짓더니 어머니의 말을 잘랐다.

"거기 있는 여자들 모두 터무니가 없단 말입니다. 원형 경기장에 가서는 젖통을 드러내고 옷을 찢으면서 광분하다가, 다시 주악당에 앉아 얌전을 떠는 겁니다. 현란하지만 금방 물려버리는 음식 같은 여자들뿐이라고요."

"아들아, 가장 고귀한 인간의 미덕은 건강하게 잘 사는 것이다. 늙음을 순순히 받아들이고, 부모가 죽었을 때 장사 지내며, 자신이 죽었을 때 자식들이 훌륭히 장사 지내주는 것이다."

"이런 불구에게도 그런 훌륭한 죽음이 올까요, 어머니?"

"그 결함도 신의 은총임을 알게 될 날이 올 게다. 또한 그로 인해 얻는 것도 있지 않겠느냐? 그게 바로 신께서 준비해놓은 것이란다. 그러니 기다려보자꾸나."

* 복잡한 기동 작전을 능수능란하게 수행하면서 말을 타고 행진을 펼치는 놀이로 성인이 되기 전 겪는 준비 과정이기도 했다. 폼페이 청소년은 여러 스포츠에 참여함으로써 심신을 단련했다.
**폼페이 중상류층 자제들은 이러한 단체에 가입하여 어른들과의 유대를 도모하였다.

에우마키아는 아들의 얼굴을 살피며 시에 헌납한 건물 얘기를 슬쩍 꺼냈다.

"내 아들 프론토야, 네 이름은 세세토록 남을 것이다. 너를 위해 건물을 지어 황제에게 헌납했다."

프론토의 입가에 조소가 떠올랐다.

"세세토록 남아요? 그렇게 남는 게 내 이름인가요, 어머니 이름인가요?"

에우마키아는 아들과의 대화가 오늘도 제대로 되지 않을 거라는 걸 깨달았다. 그녀는 얼떨결에 집었던 빵을 다시 내려놓고 서둘러 본론으로 들어갔다.

"얘야, 그와는 거래하지 말거라. 폴리비우스 시장 같은 사람은……."

"어머니는 그자와 거래하시면서, 왜 저는 안 된다는 겁니까?"

"그자는, 필요하다면 신도 매수할 수 있는 자라는 걸 모르느냐? 탐욕은 버섯처럼 무섭게 증식하더구나."

"탐욕이요?"

프론토는 피식 웃더니 돌아섰다. 그러고는 한 발짝을 떼기 전에 다시 에우마키아를 돌아보면서 언성을 높였다.

"왜, 이 집안 여자들은 모두 노예 놈인 베루스를 탐하는지 모르겠어요. 그놈의 어미인 그라티아는 물론이고 사랑스러운 내 동생 클라우디아마저도 어떻게 그 지경이 되었는지, 도대체 모르겠다고요."

그는 다시 에우마키아에게 화살을 돌렸다.

"가장 고귀한 인간의 미덕이 뭐라고 하셨지요, 어머니? 그런데 우리 집에는 왜 성상*이 없을까요?"

에우마키아는 기다렸다는 듯 거침없이 대답했다. 그녀의 목소리는 당당하고 확신에 차 있었다.

"프론토야, 나는 언제나 신과 함께한다. 그것은 물론, 하이에 나보다 나은 인간이 되기 위해서다. 그 길에 왜 함정이 없었겠느냐? 수도 없이 빠지고 헛디디면서 여기까지 왔다."

"하다못해 허무주의자인 비극시인조차 벽에 라레스 신(가정의 수호신)을 그려 넣었더군요. 어머니라는 사람은 도대체……."

"보이는 게 다는 아니라는 것을 당장 설명해줄 도리가 없구나. 애야, 두려움이 없다면 신앙도 필요 없지 않겠느냐? 그렇지만 나는 늘 두렵단다."

"……."

"프론토야, 행복을 가장할 수 없듯이, 사랑 또한 연출로 보여줄 수 있는 게 아니다. 난 네게 노력했다. 눈으로 볼 수 있는 것을 뛰어넘는 무언가를 네게 보여주고 싶어서였단다."

프론토는 더 이상 말하기 싫다는 듯 등을 돌리고 나가버렸다.

에우마키아는 폴리비우스 집으로 내일 오후에 가겠다는 전갈을 보냈다. 그다음에는 그 커다란 식탁에 앉아 오래도록 식사를 했다.

---

* 폼페이인들은 언제나 신과 함께했다. 집집마다 삼신상(유피테르, 유노, 미네르바)을 모셔놓기 위한 좌대가 있었으며, 곳곳에 세워진 신전과 예배당에서도 정해진 시간에 참배하는 것을 중요한 일상으로 삼았다.

그날 밤 에우마키아는 하늘에서 먹구름 색의 비가 쏟아지는 광경을 물끄러미 바라보고 있었다. 비는 진흙을 개어놓은 것처럼 농도가 짙은 먹색이었다. 그때 빗물이 고인 땅바닥이 둥그스름하게 솟아오르기 시작하더니, 곧 거대한 무덤처럼 자라나기 시작했다. 천둥과 번개가 한차례 몰려왔다. 잠시 후 그녀는 자기 눈을 의심했다. 지상의 모든 것이 그 거대한 무덤으로 달라붙고 있었다. 각종 쇠붙이와 투구들, 장신구들이 무덤으로 달라붙었다. 나중에는 몸에 있던 쇠붙이나 장신구를 걸친 사람들이 모두 무덤으로 딸려 들어갔다. 무덤은 강력한 자장을 가진 자석 같았다. 어느 결에 그녀가 들고 있던 등잔도 무덤으로 딸려 들어가 들러붙고 말았다. 그녀는 등잔을 움켜쥐고 발버둥 치기 시작했다. 그녀가 깨어난 건 그 순간이었다. 근래 들어 꾼 꿈치고는 아주 고약했다.

에우마키아는 뛰는 가슴을 누르며 몸을 일으켰다. 그리고 2층 침실 끝에서 보이는 베수비우스를 올려다보았다.

우뚝 솟은 높은 봉우리. 그것은 언제나 그녀의 영혼을 자극하는 풍경이었다. 그러나 최근 들어 자극당하는 것은 그녀의 영혼뿐이 아니었다. 언제부턴가 그녀는 그 산을 볼 때마다 심장이 옥죄어 오는 것을 느꼈는데, 그것은 쉬이 진정이 되지 않았다.

III

폴리비우스 시장의 집에서는 광란의 축제가 벌어지고 있었다. 그는 온 집 안을 대낮처럼 밝히고, 집 안과 밖으로는 병사들이 보초를 서게 해놓았다. 그는 유권자들에게 연설과 호소를 하는 대신 화려한 주연을 베푸는 것이 훨씬 효과적이라는 걸 알고 있었다. 또한 우매한 군중은 진실에 귀를 기울이는 법을 모른다고 생각했다.

폴리비우스의 야망은 로마에 관직을 얻는 것이었다. 로마 제국을 위해 봉사한 자에게 관직을 내린다는 클라우디우스 황제의 연설문을 그는 잊지 않고 있었다. 우선 그 봉사라는 것은 선거에 당선되어서 시의 발전에 이름을 남기는 일이었다. 그는 휘하의 부하들을 시켜서 시민들에게 빵과 음료와 돈을 나눠주면서 자신의 이름에 지지를 보내도록 했다. 로마의 정치라는 것은 결국 '빵과 오락'의 정치였고, 그는 그것을 그대로 모방하고 따랐다. 여성들은 선거권이 없었지만, 남편들이 코미티움에서 투표를 할 때 가장 많은 영향을 끼치는 것이 그 아내들이라는 사실을 그는 잘 알고 있었다. 그래서 오늘은 그 귀부인들까지 연회에 초대했고, 그녀들을 위한 선물까지 준비했다.

오늘의 연회에 여자 노예들은 거의 반라로 시중을 들게 했으며, 암늑대의 거리에서 사 온 창녀들은 손님들의 입맛에 맞게 온갖 서비스를 제공하도록 지시했다. 온몸에 과일을 주렁주렁 매단 미녀가 과일 탁자 위에 누워서 온몸으로 식도락을 제공하

고 있었다. 그녀의 몸에는 아프리카에서 온 무화과와 복숭아는
물론이고 온 제국에서 나는 갖가지 과일이 모두 놓여 있었다.
또 한 명의 미녀는 네 명의 남자들이 들고 있는 둥근 탁자 위에
홀딱 벗고 누워서 이리저리 옮겨 다니고 있었다. 그 미녀는 발
목 사이에 끼고 있는 청동 술잔에 포도주를 따라서 남자들의 입
안에 부어주는 역할을 했는데, 나체를 감상하느라 연거푸 술을
마셔댄 남자들은 곧장 과일을 달고 있는 미녀에게로 달려가 엎
어지곤 했다.

　한껏 성장을 하고 나타난 귀부인들의 화제는 역시 아름다움
에 관한 것이었다.

　"기미나 반점을 가리는 데는 역시 비둘기 똥이 최고랍니다."

　"악어 분뇨라던데요?"

　"악어 똥은 주근깨에 특효지요. 내 몸종에게 부탁해보세요.
그 앤 뭐든 구해 오는 재주가 있답니다."

　"혹시 비둘기나 악어에게 몸을 파는 건 아닌가요?"

　"눈 화장에 관심이 있으면 중동 출신 노예를 사세요."

　그 말을 한 여자가 들고 있는 은제 술잔에는 수염 달린 남자
와 수염이 없는 남자가 사랑을 나누고 있었는데, '성(Sex)은 신
의 선물'이라고 쓰여 있었다. 성별에 관계없이 사랑 그 자체가
아름다운 것이라고 강조하는 의미였다.

　"뭐니 뭐니 해도 검투사의 땀이 최고지요. 안 그래요?"

　서먹해진 분위기를 살린 건 귀걸이를 가슴까지 늘어뜨린 부
인이었다. 그녀는 그 말을 하면서 허리를 슬쩍 비틀었다.

"그건 사랑의 묘약이 아닌가요? 그래, 구할 수는 있답니까?"

귀걸이 부인이 비틀었던 허리를 풀면서 대답했다.

"검투사의 땀…… 그건 로마 여성들도 구하기 어려운 사치스러운 로션이지요."

그때 은제 술잔을 들고 있던 귀부인이 가소롭다는 듯이 말했다.

"사랑의 묘약은, 잘게 부순 솔방울 가루지요."

그러자 모여든 귀부인들이 저마다 소리쳤다.

"난 백겨자와 후추를 사용하고 있어요."

"난 구운 양파를 최고로 친답니다."

그때 귀부인들을 위한 집주인의 배려가 담긴 상품 하나가 등장했다. 귀부인들의 시선은 일제히 그쪽으로 향했다. 전신에 오일을 발라 반질거리게 치장한 근육질의 남자 노예가 온갖 장식을 몸에 달고 나타나자, 귀부인들은 너 나 할 것 없이 우르르 몰려가 시시덕거리기 시작했다. 그녀들은 한 손에 술잔을 든 채, 다른 손으로는 남자 노예의 단단한 근육을 만지고, 눌러보고, 찔러도 보았다. 그러다 결국은 그 노예가 어떤 고통을 얼마나 느끼는지 보려고 올리브기름에 타오르는 등잔을 가져다가 노예의 단단한 엉덩이에 갖다 댔다. 참다못한 노예가 비명을 지르며 팔딱거렸고, 노예의 비명이 커질수록 귀부인들의 웃음소리도 따라서 커졌다. 귀부인들은 그 짓을 쉽사리 멈추려 하지 않았다.

"이번엔 여기, 벌떡거리는 가슴근육에 대봅시다……."

잠시 후, 실신한 남자 노예가 감염병 걸린 개처럼 끌려 나갔다. 그러자 이번엔 또 다른 남자 노예가 검투사 복장으로 몸치장을 하고 나타났다. 귀부인들은 까무러칠 듯한 환호성을 지르며 검투사 노예에게 달라붙었다.

그 모습을 보던 폴리비우스가 외쳤다.

"귀부인들은 고통에서 쾌락을 얻지요. 자, 한껏 즐겨보시지요."

구석에서 술을 마시던 비극시인이 프론토에게 말했다.

"나도 저 노예 꼴이 돼보고 싶은데, 어떤가?"

"기절하는 데도 갖춰야 할 조건이 있다네. 저 노예 놈이 갖고 있는 말갈기 같은 근육이 안 보이나? 그래도 원한다면 내가 주인한테 부탁은 해볼 수 있네만……."

프론토는 폴리비우스가 권하는 주빈의 자리를 마다하고, 굳이 비극시인과 함께 편한 자리를 찾아 이리저리 돌아다녔다. 비극시인이 이런 자리에 프론토를 따라온 건 순전히 술과 음식 때문이었다.

"북쪽 해안에서 온 굴과 그리스 와인까지 있더군."

비극시인의 눈은 갖가지 음식을 탐색하느라 번득거렸고, 벌어진 입은 먹으면서 말을 하느라 다물릴 틈이 없었다. 그는 들쥐 요리를 손에 든 채 눈동자를 굴려가며 호들갑을 떨었다.

"자네 이 들쥐 요리 먹어봤나? 다진 돼지고기와 후추…… 세상에! 견과류까지 넣어서 속을 꽉 채웠군. 이걸 다 즐기려면 아무래도 오늘은 새의 깃털이 필요하겠어."

"토하려거든 그만 먹게나."

"저기 저 여자는 벌써 토하고 나오는구먼. 맛있게 더 먹기 위해 토한다는 게 나도 처음엔 미친 짓이라고 생각했지. 그런데 이젠 내 미각이 느끼는 그 맛의 쾌락에 저항할 수가 없게 되었네. 아무래도 내 혀에서 비극적인 시가 나올 거 같지 않나?"

"아주 터무니없는 시가 나오겠구먼."

비극시인은 렉투스 트리클리나리스(고대 로마인들이 누워서 식사를 즐기던 길고 넓은 소파)에 비스듬히 누워 기댄 채 손으로 갖가지 기이한 음식들을 탐하기 시작했다. 그는 들고 있던 술을 다 마시더니 미녀의 발목에 낀 병으로 술을 받아먹기 위해 일어섰다. 그러더니 타일 바닥을 보며 감탄해서 외쳤다.

"여기 이 바닥 좀 보게나! 집 안의 모든 노예가 하루 종일 공들여 닦은 것 같군. 찬란한 빛이 나네그려. 저 타일 조각마저 먹고 싶어지는걸."

비극시인이 가리킨 바닥에는 기이한 음식들이 타일로 모자이크되어 있었다. 아직 살점이 남아 있는 뼈다귀, 포도알 세 개가 남은 포도송이, 게 다리와 먹다 남은 성게, 호화로운 식사에서 남겨진 것들로 보이는 달팽이와 대가리에 뼈만 남은 생선들, 고급스러운 포크와 나이프 등이 화려한 빛깔에 그럴 듯한 명암까지 들어가 있어 실물처럼 보였다. 연회 도중에 언제라도 음식을 먹다가 던져버릴 수 있기 때문에, 노예들이 구태여 그것을 치우지 않더라도 그저 모자이크 장식처럼 보일 수 있도록 고려한 것인지도 몰랐다.

"헛소리 말고 어서 가보게. 빨리 돌아가고 싶으니까."

프론토는 가보라는 손짓을 하면서 돌아누웠다. 그는 다이어트를 하는 어머니를 본 적이 있었다. 어머니는 날씬한 몸매에 창백한 얼굴이 관능적으로 여겨지는 시기에 태어난 것을 저주하면서, 허리를 바짝 조이고 식초만 먹으면서 굶기도 했다. 그렇게 며칠이 지나면 음식을 거하게 차려놓고 미친 듯이 먹다가 새의 깃털로 목을 간질여서 토해내곤 했다. 그리고 다시 먹다가 토하고 다시 먹기를 반복했다. 그 모습이 어린 그의 눈에 얼마나 기이해 보였던지, 다 자란 지금도 새의 깃털만 보면 구역질을 할 지경이었다.

프론토는 비극시인이 극찬하던 들쥐를 집어 들고는 술잔을 잡았다. 멀리 주빈석에 있던 폴리비우스가 그에게 잔을 들어 보였다. 폴리비우스가 들고 있는 은제 잔은 로마에서 온 것으로, 해골과 기사의 그림이 그려져 있었다. 폴리비우스는 그 잔에 쓰인 글귀를 모두에게 들리도록 큰 소리로 읽었다.

"불확실한 오늘, 마치 내일이 없는 것처럼 인생을 즐겨라!"

폴리비우스는 오늘의 연회가 무르익어가는 걸 지켜보면서 스스로 흥이 올랐다. 그가 연회에 창녀들을 부르는 이유는 딱 한 가지였다. 집 안의 노예들에게는 웃음이나 흥을 부추기는 재주가 없지만 창녀들은 달랐다. 게다가 즈미리나는 루파나레에서도 찾아볼 수 없는 흔치 않은 계집으로 오랜 시간 입에 붙은 음식 같은 존재였다. 나이로 치자면 이미 한물간 늙은 창녀였지만, 제때에 소리를 낼 줄 알고 남자를 즐겁게 만들기 위해서는 물불을 가리지 않았다. 자빠진 자세나 엎어진 자세에서도 엉덩이 근육을 유지시키면서, 제 팔뚝이나 어깨를 물어뜯는 등 몸을 사리지 않는 연희 기질을 발휘할 줄도 알았다.

즈미리나는 항구에서 온 손님이 선물한 희한한 그물 옷을 걸치고 있었다. 이집트 쪽에서 온 것으로 보이는 그물 옷은 금색 실로 뜨개질한 것이었다. 그것은 즈미리나의 전신을 감싸고 있었지만 중요 부위는 구멍이 뚫려서 훤히 보였고, 목과 엉덩이 그리고 손목과 발목에 작은 방울들이 달려 있어서 사람들 정신을 쏙 빼놓았다.

폴리비우스는 엉덩이를 흔들며 걸어 다니는 즈미리나를 가리키며 말했다.

"저건 내가 평생 찾아다니던 엉덩이요!"

그 말이 끝나자마자, 즈미리나가 달려와 폴리비우스 앞에 엎드렸다. 그러자 폴리비우스는 자신의 토가 앞자락을 벌리고 즈미리나의 엉덩이를 바싹 끌어당기면서 떠들었다.

"베푸는 데에는, 이렇게 긴 말이 필요 없는 법이지요."

폴리비우스는 위대한, 아니 우아한 자선가의 행태가 흠뻑 밴 몸짓으로 즈미리나를 대했다. 사람들은 벌써 취기가 올라 폴리비우스를 향해 술잔을 높이 들었고, 일제히 바크후스를 외쳐댔다. 폴리비우스는 그들이 내는 소리에 맞춰서 즈미리나의 골반을 잡고 앞뒤로 흔들면서 외쳤다.

"정치는 종합예술인 거요! 우리 같은 사람이나 여기 이년들은, 거기 쓰이는 현악기 같은 존재지요."

그의 손이 즈미리나의 엉덩이를 찰싹찰싹 때리자, 즈미리나는 교성을 내질렀고 연주를 하듯이 더 높은음을 내기 시작했다. 폴리비우스는 더 집요하게 즈미리나를 앞뒤로 흔들면서 개처럼 으르렁거렸다.

"그 악기들은 이렇게, 늘 헐떡거리는 소리를 낸다오……."

그때 미녀의 발목에 낀 술잔으로 술을 받아먹던 비극시인이 기둥에 머리를 부딪히면서 쓰러졌다. 프론토와 몇몇 노예가 달려가 부축했고, 연회를 맡고 있던 집사 노예가 그들을 야외 정원으로 안내했다.

두 사람은 기다란 돌 벤치에 앉아 정원을 바라보았다. 정원에서는 숲에서나 맡을 수 있는 깊고도 묵직한 풀 냄새가 났다. 비극시인의 투니카 앞자락에 벌건 포도주가 피처럼 물들어 있었다. 그는 술에 취해서 아픈 줄도 몰랐고, 자기가 어디를 부딪혔는지도 몰랐다. 그래도 입을 다물지 않고 나불거렸다.

"아, 이 냄새…… 이 은은한 풀 냄새 속에 사람을 홀리는 독이 들어 있군."

프론토는 진지한 표정으로 혼잣말하듯이 대답했다.

"저 모습이 현재 폼페이의 지도라고 할 수 있지. 정신과 몸, 영혼의 지도 말이네. 자, 우리는 가야 할 시간이네. 이제 곧 파티는 아수라장이 될 걸세. 그 전에 자리를 떠야 하네."

사실 그는 정치에 관심조차 없었다. 다만 어머니가 그토록 반대하는 것을 해보고 싶었을 뿐이었다. 게다가 폴리비우스의 수완이 작용하면 행정관쯤은 거뜬히 오를 수 있는 자리였다. 나쁠 게 없는 일이었다. 정치인들이 걸치는 흰 토가를 자신의 덜렁거리는 어깨에 걸치면 그것 또한 힘이 될 듯싶었다.

"이 집은 독에 취했어."

비극시인이 시를 읊는 것처럼 중얼거리자, 프론토가 다시 진지하게 대답했다.

"그리고 이제 어떠한 독에도 견딜 수 있는 내성을 갖게 된다네. 그러니 가만히 두면 안 되겠지……. 탐욕스러운 이 도시의 고름을 제거해야 하네."

문득 안에서 들려오는 환호성에 두 사람은 눈을 마주치며 일어섰다. 비극시인이 비틀거리며 떠들어댔다.

"아, 저 익살꾼들 좀 보게나……."

바로 그 순간 안에서부터 비명이 터져 나왔다. 비명은 한두 사람의 것이 아니라 종류가 다양했다. 어떤 비명은 놀라운 것을 보았을 때 저절로 나오는 것이었고, 어떤 것은 고통에 겨워서 내지르는 것도 있었는데, 그중 어떤 것은 그 난장판을 보면서 쾌락에 겨운 듯 질러대는 비명도 있었다. 뒤이어 들쥐를 먹은 사람들이 쓰러졌다는 둥, 복숭아를 먹던 사람이 죽어간다는 둥, 공포에 질린 외침이 들려오기 시작했다. 프론토는 놀라는 기색도 없이 비극시인의 옷자락을 털어주며 마차를 불렀다.

두 사람은 폴리비우스의 집을 조용히 빠져나가 마차를 타고 밤길을 달렸다. 비극시인의 집에 거의 도착할 즈음에는 벌써 개 소리가 들려오기 시작했다. 여섯 황제들의 짖는 소리가 테르메 거리를 요란하게 뒤흔들었다.

다음 날 연회에 참석한 사람들 중 5분의 1이 사망했다는 소식은 폼페이 전체에 퍼졌다. 놀라서 허둥거리는 비극시인에게 프론토는 통쾌하게 웃으며 대답했다.

"공포야말로, 정치에 아주 유용한 도구가 아닌가!"

IV

다음 날 밤, 발정 난 듯한 동물의 형상이 테르메 거리를 달려가고 있었다. 그 희한한 동물은 바로 세탁업자 스테파누스였다. 항상 짙은 색의 토가를 두르는 땅딸막한 그는 기괴한 몸짓으로 뛰다시피 걸었고, 가마꾼들은 가마를 든 채 그의 뒤를 따라서 우르르 달려가고 있었다. 가마꾼들의 느려터진 걸음걸이를 견딜 수 없었던 그는 가마에서 뛰어내려 아예 내달리는 중이었다. 뒤를 따르던 노예조차 그를 따를 수 없이 재빨랐다.

스테파누스는 방금 움브리키우스의 빌라에서 슬그머니 빠져나온 참이었다. 그놈의 독살 염려증 때문이었다. 연회가 한창이었지만 일단 의심이 들면 한순간도 지체할 수 없었다. 그 두려움 때문에 그는 매일 조금씩 독을 먹으려는 계획까지 세웠다. 그렇게 독에 대한 면역을 키우면 같은 양의 독이 든 술을 마시고도 죽지 않을 수 있기 때문이다. 그러나 해독이 문제였다. 만약에 독으로 버둥대는 그에게 누군가 해독용 와인이라도 먹인다면, 그는 오히려 그 해독제에 의해 죽게 될 것이었다. 독으로 이루어진 그의 몸에는 해독제가 오히려 치명적인 독이 되는 것이다. 그는 이러지도 저러지도 못하면서 시간을 보내는 자신에게 짜증이 치밀었다.

스테파누스는 이제 어떤 사람도 믿지 못하는 병에 시달리고 있었다. 그는 신경성 장염을 앓고 있었는데, 그것은 비소 중독과 비슷한 증상을 보였다. 고개가 뒤로 젖혀지고 손이 떨리면서 온몸이 활처럼 휘어져서 마치 후두부와 발꿈치로 온몸을 지탱하는 듯한 기괴한 자세를 취하게 되었다. 그러나 그의 의식은 명료하고 시종일관 경련했다.

스테파누스는 뒤따라오는 몸종에게 짜증을 부리며 소리쳤다.

"빨리 뛰어가서 대문을 열어놔라, 빨리."

스테파누스는 화가 나서 견딜 수가 없었다. 선거는 무르익어 가는데, 아직 움브리키우스의 누명이 깨끗이 벗어지지 않았다. 살인 사건의 진범이 밝혀지지 않아서인지 움브리키우스의 지지도는 형편없었다. 매일같이 움브리키우스를 지지하러 다니며 자선을 베풀었지만 소득이 별로 없었다. 만약에라도 이번 선거에서 움브리키우스가 진다는 생각은 하고 싶지도 않았다. 그렇게 되면 그는 에우마키아가 독점하고 있는 상권에 도전조차 할 수 없을뿐더러 벽돌 공장은 꿈도 못 꿀 터였다. 그는 움브리키우스가 재선되면 에우마키아가 나르는 오줌에 세금*을 물리자고 설득할 참이었다.

멀리서 횃불들이 보였다. 집 안의 노예들이 불을 들고서 우르

---

* 로마에서는 섬유업자에게 이미 오줌세를 부과하고 있었다.

르 달려 나오고 있었다. 먼저 집에 도착한 몸종이 그의 상태를 알렸는지 모두 긴장한 얼굴이었다. 집으로 들어선 스테파누스는 고개를 뒤로 젖히고 계속해서 경련을 했다.

"와인을 가져와라. 당장!"

그는 경련을 멈추기 위해서라도 벼락 같은 소리를 질러야 했다. 재빨리 토가를 벗어 던진 그는 옆에 있던 노예에게 투니카를 벗기게 했다. 옷을 홀딱 벗어 던지고 알몸이 된 그가 다시 소리를 질렀다.

"와인, 와인을 가져오란 말이다."

겁에 질린 여자 노예가 재빨리 와인 창고로 달려갔다.

"너는 빨리 암노새의 배를 갈라라."

스테파누스 앞에서 머리를 조아리고 있던 덩치 큰 흑인 노예는 그의 명령에 눈을 동그랗게 떴다.

"말귀를 못 알아듣는 거야? 빨리 암노새의 배를 가르라고! 너하고, 너."

흑인 노예와 옆에 있던 이집트 노예는 스테파누스의 명령이 떨어지자, 재빨리 밖으로 나갔다. 스테파누스는 분에 못 이기는지 고래고래 소리를 질러댔다.

"나 죽는 꼴 보고 싶은 것들이 이렇게 많구나. 내가 죽기만 해봐, 너희도 죽을 줄 알아 이것들아."

그 난리 통에 스톨라를 겨우 걸친 플로시아가 아트리움으로 뛰어나왔다. 알몸으로 흥분해서 씩씩거리는 남편을 처음 본 것은 아니었지만, 매번 그 모습을 볼 때마다 불쾌하기 짝이 없었다.

"아니…… 옷은 또 어쩌시고요?"

"참, 내가 죽으면 당신은 좋겠군. 안 그래?"

"그 말은 화가 나서 한 말이니, 그냥 흘려듣겠어요."

"당신의 그런 낙천적인 태도가 나를 화나게 한다고! 알아?"

그때 암포라를 안고서 아트리움으로 들어서던 여자 노예가 타일 위에 있던 물을 밟고는 나동그라졌다. 암포라가 깨지고 와인이 타일 바닥으로 흘렀다.

"네년이 가서, 다시 가져와."

스테파누스는 벌벌 떨고 있던 다른 노예에게 명령했다. 그리고 암포라를 깨뜨린 노예를 발로 짓밟고 걷어차서 내쫓아버렸다. 그는 잠시도 기다릴 수 없다는 듯 서성거리더니 바닥에 납작 엎드렸다. 그러고는 타일 바닥에 고여 있는 포도주를 미친 듯이 핥아 먹기 시작했다.

플로시아는 홀딱 벗은 남편이 바닥에 엎질러진 와인을 핥는 모습을 바라보며 또다시 이상한 예감에 사로잡혔다. 그때 흑인 노예가 황급히 들어왔다.

"암노새의 배를 갈랐습니다, 주인님."

플로시아는 암노새의 배를 갈랐다는 말을 듣고 남편의 병이 도졌다는 걸 알아챘다. 스테파누스가 고개를 들었다. 와인을 가지러 나갔던 노예가 새 암포라를 스테파누스 앞에 내려놓았다.

"빨리 따라라, 어서."

암포라 안에서는 한 방울의 와인도 나오지 않았다. 대신에 손때 묻은 파피루스 두루마리가 굴러 나왔다. 그것은 언젠가 베루스가 플로시아에게 가져다준 암포라였다. 다른 것들과 뒤섞여 있다가 이제야 플로시아 앞에 나타난 것이었다.

눈이 휘둥그레진 스테파누스는 또다시 고래고래 소리를 지르기 시작했다.

"이것들이 지금 작당해서 나를 죽이려는 게야? 플로시아, 당신 짓은 아니겠지?"

스테파누스는 파피루스를 펼쳐 들고 물었다.

"베루스가 누구지?"

스테파누스의 서슬에 질린 여자 노예 둘이 동시에 대답했다.

"오줌, 오줌을 나릅니다……."

"하, 하필 그 집안의 노예 놈이?"

그는 플로시아를 향해 증오와 분노와 의심이 가득 찬 눈빛을 던졌다. 플로시아는 한 번도 그런 표정의 남편을 본 적이 없었다. 스테파누스에게는 표정이 몇 가지 없었다. 좋거나 나쁘거나 둘 중 하나였다.

"자유민이 된 그 노예 놈이라니? 감히 내 아내를 연모한다는 것도 기가 찬데, 어디라고 찝쩍거려? 그 집안은 노예 놈마저 건방지기 짝이 없구먼."

위험한 폭발물은 피하기 마련이지만 플로시아는 태생적으로 정면충돌을 서슴지 않았다. 그녀는 스테파누스에게 천천히 다가갔다. 그러나 그녀가 다가오기도 전에 스테파누스가 황급히 일어서며 소리쳤다.

"이건 나에 대한 도전이야."

그는 지체 없이 안마당으로 달려 나갔다.

잠시 후 바닥에 떨어진 파피루스를 주워 든 플로시아의 얼굴이 점점 붉게 물들었다. 거기에는 단 두 줄이 쓰여 있었다.

플로시아, 당신의 노래를 들으러 매일 그곳에 갑니다!
나 베루스는, 온 마음을 바쳐 이 말을 생각했습니다.

이 말을 생각하는 데, 온 마음을 바쳐야 했다면 그건 어떤 마음일까. 온 마음. 플로시아는 자꾸만 온 마음을 바쳐 생각한 그의 말을 되뇌어보았다. 그녀는 그 말을 입 밖에 내면서 아주 소중히 다루었다. 마치 그 단어가 깨지기라도 할 것처럼.

플로시아는 아트리움을 벗어나 안마당으로 달려 나갔다. 그곳에는 520세스테르티우스를 주고 사 온 암노새가 내장을 드러낸 채 버둥거리고 있었다. 두 남자 노예는 양쪽에 서서 암노새의 뱃가죽을 벌리느라 기를 쓰고 있었고, 암노새는 마치 자신의 내장을 향해 걸어오는 스테파누스를 노려보기라도 하는 것처럼 눈을 치뜨고 있었다.

스테파누스는 김이 모락모락 올라오는 암노새의 배 속으로 기어들었다. 그리고 노새의 걸쭉한 피와 내장에 알몸을 담갔다. 그의 해독법이었다. 만약 그를 독살하려면 포도주와 암노새를 모조리 없애야만 할지도 몰랐다.

스테파누스는 그 속에서도 저주를 잊지 않았다. 그가 암노새의 배 안에서 피 묻은 얼굴을 내밀더니 소리쳤다.

"내가 그 노예 놈을, 신들 앞에 바치겠다고 맹세하지!"

플로시아는 피에 젖은 스테파누스의 얼굴을 보면서 구역질을 시작했다. 그 순간 그녀의 가슴에는 어떤 확신 하나가 자리 잡았다. 저토록 독살에 대해 공포를 느끼는 사람이라면, 그 자신이 누군가를 독살했음이 틀림없었다.

암노새의 배 속에서 다시 얼굴을 꺼낸 스테파누스가 외쳤다.

"유노(헤라) 신*이 당신을 지켜주시길!"

V

에우마키아는 점심 무렵 폴리비우스의 집에 도착했다. 일부러 오후에 간다는 전갈을 보내놓고는 점심을 일찍 먹고 출발했다.

폴리비우스의 집 벽에는 그의 이름 첫 자가 큼직한 인쇄체로 쓰여 있었다. G. I. P. 게다가 그 옆에는 '두 오 비르'라고 적혀 있었는데, 그것은 작년의 선거 결과를 지금까지 지우지 않고 있는 것이었다. 그는 아마도 두 명을 뽑는 시장 선거에서 자기 혼자 당선되었다는 사실을 대대로 알리고 싶은 모양이었다. 에우마키아는 쓴웃음을 지으며 대문을 들어섰다. 예상대로 그는 외출 중이었다.

---

* 여성들의 수호신이자 결혼한 여자를 지켜주는 신.

폴리비우스의 정원은 군주의 뜰과 똑같이 꾸미려고 애쓴 흔적이 역력했다. 웅장한 야외 정원이 세 개나 연이어 있었다. 플라타너스와 실편백, 송악, 월계수, 협죽도 같은 식물들이 덤불 숲을 이루는 화단의 조화는 그야말로 그리스 군주의 정원 같았다. 언젠가 세크레타가 말했던 담홍색을 띠는 관상용 꽃들도 분명히 눈에 띄었고, 온갖 종류의 새들이 새장 안에서 파닥거리며 시끄럽게 조잘거리고 있었다. 더욱 놀라운 건, 정원 한쪽 끝에 인공 연못까지 갖추고 있다는 점이었다. 최근에 만든 것이 분명했다.

에우마키아는 몸종 옆에 서 있는 그라티아를 향해 말했다.

"식인 장어를 키우지 않는 게 이상하구나? 베디우스 폴리오의 해변 별장처럼 말이네."

그라티아는 에우마키아의 말이 끝나기도 전에 환하게 웃음을 터뜨렸다.

"그것만 있었으면 이 집이 훨씬 완벽해 보였을 텐데."

너무 환하게 웃는 바람에 무안해진 그라티아는 작은 손으로 서둘러 입을 가렸다.

"그나저나 이 집 정원에서 보이는 베수비우스는 자태가 아주 곱구나……."

에우마키아는 눈을 들어 먼 곳을 바라보았다.

"자, 이제 여행을 떠나시지요."

그녀는 문득 들려오는 앵무새의 소리에 화들짝 놀라 미끄러질 뻔했다.

"저, 저놈의 앵무새는 아직도 입이 살았구나……."

폴리비우스는 조류를 엄청 많이 길렀다. 닭싸움에 내보낼 쌈 닭은 물론이고 앵무새도 키웠는데, 앵무새는 일종의 최음제 역 할을 했다. 앵무새에게 성적인 말을 가르쳐서 그가 여자를 들일 때마다 지껄이도록 한 것이다. 그 앵무새는 도무지 입에 담을 수 없는 말을 수도 없이 지껄여댔는데, 남녀의 육체관계를 아주 세세하게 설명해서 사람들 입을 딱 벌어지게 만들곤 했다.

언젠가 폴리비우스를 방문했던 에우마키아는 '자, 이제 여행 을 떠나시지요'라고 시작하는 앵무새의 성적 지침을 안내받고 는 입을 떡 벌린 채로 오랜 시간 공들여 장식한 머리를 우아하 게 흔들었다. 그날따라 치장을 좀 야하게 하고 향수를 뿌린 탓 인지 에우마키아를 창녀로 착각한 앵무새는, 이 세상 어떤 스승 도 흉내 낼 수 없는 성적 이론을 토해내며 황홀한 세계로 안내 했는데, 그녀는 앵무새의 안내에 흥분하기보다는 그토록 세세 한 체위의 종류와 난이도에 따른 쾌감의 고저장단에 귀를 기울 이며 언제 써먹을지도 모르는 기술들을 외우느라 진땀을 흘리 고 있었다. 그런데 바로 그 순간 폴리비우스가 나타나서는 닭 모래집을 말려서 가루로 빻아두고 1년 내내 먹고 있다고 떠들 었다. 그러고는 에우마키아의 얼굴을 빤히 들여다보면서 그것 만 한 정력제가 없다고 수작을 부리는 바람에, 그만 다리 힘이 풀려 맥없이 주저앉고 말았었다.

에우마키아는 야외 정원의 주랑 아래에 자리를 잡고 앉았다. 정원에서 일하던 노예들은 몰려드는 더위를 피해 슬금슬금 주

랑 밑으로 숨어들더니 각자 집 안으로 스며들어 가버렸다. 에
우마키아는 몸종에게 폴리비우스의 남자 노예들을 차례차례
불러오게 했다.

"카일라야, 이제 한 사람씩 조용히 불러오너라. 눈웃음을 너
무 많이 보일 필요는 없으니 적당히 하거라."

"마님, 제 눈이 원래 가늘어서 그렇습니다."

"가는 눈은 너무 계산하는 듯 보이기 때문이다. 그러니 크게
뜨고 다니거라."

"예, 마님……."

에우마키아는 몸종인 카일라가 치는 꼬리가 너무 힘차고 그
반경이 너무 넓다고 생각했다. 꼬리 치는 대상이 불특정 다수이
기 때문이기도 했다. 외출을 좀 나설 때에도 어찌나 두리번거리
고 목을 길게 빼던지 에우마키아의 스톨라 자락에 걸려 넘어진
적이 한두 번이 아니었다. 시장에 다니는 일을 시키기에는 몹시
위험한 노예였지만, 화장이나 몸단장을 시키기에는 더할 수 없
이 나긋나긋한 손길을 가지고 있었다.

잠시 후에 카일라가 남자 노예 한 명을 데리고 나타났다. 역시
나 그 노예는 꽤나 준수하고 떡 벌어진 가슴을 갖고 있었다. 에
우마키아는 비어져 나오는 웃음을 참았다가 겨우 입을 열었다.

"내 자네에게 부탁이 있네. 시장의 포목점에 가서 이것과 같
은 천이 있는지 좀 알아봐주겠나?"

에우마키아가 그라티아에게 눈짓을 하자, 그라티아는 그 노
예에게 돈이 든 꾸러미를 슬며시 쥐여주었다. 에우마키아는 다

정한 목소리로 다시 말했다.

"그 돈은 그냥 심부름 값이네. 꼭 기억하게, 아본단차 거리의 루키우스 포목점이네."

"그럼요, 마님."

남자 노예는 동전을 찰캉거리면서 날아갈 듯이 대문을 나섰다.

에우마키아는 오늘 이 일을 벌이기 위해 여러 가지 장치를 해 두었다. 우선 감금되어 있던 움브리키우스 집의 노예 포르투나타를 포목점 안쪽에 앉히는 일이었는데, 병사가 동행한다는 조건으로 가능했다. 포르투나타는 포목점의 긴 발 뒤에 앉아서 대기하다가 천 쪼가리를 들고 나타나는 이 집의 남자 노예들을 눈여겨보면 되었다. 그들 중에서 자신에게 향수를 발라준 달콤한 목소리의 남자를 지목하기만 하면 되었다. 포르투나타의 손에도 에우마키아가 준 똑같은 색의 천이 들려 있을 것이었다.

에우마키아는 내심 장담하고 있었다. 분명 이 집의 남자 노예 중에 그 향수의 진범이 있을 것이었다. 폴리비우스의 과장된 제스처나 감추지 못하는 자신만만한 눈빛이 그걸 증명했다. 그는 손에 쥔 패가 확실하지 않으면 언제든 안절부절못하는 사람이었다. 그와는 이런저런 편의를 봐주는 사이지만 여러 해가 지나도 인간적인 신뢰는 생기지 않았다. 매사에 계산적인 그의 인간성이 몹시 걸렸기 때문이었다.

정원에 쏟아지는 햇볕은 이제 노골적으로 뜨거워졌다. 에우마키아가 하품을 하면서 몸을 뒤척일 무렵 심부름을 갔던 노예가 돌아왔다. 그의 투니카는 온통 땀에 젖었고, 얼굴도 땀으로 번들거렸다.

"마님, 아무리 찾아봐도 이것과 똑같은 것은 없습니다요."

에우마키아는 밝은 표정으로 말했다.

"괜찮네, 정말 수고했네. 카일라야, 시원한 것 좀 달라고 안에다 부탁 좀 드리거라."

첫 번째 노예는 흐르는 땀에도 불구하고 기분 좋은 걸음으로 물러갔다.

카일라가 다른 노예를 불러왔다. 이번 노예도 역시 남자다움이 넘치는 얼굴형에 체격도 좋아 보였다. 카일라는 아주 예민한 눈을 가진 게 틀림없었다. 에우마키아는 이번에도 그의 손에 돈을 쥐여주게 하고는 천 쪼가리를 들려서 내보냈다. 잠시 후 그 노예도 허탕을 치고 돌아왔다. 그렇게 집 안의 남자 노예 반 정도가 포목점을 드나들었다. 그 노예들 중에는 가져갔던 천과 비슷한 것을 사 오기도 해서, 에우마키아는 어쩔 수 없이 그 천 값을 다시 지불해야 했다. 이쯤 되자 그녀는 초조해지기 시작했다.

에우마키아는 몸종에게 다시 명령을 내렸다.

"카일라야, 이번에는 좀 어린놈들을 데려오너라. 목소리가 좋으면 더 좋고."

"예, 마님."

에우마키아의 타는 심정도 모르고 카일라는 뭐가 그리 신나는지 이 더위 속을 춤추듯이 날아다니고 있었다. 카일라가 이번에는 계집처럼 생긴 미소년을 데리고 나타났다. 그 소년도 날아갈 듯이 포목점을 다녀왔다. 그다음에는 성인 직전의 노예들이 포목점을 들락거리기 시작했다. 그리고 결국 한 노예가 손목이 묶인 채 병사와 함께 돌아왔다.

그 어린 노예는 포르투나타의 손목에 향수를 뿌려서 유혹한 다음 벽화의 여신들 몸에 독을 바르도록 사주할 만큼 사악해 보이지는 않았다. 게다가 포르투나타가 달콤하다고 했던 것처럼 좋은 음성을 가지고 있지도 않았다. 그러나 그 어린 노예의 눈 속에 깃든 자부심이 걸렸다. 크게 믿는 구석이 있을 때 나올 수 있는 당당함이었다. 그 노예를 데려온 병사는 고개를 흔들었다.

"입을 열지 않습니다. 노예치고는 아주 도도하기 짝이 없더군요. 저 쏘아보는 눈빛을 보십시오."

병사 복장이 더위를 부채질하는 탓인지 그가 고개를 흔들 때마다 땀방울이 떨어졌다.

"그렇겠지요, 아무나 그런 일을 하겠습니까?"

어떤 협박에도 절대 입을 열지 않는다면서 병사는 다시 고개를 흔들었고, 그에게서 떨어져 나온 땀방울들이 타는 대기 속에서 순식간에 스러졌다. 에우마키아는 병사에게 급히 손짓을 하면서 말했다.

"우선, 그늘에서 좀 쉬면서 기다리지요."

에우마키아는 주랑으로 들어서는 병사를 찬찬히 눈여겨보았다. 집정관 움브리키우스는 아름다움을 찾아내는 탁월한 눈이 있는 것 같았다. 병사는 원래 움브리키우스의 노예였지만, 이제는 그의 오래된 연인이었다. 터키석 같은 눈동자에 대리석처럼 매끈한 몸을 가진 어린 소년을 발견한 움브리키우스는 그에게 글을 가르치고 자유를 주었으며, 그의 소원대로 군인이 될 수 있게 도와주었다. 아마도 병사는 움브리키우스의 그러한 인격적인 관대함에 마음이 끌리지 않았을까. 에우마키아는 그런 생각으로 병사를 바라보았다. 병사는 이 더위에도 자세 하나 흐트러뜨리지 않고 반듯하게 앉아 있었다. 에우마키아는 용의자를 가리키며 병사에게 말했다.

"오후에 이 집 주인이 돌아오면, 저 노예의 죄를 다시 묻기로 하지요."

결국 에우마키아의 예감은 빗나가지 않았다. 그러나 그녀는 구태여 그 어린 노예에게 아무것도 묻고 싶지 않았다.

오후가 되어서야 돌아온 폴리비우스는, 병사 옆에 손이 묶인 채 앉아 있는 어린 노예를 알은체도 하지 않았다. 일부러 그러는 것인지도 몰랐다. 아니면 명령이 아래로 아래로 전달되어서 모르는 것은 아닐까. 갑자기 그 어린 노예가 폴리비우스 앞에 몸을 내던졌다. 그리고 묶인 두 손을 들어 올리며 비통하게 소리쳤다.

"오, 자비로운 폴리비우스 님!"

에우마키아는 재빨리 폴리비우스를 바라보며 말했다.

"향수를 가지고 장난친, 그 범인이랍니다."

"이제 정치를 직접 하실 작정입니까? 법무관을 하셔도 되겠습니다그려."

폴리비우스의 반응은 의외였다. 에우마키아는 발끈해서 맞섰다.

"내 집에도 저놈에게 넘어갈 계집종들이 아주 많지요. 언제 내 집 벽화에 독이 발릴지 알 수 없지 않습니까?"

"아드님 대신 정치를 하실 생각이시라면, 환영하겠습니다만."

"그럴 리가요."

"겸손이 지나치십니다. 폼페이 시 의회가 해결 못 한 사건을 버젓이 해결하시고도요?"

"저는 이제 알을 다 낳은 암탉에 불과한걸요."

"이제 돈에는 관심이 없다는 말로 들립니다만."

"그 암탉은 모이도 조절해서 먹을 줄 압니다. 넘치는 것은 부족함만 못하다는 것도 아는 까닭이지요."

에우마키아는 그가 이미 이 일을 보고받았음을 눈치챘다. 그녀는 두근대는 가슴을 애써 누르며 잠시 생각에 잠겼다. 웃던 폴리비우스가 갑자기 큰 소리로 말했다.

"그나저나, 범인을 잘못 지목하셨다면 잃을 게 더 많으실 겝니다. 안 그렇습니까?"

"악의가 있는 권모술수보다는, 오해나 지레짐작이 더 많은 다툼을 일으키더군요. 그러니 저자를 바실리카(재판소)로 끌고 가도록 두어도 되겠습니까?"

"……."

"유대인은 인간의 행동 양식을 신에게 맡겼고, 그리스인은 철학자들에게 맡겼지만, 로마인은 법률에 의지하고 있지요."

"……."

폴리비우스는 이제 껄끄러운 표정을 지었다. 그 모습을 보던 에우마키아는 마무리 차원의 말을 뱉었다.

"로마 귀족이 가진 힘의 기반은 토지가 아니라 인간이었습니다. 잘 생각하시기 바랍니다."

"굳이 바실리카로 갈 필요까지 있겠습니까, 대부인? 직접 보는 데서 하지요."

폴리비우스는 뭔가 큰 부탁을 할 때에는 그녀에게 대부인이니 무슨 부인이니 하는 존칭을 사용했는데, 그럴 때마다 그녀는 속이 울렁거릴 만큼 거북했다.

폴리비우스는 에우마키아 앞에 은으로 만든 술잔을 내놓게 했다. 은잔에는 '쾌락보다 나은 보물은 없다'고 쓰여 있었다. 남자 노예가 달려와 포도주를 따랐다.

"내가 아끼는 최고급 와인입니다."

에우마키아는 잔을 받아 들며 미소를 지었다.

폴리비우스는 죄인을 끌어다 앉히고 모든 노예들을 모이게 했다. 주랑 아래에 임시 재판소가 설치된 셈이었다. 폴리비우스는 어린 노예에게 죄를 물으며 어설픈 재판을 시작했다.

"네놈이 독살을 모의했다는 게 사실이냐?"

"주인님, 억울합니다. 주인님……."

어린 노예는 눈물과 땀을 철철 흘리며 절을 하듯이 자신의 몸을 앞뒤로 꾸벅거렸다. 그때 어디선가 날벌레가 날아와 폴리비우스의 오른쪽 뺨에 사뿐히 앉았다. 그는 날벌레를 쫓기 위해 고개를 흔들며 말했다.

"만약 이 자리에서 명백한 사실을 알아내지 못할 시엔, 네놈은 죽은 목숨이다. 알겠느냐?"

날벌레는 잠시 자리를 떴다가 다시 날아와 앉기를 반복했다. 폴리비우스는 얼굴근육을 동원해서 실룩거렸고, 끝내 참다못한 그가 손을 들어 휘젓기 시작했다. 그렇게 허공을 휘젓다가 팔을 내렸는데, 마침 폴리비우스를 보며 신호를 기다리고 있던 군인 출신 부하가 그의 손을 모종의 수신호로 알아차리고는 가차 없이 그 어린 노예의 목을 베어버렸다.

에우마키아는 자리에서 벌떡 일어났다. 노예들은 물론이고 폴리비우스마저도 놀라는 기색이었다. 어디서 날아왔는지 출신도 알 수 없는 날벌레는 그 무책임한 비행으로 아주 간단하게 사람을 죽이고 말았다.

"지금 내가 본 걸 믿어야 합니까?"

에우마키아는 폴리비우스에게 물었지만, 내심 자신에게 묻고 있었다. 폴리비우스는 가슴에 손을 대고는 정중히 대답했다.

"저라도 못 믿었을 겁니다."

그러나 그의 얼굴에는 모종의 안도와 희망의 빛이 떠올랐다.

향수로 흘려서 벽화의 여신들을 모독했던 그 재주 많은 소년은 그렇게 날벌레에 의해 죽음을 당했다. 노예가 그렇게 죽음으로써 벽화 독극물 사건은 이제 막을 내렸고, 공범이 있었는지의 여부나 누구의 사주를 받았는지조차도 알 길이 없게 되었다. 그러나 에우마키아가 얻은 게 아주 없지는 않았다. 어딘지 모르게 고분고분해진 폴리비우스의 태도였다. 이 정도면 프론토의 출마를 단념시키는 거래를 해도 될 만했다.

폴리비우스는 에우마키아 일행을 야외 정원에 차려진 식탁 앞으로 안내했다.

"저녁 만찬이 기다린답니다, 대부인."

정원 곳곳에 횃불이 켜지자, 새들이 제각각 날개를 털어대며 부산을 떨기 시작했고 분수의 물소리가 다시 들려왔다. 그야말로 숲이 깨어나는 것 같았다.

폴리비우스가 차려낸 식탁은 에우마키아의 입맛을 고려한 듯 통통한 달팽이 요리까지 올라와 있었다. 만찬에나 올라오는 음식들이었다. 그녀는 언제나 살짝 부패한 듯하면서도 육즙이 살아 있는 부드러운 고기를 최상으로 쳤는데, 그것까지 준비되어 있었다. 에우마키아는 입맛이 돌았다. 오늘의 성과로 폴리비우스가 더 이상의 경거망동을 삼간다면 바랄 나위가 없었다. 에우마키아는 오랜만에 깊은 맛을 즐기며 술을 들었다. 그녀는 진심으로 음식을 칭찬했다.

"달팽이 요리가 저희 집 것보다 훌륭하군요."

어쩌면 대책 없이 불어난 그녀의 살덩이는 모두 그 달팽이 덕인지도 몰랐다. 그녀의 집 요리사는 신선한 우유를 먹여서 달팽이를 키웠다. 접시에 우유를 따르고 달팽이들을 담아두면 그것들이 우유를 먹으면서 나날이 몸피를 불려나갔다. 그렇게 살이 통통하게 올라 제 껍질 속으로 못 들어갈 때가 되면, 기름에 볶고 안초비 소스를 뿌려서 백포도주와 함께 그녀 앞에 내놓았다. 그녀는 언제나 그 요리 앞에서 행복에 겨운 칭찬을 늘어놓곤 했다.

폴리비우스가 달팽이를 맛보더니 와인을 한 모금 마셨다. 그리고 달팽이 한 개를 다시 집어 들고 말했다.

"역시 알아보시는군요. 저희 집 달팽이는 날고기를 먹여서 키우지요. 얇게 썬 날고기를 몇 점씩 얹어놓으면 얼마나 통통해지는지요, 맛도 이렇게 기가 막힌답니다."

에우마키아는 달팽이의 몸에 감겨 있는 날고기가 떠오르자 입맛이 가시고 말았다. 그녀는 먹던 손을 씻었다. 그 집의 노예가 달려와 손을 씻겨주려 했지만 은근하게 뿌리쳤다. 그리고 로즈메리 향을 뿌린 양 꼬치구이를 들고서 술을 적포도주로 바꿔 마셨다. 포도주는 뜨거운 물을 섞어서 따뜻하게 잘 데워져 있었다. 그것 또한 그녀의 취향이었다. 이제 식사를 마무리할 참이었다. 그녀는 잔을 마저 비우고 비스듬히 누웠던 렉투스 트리클리나리스에서 몸을 일으켰다.

"아, 와인 맛은 어떠신지요?"

어느새 다가온 폴리비우스가 그녀의 맞은편에 비스듬히 누우며 말했다.

"감사히 잘 먹었습니다. 아주 좋았습니다."

폴리비우스는 유쾌하게 웃으며 자신의 수완에 대한 자랑을 늘어놓았다.

"쉽게 구하지 못하는 것입니다. 오늘은 포도주에 검투사의 피를 좀 섞었습니다. 요즘 부쩍 원기가 딸려서요."

"오, 신이시여……."

"이거 한 잔이면 넥타르(신들의 음료)가 부럽지 않소이다."

위로 올라가려던 에우마키아의 눈썹이 다시 아래로 당겨졌다. 그녀가 환하게 웃으며 대답했다.

"어쩐지 아까부터 힘이 솟아 주체를 못하겠습니다. 그래서 이만 가봐야겠습니다. 정말이지, 잘 먹고 갑니다."

그라티아는 에우마키아의 표정을 보고는 몸종을 시켜 가마꾼을 대문 앞으로 대기시켰다.

우아하게 대문을 나서는 에우마키아를 보자 기다리던 가마꾼들이 가마를 내렸다. 에우마키아는 가마에 올랐다가 이내 다시 내리라고 지시했다.

"내 이러고 싶진 않았네만……."

그녀는 가마에서 내려 멀리 가지도 못했다. 그 바람에 폴리비우스의 저택 담벼락, 그것도 그를 지지하는 온갖 명사와 형용사가 난무하는 벽보 아래 오늘 먹은 만찬의 내용물을 모조리 토해 버렸다.

향수 사건의 범인을 죽인 것이 폴리비우스의 고의가 아니었다고 해도, 이제 그는 벽화 독극물 사건으로부터 완전히 자유로워진 것이다. 에우마키아는 그것마저도 비위가 상해 견딜 수가 없었다.

고
대
폼
페
이
의
　
모
습
────

미스터리 빌라의 벽화

▲ 루파나레
▼ 루파나레의 벽화

▶ 바크후스 청동상
▼ 개 조심 모자이크

▲ 에우마키아 기념건물
▼ 에우마키아 기념건물 헌정 내역

© Berthold Werner

© Carole Raddato

© Beatrice

▲ 마켈룸(시장)
▼ 빵집과 8등분 빵

© AlMare

© Matthias Kabal

▲ 스타비아이 목욕탕
▼ 스테파누스 세탁장

© Francesco Pierantoni

▲ 폼페이 발굴 유물
▼ 어느 부부의 초상 벽화

희생자 석고상

4. 걸어 다니는 시렌들

I

베루스의 상사병은 시장 중심부로부터 퍼져나갔다. 그리하여
그 상사병의 제공자인 플로시아의 이름이 시장의 상인들 입에서
선술집과 암늑대의 거리로 번지더니 결국 폼페이의 4백여 개 상
점들로 퍼지게 되었고, 하다못해 성문 밖의 공동묘지에서도 그
녀의 이름이 바람에 떠돌아 다녔다. 그 소문의 요점은 그녀의 기
막힌 목소리와 리라 솜씨 때문에 베루스가 곧 죽게 되리라는 것
이었다.

플로시아를 본 사람들은 암늑대의 거리에만 시렌(세이렌)이
있는 게 아니라, 리라를 타면서 땅 위를 걸어 다니는 시렌이 있
다며 쑤군거렸다. 저러다가는 베루스가 곧 그녀의 손짓을 따라
저승길로 들어설 거라며 혀를 차기도 했다. 게다가 그녀가 타

는 리라의 일곱 현마다 시렌이 들러붙었나는 소문 때문에 사람들은 리라 소리만 들려와도 자기 아이들의 귀를 틀어막느라고 양손을 바쁘게 움직였다. 그건 주로 공동묘지에서 리라를 타는 그녀의 행동 때문이었는데, 그것이 죽은 약혼자의 무덤에 바치는 헌사라는 것을 아는 사람은 베루스와 플로시아의 몸종뿐이었다.

세탁소 주인 스테파누스는 외출하려는 아내 플로시아를 붙잡아놓고는 소문의 진상을 캐물었다. 물론 최대한 마음을 가라앉히고 너그러운 미소를 띤 채였다. 스테파누스는 플로시아를 닭장에서 처음 발견했을 때부터 그녀를 대할 때에는 일종의 인내가 필요하다는 것을 알고 있었다. 또한 그런 인내를 발휘한다면 그 이상의 즐거움을 맛볼 수 있는 가치가 그녀에게 충분히 있다는 것도 알고 있었다.

"플로시아, 난 정치를 할 사람이라오. 그런데 유권자들 말이 마누라 행실이 기이하다잖소?"

플로시아는 그의 말에 일말의 가치도 없다는 듯 대답했다.

"저는 그 사람들의 상상력이 기이합니다."

"아니, 걸어 다니는 시렌이 묘지에서 리라를 탄다지 않소?"

"공동묘지에서 리라를 타는 게 불법이라면, 세금을 물리든가 잡아가라고 하면 되지 않습니까?"

"오, 헤르쿨레스! 당신의 그 초연함이란 정말……."

"신이 주신 재능이랍니다."

인내는 저절로 얻어지는 것이 아니라, 있는 힘껏 발휘해야 한다는 사실을 스테파누스는 매번 깨달아야 했다. 그는 두툼한 손을 이마에 얹고 탄식했다.

"어이쿠야, 당신은 도대체가 그 가는 몸뚱이만큼이나 생각이 좁구려."

"이 몸 안에도 필요한 장기가 모두 들어 있답니다. 소문이라고 해서 모두 해가 되는 건 아닐 테니, 그 소문을 당신이 하는 정치에 도움이 되도록 연구해보시는 게 더 당신답지 않겠어요?"

플로시아는 그 말을 마치고 팔라를 머리에 쓴 채 집을 나섰다. 스테파누스는 외출하는 플로시아를 바라보며 중얼거렸다.

"근데, 왜 머리를 저리 쏭당쏭당 잘라대는지 알 수가 없구나."

스테파누스는 플로시아의 머리 손질을 담당하고 있는 이집트 노예를 불렀다.

"도대체가 저런 머리를 로마에선 찾아볼 수가 없어······. 무슨 닭 볏처럼 치올리고서도 창피한 줄을 모르니, 원."

플로시아의 머리를 만지는 노예는 나이가 지긋한 이집트 여인이었다.

"마님의 머리를 만지는 게 너로구나. 대체 그 스타일이 이집트식인 게냐? 아니면 네가 늙어서인 게냐?"

"주인님, 아뢰기가 좀······."

"똑바로 말하지 않으면 네년에게 색다른 일을 시키든가, 험한 곳으로 팔아버려야 내 직성이 풀린다는 것도 알고 있을 테지?"

"주인님, 그건 마님께서 원하시는 일입니다. 전 그저 분부하신 대로 자르고, 또 원하시면 잘게 지짐 머리를 해드릴 뿐입니다, 주인님."

"거참, 희한한 일이 아니냐? 머리를 자르면 즐거워진다니. 그래서 오늘도 저리 들떠 있는 게냐?"

"마님의 노랫소리가 더 높고 아름다워지십니다, 주인님."

스테파누스는 동작이 재빠른 노예를 불러 지시를 내렸다.

"주악당으로 가서 마님을 찾아보거라."

짧은 머리에 여러 가지 꽃 장식을 한 플로시아가 다시 대극장 주변에 나타났다. 그 머리 장식 뒤에는 붉은 비단 천을 길게 늘어뜨리고 있었는데, 그것은 패션인 동시에 유부녀라는 표식이 되기도 했다.

그녀는 언제나 스톨라 위에 수를 놓은 팔라를 걸치고 외출했다. 그것은 남편이 선물한 비단으로 만든 것이었다. 언젠가 스테파누스는 그것을 안고 들어와서는 호들갑을 떨었다. 인도를 거쳐 바닷길을 통해서 들어온 진귀한 것이라고 했다. 어떤 제국(중국 후한)에서는 이상한 벌레를 키워 가지고 거기에서 실을 얻는다는 것이었다.

플로시아가 입은 것은 비단실을 섞은 아마에 금실로 수를 놓은 것이었다. 그 불그레한 천으로 만든 팔라가 유부녀라는 표식이 아니었다면, 누구라도 그녀를 철없는 여신이나 뮤즈쯤으로 오해했을 것이다.

플로시아는 오늘도 잘라서 느슨하게 땋은 머리채를 들고 나왔다. 그녀는 주기적으로 머리를 잘라서 죽은 약혼자의 무덤에 바쳐왔다. 그렇게 해서 그녀는 새로운 머리 모양을 유행시켰다. 주악당이나 대극장, 하다못해 원형 경기장에서도 그녀의 머리는 눈에 뜨였다. 머리 전체를 틀어 올린 듯 보이지만 왠지 더 가볍고 발랄해서 생동감이 넘치고 장식한 보석들도 더 빛나 보였다. 처음에는 몇몇 창녀들이 그 짧은 머리를 따라 하기 시작했고 노예들이 그 뒤를 이었다. 그리고 자유민과 평민 사이에도 퍼져나가더니 나중에는 과감하게 머리를 자르는 귀부인들마저 생겨났다.

폼페이는 특별히 유행을 타는 곳이었다. 정원 쪽으로 길고 좁은 창을 내는 것이 유행이었고, 벽화를 그릴 때 커다란 창문을 그리는 것, 그리고 뛰어난 검투사 애인을 두는 일은 더더욱 몸살 나는 유행이었다. 늘 죽음을 곁에 둔 검투사의 연인들은 그 아슬아슬한 삶과 죽음의 경계를 탐닉하는 데에 온 몸과 마음을 쏟았다. 그들의 소문이 돌고 돌아 어느 날은 그 연인들의 얼굴이 골목의 벽화가 되어 등장하기도 했는데, 연애에 빠진 모든 검투사들과 여인들의 명단이 나란히 공개되기도 했다. 폼페이는 그런 유행이 있는 곳이었다.

베루스는 멀리에서 플로시아의 붉은 팔라를 발견하고 그녀를 알아보았다. 그는 플로시아가 언제나 뚱뚱한 몸종과 함께 이쪽 길을 돌아 산책한다는 걸 알고 있었다. 어느 때는 대극장의 폭넓은 계단을 지나 세모꼴 광장과 만나는 지점에서 그녀를 발견할 때도 있었다. 그러다 보니 당연히 오줌통을 나르는 그의 시계도 어긋나버렸다. 이제 사람들은 그를 해시계 남자라고 부르지 않고, '상사병 걸린 그 베루스'라고 말하기 시작했다.

대극장의 벽에 쓰여 있는 낙서가 문득 베루스의 눈길을 붙잡았다. '여덟 번 실패했지만 열여섯 번 실패하지 않아서 다행이다. 여관, 제빵사, 농부, 제본사, 항아리 상인, 고물상 등 이것저것 손 안 대본 일이 없네. 이제는 항아리를 만드는구나! 어떻게 될 것인가.' 그 옆에는 '망해버려라!'라는 낙서가 보였다. 요즘 들어서 점점 더 불만과 난폭한 낙서가 늘어나고 있었다. 그것은 격심하게 벌어진 빈부 차이에서 오는 것이었다. 부잣집의 노예인 그는 자유가 없는 대신 굶는 일 없이 살아왔지만, 평민들이나 자유민들은 자유를 가지는 대신 돈 앞에서 노예로 살아가고 있었다.

베루스는 갑자기 당황했다. 낙서에 몰두해 있는 사이에 플로시아의 모습을 놓쳐버린 것이다. 그는 허둥거리며 주변을 둘러보았다. 그리고 평소에 플로시아가 움직이는 동선을 생각하면서 급히 걸었다. 대극장에서부터 플로시아의 모습을 좇던 베루스는 스타비아이 거리로 나와서야 다시 그녀의 모습을 찾을 수 있었다.

베루스는 안도하면서 플로시아의 뒤를 따라 계속 걸었다. 누가 본다면 정말이지 유치하기 짝이 없는 장면이 아닌가. 그러나 그에게는 이 방법만이 연인에게로 이어지는 유일한 길이고 위안이었다. 멀찍이 떨어진 채 그녀의 뒤를 따라 걷노라면 마치 그녀와 대화를 주고받으며 이 거리 풍경을 같이 누리는 듯했고, 미래에 대한 꿈을 서로 나누고 있는 상상에 빠져들곤 했다.

그것은 베루스에게 말할 수 없는 기쁨을 주는 동시에 또한 더할 수 없는 비참함을 교대로 맛보게 했다.

플로시아는 몸종과 함께 벽화 앞에서 웃고 있었다. 그녀의 웃음소리는 이방에 사는 어떤 부족의 노랫가락처럼 들려와서 그의 가슴을 사뭇 시리게 만들었다. 갑자기 그녀의 몸종이 큰 소리로 물었다

"마님, 왜 이렇게 검투사들에게 흥분할까요? 애나 어른이나 말입니다."

아마도 검투사 그림이 그려진 벽화 앞에 서 있는 듯했다. 플로시아의 높은 목소리가 바람을 타고 들려왔다.

"너는 그렇지 않은 게로구나?"

"저는 먹는 일에만 흥분하지 않습니까, 마님? 마님이 더 잘 아시면서요."

"죽음을 마주한 자가 풍기는…… 병적인 매력 때문이지."

베루스는 그 말을 잘못 들었나 싶어서 귀를 기울이며 조용히 다가갔다. 한낮의 열기는 수그러들고 불어오는 바람은 미지근했다.

"병적인 매력이라니요, 마님?"

"거부할 수 없기 때문이지!"

때마침 불어오는 바람에 플로시아의 목소리가 고스란히 실려 왔다.

"거부할 수 없는, 그런 종류의 매력이 병적인 게 아니냐?"

베루스는 그녀의 목소리를 아주 확실하게 들었다. 플로시아

는 바람 속에 그 말을 남겨놓고는 스타비아이 문을 나섰다. 베루스는 한참을 서 있다가 스타비아이 문을 나가서 향기를 내뿜는 관목가지 아래를 천천히 걸었다. 곧바로 묘지들이 펼쳐졌다.

화려한 무덤이 늘어서 있는 폼페이 가도는 죽은 자들의 거리 같았다. 실편백나무 사이에 냉기가 흐르고 공동묘지 곁의 과수원에는 꽃이 만발해 있었다. 플로시아는 그곳에 들어서더니 낯익은 비석 앞으로 걸어갔다. 그리고 가져온 머리채를 비석 위에 올려놓았다.

잠시 후에 그녀의 노랫소리가 바람에 실려 날아왔다. 묘지에 깃든 많은 영혼들을 달래주고도 남을 만큼, 어느 때보다 높고 간절했다. 베루스는 눈을 감았다. 그녀를 세탁조 안에서 처음 보았던 순간이 생각났다. 스테파누스의 집 담벼락에 과장된 붓질로 그려진 그녀의 초상화도 떠올랐다. '죽음을 마주한 자가 풍기는, 병적인 매력 때문이지.' 그리고 그의 귀에 다시 플로시아의 목소리가 들려왔다. '거부할 수 없기 때문이지!'

그 순간 베루스는 플로시아에게서 불어오는 사랑과 불행으로부터 그 어디에도 숨을 곳이 없음을 깨달았다. 거부할 수 없는 그녀의 말은, 그에게 희망이고 재난이며 또한 목표가 되었다. 그는 병적인 매력을 풍기면서 죽음을 마주하기로 결심했다.

베루스는 허둥지둥 집으로 돌아가서 마님에게 검투사에 대한 자신의 의지를 전했다. 에우마키아는 의외로 고개를 끄덕거리기만 할 뿐 아무런 말도 하지 않았다. 베루스는 마님에게서 물러나 곧바로 가룸과 함께 밥을 먹었다. 어릴 적 이후로 한 번도 입에 대지 않았던 가룸이 이상하게 입맛을 되살려주었다.

베루스가 잃었던 입맛을 되찾은 그 시각, 플로시아는 자유를 빼앗기고 있었다.

공동묘지에서 시간을 보내고 천천히 집으로 돌아간 플로시아는 저승사자처럼 퍼렇게 질려 있는 스테파누스와 마주쳤다. 그의 손에는 아까 묘지에 두고 왔던 플로시아의 머리채가 들려 있었다. 스테파누스가 보낸 노예 소년이 죽은 병사의 무덤에서 그녀의 아마빛 머리채를 발견하고는 재빨리 집으로 가지고 왔던 것이다. 퍼렇던 스테파누스의 얼굴이 서서히 붉게 물들어갔다. 스테파누스가 단호하게 외쳤다.

"당신은 이제 외출 금지야!"

"난 평민 출신이고, 당신에게 자유를 판 적도 없어요. 게다가 그 사람은 이 정도는 받을 자격이 있지요."

"내가 베푼 은혜를 이런 식으로 갚다니, 용서할 수가 없어. 그래, 그 가난뱅이 병사와 냄새나는 닭장에서 구해준 내게……"

그 순간 플로시아는 오히려 대담하게 스테파누스의 말을 잘랐다.

"약혼자를 죽여주는 게 은혜를 베푸는 거라면, 나도 당신에게 베풀어드리지요. 그런 은혜를 원하면 언제든 제게 구걸하세요."

스테파누스는 들고 있던 머리채를 그녀의 얼굴로 힘껏 내던졌다. 그러고도 성질을 이기지 못한 그는 발을 동동 구르면서 옆에 있던 크리스털 잔이며 항아리들, 심지어 돌아가신 아버지의 웃고 있는 흉상까지 넘어뜨려서 모두 깨뜨리기 시작했다. 그리고 마침내 플로시아에게 달려들었다.

"네년의 머리채를 아예 없애주지. 모두 뽑아버리겠어! 이 비단옷을 구하러 다닌 나를 저주하게 하다니……!"

노예들은 감히 주인의 몸에 손을 대지도 못하고 발을 구르며 애원했다. 플로시아의 몸종은 그 큰 몸뚱이를 타일 바닥에 내던지면서 소리쳤다.

"주인님, 마님을 용서해주세요. 주인님……."

다음 순간, 당황한 얼굴의 스테파누스가 플로시아에게서 떨어져 나가면서 더 이상의 몸싸움은 일어나지 않았다. 플로시아가 자신의 스톨라와 비단 팔라를 발기발기 찢더니, 제 머리채까지 쥐어뜯기 시작했던 것이다. 그녀는 그 짓을 하면서도 차분한 목소리로 말하는 걸 잊지 않았다.

"더 이상 당신 손을 더럽히지 마세요, 제가 도와드리지요."

플로시아의 몸종이 이번에는 그녀에게 달려들었다. 몸종은 머리를 쥐어뜯는 플로시아의 손을 잡고 울부짖었다.

"마님을 말려주세요, 주인님. 주인님, 마님을 살려주세요……."

스테파누스는 뒷걸음을 치면서 슬금슬금 물러났다. 그는 낙천적이고 자유분방한 플로시아를 처음 발견한 순간부터 자신의 마음을 움직이는 그녀의 묘한 기질을 못 견디게 갈구했다. 그때 그는 플로시아를 취하기만 하면 그것들을 모두 나누어 갖는다고 생각했다. 그러나 결혼 전이나 후에도 그녀의 독특한 기질은 오로지 그녀만의 것이었고, 오히려 그 독특함 앞에서 그는 이렇듯 맥을 못 추었다.

　스테파누스는 밖으로 나와서도 계속 생각 속에 빠졌다. 플로시아를 다시 제 아비가 운영하는 닭장 우리로 던져 넣자니, 그건 좀 아까운 생각이 들었다. 어떤 정신 나간 놈이 쌈닭 같은 플로시아를 다시 채 가지 않으리라는 보장이 없었다. 게다가 그런 처사에 눈 하나 깜짝할 그녀가 아니라는 것이 그를 더 불쾌하게 했다. 그녀는 마치 고통이라는 것에 대한 통각을 상실했거나 아예 그런 감각기관 없이 태어난 것처럼 보였고, 실제로 그녀가 어떤 외압에 대해 고통을 느끼는 걸 본 적이 단 한 번도 없었다. 그녀는 언제나 차분하고 즐거워했으며 잘 웃었다. 물론 그건 모두 그녀를 자극하지 않았을 때의 일이었다.

　골목길을 벗어나자, 멀리 있던 베수비우스 산이 성큼 다가왔다. 베수비우스는 화가 난 듯 거친 바람에 이리저리 뒤척거렸다. 스테파누스의 눈에 비친 베수비우스는 도대체 한 번도 좋은 낯빛을 한 적이 없었다. 햇빛 아래 졸고 있거나, 비를 맞으며 청승을 떨었고, 바람과 함께 일렁이며 까불기까지 했다.

　스테파누스는 고개를 갸우뚱거렸다. 떠도는 소문처럼 플로시아가 정말로 걸어 다니는 시렌은 아닐까 싶었다. 그 죽은 군인도 그렇고, 연애편지를 보내오는 그 노예 놈도 마찬가지 신세가 될 것이었다. 스테파누스 자신은 도전을 즐기지만, 그에게 도전을 해 오는 자는 절대로 용서할 수 없었다.

술을 한 모금 마신 프론토가 또 고개를 갸우뚱거렸다.

"이 포도주가 폼페이 사람들 피를 바꾸는 것 같단 말이야."

비극시인이 술잔을 비우고 말했다.

"아니지, 여자들 피만 바뀐 것 같네."

프론토는 그 말에 실실 웃더니 비극시인의 귀에 대고 말했다.

"그러지 말고, 여자를 끊지 그러나?"

"차라리 내 숨통을 끊게나."

"자네, 그 숨통 끊긴 지도 꽤 되질 않았나?"

비극시인이 잠시 멍한 표정을 짓더니 잔을 비우고 말했다.

"루파나레 쪽에 있는 스타비아이 목욕탕으로 가세. 오늘은 내가 한턱낼 거네."

"요즘 어디서 생기는 거라도 있나?"

"노예를 두 명 팔았다네."

"차라리 개를 팔지 그러나?"

"자연사시킬 거네. 암살당하지 않는다면⋯⋯."

그들은 골목길로 들어섰다. 갑자기 비극시인이 골목이 울리도록 소리를 질렀다.

"이놈의 동네는 어디에나 눈이 달렸어!"

비극시인이 가리키는 벽에는 온갖 낙서가 휘갈겨 있었다. 요즘 폼페이의 모든 담벼락에는 세속화된 베누스(비너스)가 등장했고, 주택이나 상점은 물론이고 공공건물이나 벽면 여기저기에 휘갈겨놓은 낙서에 거리낌 없이 성애를 표현하고 있었다. 비극시인은 다시 한탄하듯이 목소리를 높였는데, 마치 사람들 앞에서 시를 읊는 포즈였다.

"사람이나 개새끼는 물론이고, 담벼락, 지붕, 올리브나무, 포도…… 아, 심지어 길바닥에 뒹구는 돌멩이도 눈이 달렸다네."

비극시인이 가리킨 벽에는 호색한의 모험담이나 창녀들의 체험에서 얻은 눈물 어린 충고는 물론이고, 탐욕스러운 뚜쟁이와 닥치는 대로 몸을 파는 소년 소녀의 별명을 곁들인 명단마저 있었다. 프론토는 담벼락을 유심히 바라보더니 미소를 지으며 눈을 빛냈다. 그러고는 앞장서 걸어가며 말했다.

"잘 봐두라고. 혹시 아는 이름 나오거든 회반죽을 가져와 발라야 하지 않겠나……."

비극시인은 정말로 아는 이름이라도 찾으려는 듯 낙서 아래서 한참이나 눈을 비비고 서 있었다. 그때 여인숙 주인 헤도네의 거침없는 목소리가 들려왔다.

"이봐, 군인 아저씨, 남의 집 앞에 마차를 대면 말 대가리를 잘라버리는 법이라오. 방을 빌려야 더 깊은 쾌락을 얻을 게 아니오? 시간에 관계없이 세 번 싸는 동안 방을 빌려드리리다. 밤새 정력을 저축하는 것도 좋겠구려!"

아니나 다를까. 그 앞을 지나가던 프론토와 비극시인은 여인숙 담벼락에 붙어 서서 성애를 나누는 남녀를 보았다. 두 연인은 사이좋게 한곳을 바라보며 포개져 있었는데, 팔라 안에 입은 여자의 스톨라 자락이 살짝 들려 있었다.

비극시인은 고개를 절레절레 흔들며 탄식하듯 내뱉었다.

"폼페이에는 임자 없는 개새끼가 터무니없이 많잖은가? 그런데 요즘은 개처럼 홀레붙는 인간들도 많다는 거야."

"치명적인 향수를 바르나 보군. 죽음을 부르는, 어리석은 향기 말이네……."

"어리석은 향기는 또 뭔가?"

프론토는 비극시인을 보며 짓궂은 표정으로 속삭였다.

"말했지 않나? 죽음을 부르는 향기라고……. 내가 바로 그 향기 제조업자라네, 핫하."

"예끼, 이 사람아, 그럼 난 이 폼페이의 쿠피도(에로스) 신이네."

두 사람은 낄낄거리며 홀로니우스 네거리에 있는 스타비아이 목욕탕으로 들어갔다.

비극시인은 여탕 앞에서 괜히 뭉그적거렸다.

"그럼, 혼자서 옛 추억에 젖어보시게."

프론토는 비극시인을 남겨두고 혼자 들어가는 시늉을 했다. 비극시인은 연애만 했다 하면 자기 연인의 뒤치다꺼리는 물론이고 목욕탕*에까지 동행하곤 했는데, 그 소문은 폼페이 남자들 사이에서도 파다했다. 프론토가 웃으며 다시 농담을 던졌다.

"죽음보다 쓴 것이 여자라고 하지 않았나? 게다가 자넨 이미 그 맛을 너무도 잘 아는 사람인데, 그래도 더 맛볼 쓴맛이 아직

---

* 목욕탕 입장료는 남자 0.5아스, 여자 1아스, 어린이와 해방 노예는 무료. 특별한 축제일에는 모두 무료였다. 카이사르는 의사에게 면세권을 주었지만, 베스파시아누스 황제는 마사지사에게 면세 특권을 주었다.

남은 겐가?”

비극시인은 말없이 고개를 저었다. 그는 어느 유부녀와의 사랑이 발각되어 체포된 적이 있었다. 그것은 사랑했던 여인의 배신 때문이었다. 그들의 연애가 발각되자, 그 연인은 그가 보낸 사랑의 편지들을 어느새 협박장으로 바꾸어버렸다. 그리고 그는 평생에 다시없을 수모를 치렀고, 재정 상태는 그때를 전후로 해서 완전하게 기울었다. 그는 연인을 위해 세상에 하나밖에 없는 것들을 주문 제작했고, 가슴을 가리는 가죽띠인 마밀라레도 여러 벌 구해주었다. 미백제로 쓰이는 콩으로 만든 팩은 물론이고, 나귀 젖으로 만든 팩도 구하러 다녀야 했다. 연인이 갈리아의 사포로 머리 염색을 원하던 날은, 염소 기름과 너도밤나무재와 황을 구하러 자신이 백방으로 뛰어다녔다. 그런 것을 노예를 시킨다면 사랑이 아니라고 그는 생각했다. 그래서인지 연인의 염색 효과는 확실했다. 은은한 금발이 아니라, 아주 샛노란 색이 되어버렸다. 그 연인이 며칠을 울면서 머리를 쥐어뜯는 바람에 그도 머리를 쥐어뜯으면서 그 당시 유행하는 덧머리 등을 사기 위해 사방으로 뛰어다녀야 했다. 그 연애가 그에게는 전부였다. 게다가 연인이 자신의 시를 들으며 몸을 배배 꼬는 것을 그는 미치도록 즐겼다. 그때 그는 엄청나게 많은 시를 지었다. 그렇게 해서 남은 시와, 폼페이 시민들 대부분이 알고 있는 수치심만이 그 연애가 남긴 거룩한 유산이었다.

오늘도 비극시인은 자신의 집 담벼락에 벽보를 남기고 왔다. ‘세놓음. 8월부터 입주 가능. 단, 개소리를 싫어하는 세입자는 거

절함.'

프론토는 멍한 표정의 비극시인에게 한 번 더 물었다.

"더 맛볼 쓴맛이 아직 남았느냐고?"

비극시인은 프론토의 말에 고개를 끄덕이더니 시를 읊듯이 말했다.

"사랑이 없다면, 삶은 안전하고 평화로웠을 것이네. 그렇지만 또한 말할 수 없이 지루했을 것이네."

"난 평화롭고 지루한 쪽을 택하겠네. 그 평화를 얻기 위해 지저분한 수고를 해야겠지만······."

비극시인은 갑자기 베루스 얘기를 꺼내면서 신들을 모함했다.

"내가 베루스의 상사병을 아주 낙관적으로 보는 이유가 거기에 있네. 플로시아의 기질 때문에라도 베루스는 상사병으로 죽지는 않을 것이네. 그러나 플로시아라는 폭풍이 몰아치기 전으로 돌아갈 수도 없다네. 베루스는 죽을 때까지, 사랑이라는 그 부당한 이름과 싸워야 하네. 베루스에게는 사랑조차 부당한 처사거든. 안 그런가? 그러니까 지금 두 사람이 처한 상황은 바로 신들이 쳐놓은 함정일세. 신들은 그걸 즐긴다네."

두 사람은 신들을 모함하면서 목욕탕 현관홀로 들어섰다. 아치형으로 되어 있는 천장은 물론이고, 탈의실의 옷장 문에도 남녀의 성화가 체위별로 그려져 있었다. 엎드린 여자 위에 두 남자가 겹쳐 있기도 하고, 지나치게 다리를 쫙 벌린 여자에게 다가가는 검은 살결의 남자 얼굴도 보였다. 물론 각 옷장 문마다 번호도 쓰여 있었다. 번호는 잊어버리기 쉽지만 대담한 춘화는 잘 잊히지 않는 장점이 있기 때문에 체위를 그려 넣은 거라고 프론토가 말했다. 그러나 비극시인은 다른 견해를 내놓았다.

"이곳에서 몸에 대한 모든 것을 해결하라는 의미라네."

노예가 다가와 그들의 탈의를 도왔다. 프론토는 그냥 아무 옷장에다 옷을 넣었고, 비극시인은 그림 중에서 마음에 드는 체위를 고르기 위해 시간을 끌었다. 한참 후에 그는 금지된 체위*를 선택하고는 만족한 얼굴로 옷을 벗었다. 흑인 노예는 수건을 탕 옆 탁자 위에 놓아주고 나갔다.

목욕장 안에는 오목하게 들어간 벽감 안에서 등잔이 타오르고 있었다. 온탕의 좌우에 있는 거대한 사자 석상 아가리에서 물이 콸콸 쏟아져 나오고, 건너편에는 누워서 쉴 수 있는 간이침대와 돌로 된 의자가 놓여 있었다. 온탕의 바닥에 온돌을 깔아놓아서 잠시만 앉아 있어도 땀이 흐르기 시작했다. 탕 안의 둥근 벽에 기대 있던 비극시인이 손가락으로 무언가를 가리키면서 말했다.

"어이쿠, 이런 게 자선이로구먼."

그가 가리킨 대리석에는 그 탕을 만들어 기증한 사람의 이름이 동판으로 새겨져 있었다. 그걸 본 프론토가 비웃으며 말했다.

"그리하지 않으면 자선가라는 이름을 얻을 수 없지 않은가!"

비극시인은 온탕 깊숙이 몸을 담갔다가 위로 솟구쳐 나오더니 시중드는 노예를 불렀다. 그리고 차가운 와인을 달라고 주문

---

* 로마에서 구강성교를 법으로 금지하고 있었다.

했다.

"목욕과 섹스, 와인……."

중얼거리던 비극시인이 불쑥 프론토에게 물었다.

"우린 항상 두 가지는 하고 있는데, 자네한텐 무엇이 빠졌는지 알고 있는가? 그런 이상한 표정 짓지 말게. 진지한 얘기를 하려는 중이니까."

"……."

"진정으로 궁금해서 묻는 말이네. 마음에 담아두고서 결혼을 생각해본 사람은 있는가? 진지하게 대답해주게."

프론토는 어두운 표정을 짓더니 곧 다시 밝은 표정을 만들고 말했다.

"더운 물속에 있자니 와인이 나를 이기려고 덤비는군. 난 시원한 방으로 들어가서, 마사지를 받으면서 기다리겠네."

"결혼은 그런 걸 하면서 기다리는 게 아니네. 진정, 농담이 아니라니까."

프론토가 탕에서 나가자, 비극시인도 뒤따라 일어섰다. 비극시인은 순순히 농담으로 마무리하려 들지 않았다. 그는 오늘 평소에 못 보던 진지한 모습을 보이며 프론토를 압박하고 들어왔다.

비극시인이 프론토를 졸졸 따라가며 다시 물었다.

"자넨 왜 이런 얘기를 진지하게 받아주지 않는 건가?"

안마실로 향하던 프론토가 걸음을 멈췄고, 두 사람의 눈이 마주쳤다. 프론토의 눈이 빤짝하고 빛나더니 이내 맹렬하게 타올랐다. 드디어 그가 입을 열었다.

"그래, 그게 그리 궁금한가? 내 이 덜렁거리는 어깨와 휘어진 등에 올라타고 평생을 살고 싶은 여인이 있겠는가? 게다가 내가 생각하는 사랑이 그리 쉽게 나타나겠는가 말이네. 터무니없는 일일세."

"사랑? 이보게, 프론토. 그건 결코 우아하거나 성스럽지 않다네. 본능과 이성 사이를 헤매다 죽는 어떤 영적인 것이라네."

"내가 시도조차 안 하는 건……. 그건, 지금보다 더는 수치스럽고 싶지 않기 때문이네. 이만하면 됐는가?"

프론토는 말을 마치더니 구부정한 어깨를 뒤로 보이며 안마실로 들어가버렸다.

잠시 후 두 사람은 나란히 안마침대 위에 누웠다. 흑인 안마사들은 두 사람에게 약초를 태운 향기를 맡게 했다. 비극시인은 엎드린 자세에서도 말을 멈추지 않았다.

"목욕을 마치고 나서 이발을 해야겠네. 오늘은 향수도 뿌려달라고 해야겠어……."

안마사들이 나무잔에 든 수액을 두 사람에게 건넸다.

"몸과 마음을 이완시켜드립니다. 편히 쉬십시오."

프론토는 자꾸만 하품을 하기 시작했다. 비극시인은 벌써 잠이 들었는지 더 이상 말을 하지 않았다. 프론토는 안마를 받으며 곧 잠에 빠져들었다.

어느새 프론토는 스스로 거세를 하고 사제가 되어 있었다. 그는 제물을 바치는 제의를 담당하고 있었다. 많은 시민들이 몰려온 가운데 제물의 피로 몸을 씻는 제의였다. 제물이 될 황소를 죽여 그 피로 목욕하면서 신께 올리는 제사였다. 커다란 황소는 이미 그의 손에 들어와 있었다. 그는 드문드문 놓인 나무판자 위에 황소와 서 있었고, 그 나무판자 아래 구덩이에는 황소의 피로 목욕을 할 귀족들이 대기하고 있었다. 드디어 그가 황소의 목에 칼을 꽂았다. 그러나 칼은 황소의 가죽을 뚫지 못했다. 그가 두 번째 칼을 꽂았을 때 황소의 목에서 피가 분수처럼 솟구쳤다. 그는 소를 판자 위에 누이고 나무판자 아래로 피를 흘려보냈다. 아래 대기해 있던 귀족들 얼굴로 핏물이 줄줄 흘러내렸다. 그들은 황소의 피를 받아 미친 듯이 얼굴과 온몸에 바르면서 끊임없이 기도를 올렸다. 아악. 그 순간 아래로 흐르던 피가 위로 튀어 올랐고, 프론토의 얼굴이 순식간에 피로 물들었다. 그는 들고 있던 칼을 던지고 얼굴을 감싼 채 몸부림치기 시작했다. 그러나 몸이 움직여지지 않았다. 그는 어색한 동작으로 계속해서 몸을 움직거렸다.

프론토는 그렇게 몸부림을 치면서 잠에서 깨어났다. 곁에 있던 비극시인은 보이지 않았다. 먼발치에서 등불이 길게 타오르고 있었다. 살펴보니 마사지를 받던 안마실이 아니었다. 주변이 어두워서 잘 보이지는 않지만 알 수 없는 곳에 와 있다는 것은 명백했다. 이상한 일이었다.

프론토는 일어서려다가 옆으로 넘어졌다. 손과 발이 모두 묶여 있었다. 그것을 발견한 그는 저도 모르게 털썩 주저앉았다. 아무리 생각을 쥐어짜봐도 떠오르는 게 없었다. 마사지를 받다가 잠이 들었고, 그 상태에서 이곳으로 옮겨진 것 같았다. 납치되는 줄도 모르고 잠에 취해 잔 것도 이해할 수 없지만, 왜 납치 같은 걸 당했는지도 알 수 없었다. 아니, 있을 수 없는 일이었다. 그는 불빛이 흘러나오는 쪽을 향해 조심스럽게 말을 건넸다.

"여기가, 어딥니까?"

한참을 기다려도 대답은 들려오지 않았다. 이곳에는 그 혼자뿐이었다. 가만히 귀를 기울이면 등잔 타오르는 소리만이 적막하게 들려왔다.

프론토는 천천히 일어서 보았다. 다행히 다리에 묶인 밧줄은 그리 단단하지 않아서 아주 좁은 보폭으로 걸을 수도 있었다. 불빛이 보이는 곳을 향해서 무작정 걷기로 했다. 한 번 내디딜 때마다 반 뼘 정도로 조금씩 앞으로 나아갔지만, 그는 인내심을 가지고 양발을 계속 움직였다. 드디어 불빛에 가까워졌다. 그리고 천장이 유난히 낮은 것을 발견했다. 머리 위가 바로 천장이었다.

등잔불 두 개는 길고 오목하게 깎은 벽감 안에서 타오르고 있었다. 그 아래에는 돌로 깎아 만든 큼직한 제단이 보였다. 제단 위에 놓인 꽃들은 대부분 시들어 있었다. 그는 제단 위에 앉아서 묶인 두 손으로 다리의 밧줄을 풀기 시작했다. 매듭을 찾는 데에도 시간이 걸렸다. 그러나 막상 매듭을 찾고 보니 밧줄은 의외로 쉽게 풀어졌다. 그는 다시 묶인 두 손을 등잔불로 가져가서 밧줄에 불을 붙였다. 뜨거움을 참고서 밧줄이 어느 정도 탈 때까지 기다렸다. 예상대로 그의 손이 타기 전에 밧줄이 먼저 타올랐고, 그는 재빨리 양손을 벌려서 밧줄을 벗어 던졌다.

프론토는 등잔불을 꺼내 들고 한숨을 길게 내쉬었다. 그는 불을 비춰가면서 그곳을 살피기 시작했다. 우선 그가 처음 있었던 곳으로 돌아갔다가 다시 제단으로 돌아왔고, 거기서 다시 반대쪽으로 나아갔다. 그리 넓지 않은 공간이었다. 그런데 출구가 보이지 않았다. 모두 회반죽으로 칠해진 벽이 있을 뿐이었다.

그는 제단 위에 앉아서 한숨을 쉬다가 벽에 그려진 무늬를 발견했다. 십자 모양으로 보이는 그것은 얼핏 낙서처럼 보였다. 그가 낙서를 만지려고 손을 뻗었을 때, 어디선가 돌이 부딪치는 소리가 들려왔다. 그는 발딱 일어났다. 빛이 반짝 보였다가 사라지더니, 여자들의 말소리가 두런두런 들려왔다.

잠시 후 프론토 앞에는 흰 아마포를 입은 여자들이 서 있었다. 사제들로 보였다. 여자들 뒤에는 키가 큰 흑인 두 명이 무언가를 들고 서 있었다.

"스스로 일어나셨나 보군요. 식사를 가져왔습니다."

그 말소리와 함께 여자들이 프론토 앞으로 다가왔다. 그는 짐짓 아무렇지 않은 듯 퉁명스럽게 물었다.

"여기는 어디요?"

"무덤 속입니다."

그러고 보니 그곳은 무덤을 조금 더 넓게 확장한 곳으로 어찌 보면 작은 아트리움 같았다. 프론토는 말없이 주위를 둘러보고는 낮은 목소리로 물었다.

"내가 죽은 건 아닐 테고…… 저 십자 표식은 무엇이오?"

"그분에 대해서는 차차 아시게 될 겁니다."

프론토는 그렇게 말하는 여자를 빤히 바라보다가 헉 하는 비명을 삼켰다. 그는 어쩔 수 없이 떨리는 목소리로 물었다.

"당신은, 당신은 나를 알고 있지 않소?"

여자는 고개를 끄덕이며 대답했다.

"예, 아주 잘 알지요."

여자는 몇 해 전에 자신의 집에서 노예로 일하던 여자였다. 그 옆에 서 있는 여자들을 살피던 프론토는 경악한 나머지 아예 숨을 멈추었다.

"도대체 당신들은…… 여기서 뭘 하고 있는 거지?"

여자들 다섯 명 모두 자신의 집에서 일하던 유대인 노예들이었다. 어느 날 집 안에서 한두 명씩 사라진 얼굴들이 모두 거기에 있었던 것이다. 그중 나이 든 여자가 손짓을 하자, 뒤에 서 있던 흑인 남자 두 명이 들고 있던 송아지를 돌 제단 위에 올려놓았다. 여자가 다시 말했다.

"64년 바티칸 언덕에서 인간 횃불이 된 기독교 신자들 얘기는 들어보셨나요?"

나이 든 여자가 프론토에게 묻자, 다른 여자가 그 말을 이어받았다.

"그때 우리는 사자 밥이 되거나 인간 횃불이 됐지요."

"우리 몸에서 나온 기름으로 바티칸 언덕이 불야성을 이루었답니다."

"우리는 그들 중에서 살아남은 자들이랍니다."

그들은 각자 한마디씩 하고 나더니 제의 준비를 시작했다. 멍하니 서 있던 프론토가 급히 물었다.

"그런데, 내가 여기 왜 있는 거지?"

여사제들은 프론토의 말을 들은 체도 하지 않고 각자 움직이기 시작했다. 프론토는 뒤에 서 있는 흑인을 바라보았다. 프론토와 눈이 마주치자, 두 흑인 남자는 그들이 들어온 출구 쪽 바위로 가서 버티고 섰다.

III

베루스는 상사병을 이겨내면서 가룸을 입에 대었다. 어릴 적 생선을 먹고 체한 후로는 가룸을 전혀 먹지 않았던 그가 굶주림에서 벗어나기 위해 다시 찾은 음식도 그것이었다. 그는 오늘 점심도 가룸을 곁들여 먹고 있었다. 그라티아는 그런 베루스를 의아함과 안도가 섞인 눈으로 빤히 바라보았다. 그때 에우마키아가 나타났다. 에우마키아는 베루스의 식성이 돌아온 것을 칭찬하며 말했다.

"가룸을 다시 먹다니 기특하구나. 그러고 보니 음식도 사람과 같구나. 다시 보기 싫은 사람도 언젠가는 절실히 필요할 때가 있는 법이지."

에우마키아는 여간해서 바깥으로 난 야외 부엌으로 지나다
니지 않았는데, 오늘 두 모자 앞에 나타난 걸 보면 필히 할 얘기
가 있는 모양이었다. 눈치 빠른 그라티아는 마님을 안으로 모셨
다. 베루스는 엉거주춤하게 일어나서 고개를 숙였다. 에우마키
아는 기어이 좁은 부엌으로 들어서며 베루스에게 말했다.

"너는 장차 폼페이의 검투사가 될 사람이 아니냐?"

마님이 던진 그 말에 그라티아는 놀란 눈으로 에우마키아를
바라보았다.

"저런, 어미한테는 떠난다는 소릴 안 한 모양이구나?"

"……."

"베루스야, 일전에 소개해준 베티 형제가 네게 전해줄 말이
있다니, 오늘 들러보는 게 좋겠구나."

"예, 마님. 나가는 길에 들르겠습니다."

베티 형제는 성공한 노예 출신 자유민이었다. 그들 형제는
처음에 검투사의 길을 걷다가 돈이 모이자 재빨리 은퇴해서 사
업을 시작했다. 에우마키아는 베루스에게 자유를 줄 때, 큰 부
자가 된 베티 형제를 소개시켜주며 큰 꿈을 꾸라고 신신당부를
했다.

베루스는 그들 형제 집에 처음 들어섰을 때 길을 잃었던 생각
이 났다. 지붕 덮인 현관이 동산과 분수가 있는 열주로 꾸며진
안뜰로 연결되어 있었고, 집 안 곳곳에 부를 과시하려는 갖가지
청동상들이 즐비했다. 다산의 신인 프리아푸스가 자신의 거대
한 성기를 돈과 저울질하는 벽화도 놀라웠지만, 주인과 하녀가

질탕한 정사를 빌이는 장년이 식당의 벽화로 장식된 것은 도무지 이해할 수가 없었다. 베루스는 폼페이 특유의 붉은색으로 장식된 식당의 벽화들 때문에 그만 길을 잃고 말았다. 나중에서야 그 벽화나 침실의 도색적인 그림들이 마귀를 몰아낼 부적이라는 것을 알았지만 놀라움은 쉬이 가라앉지 않았다.

베루스도 그 집을 돌아보면서 부에 대한 소망을 품지 않은 건 아니었으나, 베티 형제의 성공은 누구나 꿈꿀 수 있는 만만한 게 아니었다. 오늘 마님이 그 집에 들러보라는 것은 다른 의도가 있다는 것을 베루스는 잘 알고 있었다.

에우마키아가 베루스에게 질문을 던졌다.

"그래, 검투사 평균 수명이 몇 년인 줄은 아느냐?"

"마님……."

"5년에서 10년이다. 바로 내일 죽을 수도 있고, 다음 축제일이 네 기일이 될 수도 있다는 얘기다."

"마님…… 마님이 주신 자유를, 이런 식으로 사용하게 되어 정말이지 유감스럽습니다. 그러나 제게 남은 야망이라고 할 수 있는 일입니다, 마님."

"허나, 그리 고귀한 야망은 아니로구나."

"마님, 송구스럽지만 이미 태어나기를 고귀하게 나지 못하였습니다. 그렇지만 저희 모자는 마님의 은혜로 너무 많은 것을 누려왔습니다. 누구보다 잘 알고 있습니다."

에우마키아는 이마에 한 손을 얹어놓고 잠시 사이를 두었다가 입을 열었다.

"그런 식으로 도망을 치다니, 네가 사랑 앞에서는 성실하지 못한 게로구나. 진실하고 성실한 사랑이라면 아프다고 비명을 지르는 대신, 그 고통의 실체 앞에 망설임 없이 자기를 내던져야 하는 게 아니냐?"

"마님, 저는 지금 그만큼도 건강하지 못합니다."

베루스는 갑자기 제 가슴에 그 커다란 손을 턱 올려놓았다.

"여기에 곰팡이가 슨 것 같습니다, 마님……."

"나도 알고 있다. 그러나 사랑이나 열정 같은 건, 가혹할수록 더 빛나는 법이다. 도망친다고 해서 네 가슴의 불이 꺼지겠느냐? 그 또한 자연의 이치라 여기면 안 되겠느냐 이 말이다. 자연이 얼마나 무자비한지는 너도 알게 아니냐? 여기 불쌍한 네 어미를 보아서라도 말이다."

옆에 섰던 그라티아가 눈물을 내비치며 고개를 주억거렸다. 에우마키아는 잠시 사이를 두고는 결심한 듯 단호하게 말했다.

"베루스야, 그렇다면 내가 알고 있는 사실을 말할 터이니 잘 듣고 판단하거라."

"……."

"이제 네가 그곳에 발을 들여놓는 순간부터, 너는 매일 피를 흘릴 것이다. 한 방울씩 한 방울씩…… 그리고 군중의 함성에 중독이 된 어느 날, 바로 그 군중의 요구에 의해 네 몸이 갈가리 찢겨서 죽게 될 것이다. 그래도 가겠느냐?"

"이 세상에 가치가 없는 사람은 없다고 배웠습니다. 그렇게 죽는 것이 제게 가치 있는 일이라면 기꺼이 남은 생을 바치겠습니다."

"네 가치를 고작 그런 곳에 쓰려 하느냐?"

"용서하십시오, 마님……. 제가 어찌 이 세상에서 공평함을 기대할 수 있겠습니까? 차라리 몸과 마음 전부 감옥에라도 갇히고 싶은 심정입니다, 마님."

"베루스야, 지혜란 그저 신이 주는 선물 같은 게 아니다. 그건 상황을 회피하지 않고, 애써 찾아내는 아주 귀한 것이다."

"용서하십시오……."

에우마키아는 더 할 말이 없었다. 베루스가 자신의 결정을 번복하지 않으리란 걸 그녀는 이미 알고 있었다. 그라티아가 호소하는 얼굴로 에우마키아를 따라갔지만, 에우마키아는 아무 말 없이 안채로 들어가버렸다.

암늑대의 거리에 베루스가 나타났다. 베루스가 오줌지게를 메지 않고 이 거리에 나타난 것은 처음이었다. 이 암늑대의 거리에는 시렌처럼 하체가 물고기인 요부들이 우글거린다고 말하는 사람들도 있었다. 물론 이곳의 암늑대들은 새의 꽁지나 물고기 지느러미를 달고 거리에 나타나서는 갖은 기교를 통해 남자들을 색다른 죽음으로 인도하기도 했다. 그러나 그것이 말 그대로 거듭나기 위한 죽음이라는 것은, 하품하며 돌아다니는 폼페이의 임자 없는 개들도 훤히 아는 일이었다.

베루스가 나타난 시각은 암늑대들의 오후 모임 시간이었다. 따라서 이 거리가 서서히 깨어나는 시간이었다. 아셀리나의 술집 앞에서는 요란한 구호를 외치는 소리가 들려왔다.

"남자들이 우리에게 돈을 제공하면, 우리는 그들에게 요란한 감탄사를 선물하면 끝나는 거야. 알겠니?"

"유노 신이 우리를 지켜주시길!"

"남자들을 죽이는 방법 중에 제일 악랄한 건?"

"따분하게 만들어서 죽이는 거라고!"

왁자한 웃음소리가 요란하게 거리를 흔들었다. 그리고 웃음 소리가 채 가라앉기 전에 그 암늑대 중 한 마리가 베루스를 발견하고 소리쳤다.

"유노 신의 대답이 돌아왔어요, 저기에……."

암늑대들은 수줍게 서 있는 베루스를 발견하고 일제히 눈을 휘둥그레 떴다. 그의 분신과도 같은 오줌통이 보이지 않았다. 베루스는 이글거리며 타오르는 그녀들의 시선에 짧게 대답했다.

"남자가 되기 위해서……."

다음 순간 하늘에서 비구름 몰려오는 소리가 들렸고, 암늑대의 거리에서는 여인들의 아귀다툼 소리가 험악한 천둥소리를 간단하게 눌러버렸다.

"남자가 되려고……."

다시 베루스의 말이 떨어지기가 무섭게 그를 향해 사방에서 손이 뻗쳐 왔는데, 이 거리에 손 달린 모든 여자가 그를 향해 손을 내밀었다. 하다못해 과일을 팔다가 졸고 있던 노파까지 멋도 모르고 손을 내밀어 휘젓기 시작했다. 그 전대미문의 난투 끝에 결국 마지막으로 베루스를 잡아끈 것은, 다름 아닌 이 거리의 노장 즈미리나의 억세고 노련하며 질긴 손이었다.

즈미리나는 모든 암늑대들에게 아주 넉넉한 미소를 지어 보였다. 그다음에는 베루스의 손을 자신의 어깨에 턱 걸치게 하더니 아셀리나의 좁은 술집 안으로 유유히 걸어 들어갔다. 그러고 나자 그 거리는 갑자기 텅 비어버렸다. 거기에는 여인들이 홀리고 간 암내와 땀과 먼지가 또한 그녀들이 남긴 일련의 분노와 함께 조용히 떠돌았다.

아셀리나의 술집은 아주 비좁았다. 그 안에서 그렇게 많은 사람들이 술에 취하고 기운을 얻어 돌아갈 수 있다는 게 믿기지 않을 정도였다. 입구에는 돌리아스가 있는 부뚜막이 기역 자로 놓여 있었고, 암포라 몇 개가 구석에 세워져 있었다. 그 끝에는 2층으로 오르는 가늘고 좁은 사다리가 놓여 있었는데, 즈미리나는 그 사다리에 팔꿈치를 걸치고서 베루스에게 물었다.

"술값은 받지 않을 테니, 좀 마셔두는 게 어때요?"

베루스는 잠시 생각했다. 정신을 잃는 쪽이 나을지, 아니면 두 눈을 똑바로 뜨고 자신의 변화를 지켜볼 것인지를. 즈미리나는 베루스의 그런 생각을 모두 꿰고 있었다.

"아, 어차피 정신을 차려도 소용없어요. 당신은 곧바로 정신을 잃게 될 거니까."

그녀는 베루스를 자리에 앉게 하고 포도주 두 잔을 따라 왔다. 베루스는 술잔이 자신의 손으로 건네지자마자 단숨에 마셔 버렸다. 즈미리나는 휘파람을 휘익, 불더니 다시 한 잔을 따라 왔다. 이번에는 술잔을 그냥 주지 않고 자기 잔에 힘껏 부딪치고는 건네주었다. 이번에도 베루스는 단숨에 마셔버렸다. 즈미리나는 그렇게 두 번을 더 베루스의 잔을 채워주었다.

잠시 후 베루스는 즈미리나를 따라 사다리를 타고 올라갔다. 2층에는 세 개의 칸막이가 있었는데, 모두 좁은 돌침대가 하나씩 놓여 있었다. 즈미리나는 제일 끝에 있는 칸막이로 들어가더니 새로운 천을 침대 위에 깔았다.

"안심해요, 난 오늘 처녀니까."

베루스는 즈미리나에게 하얗고 길쭉한 뼛조각 같은 것을 내밀었다. 그것은 양의 꼬리로 만든 콘돔이었다.

"이런 걸 어디서 구했지요, 베루스?"

"…… 무녀에게 부탁했습니다."

즈미리나는 웃지 않기 위해 노력해야 했다. 만약 터져 나오는 대로 웃었다가는 저 귀한 손님이 그냥 뛰쳐나갈지도 몰랐다. 사실 그런 경험도 있었다. 그때의 어린 소년은 사다리로 가는 방향을 찾지 못해 2층에서 뛰어내리려는 시도를 했었다. 그 순간 즈미리나는 값진 깨달음을 얻었다. 시기가 적절하지 못한 웃음은, 난데없이 경멸로 바뀐다는 걸.

즈미리나는 그 이후 단 한 번도 실수하지 않았다. 그녀는 우선 옷을 다 벗지 않고 남겨둔 다음 베루스의 투니카를 벗겼다. 경험이 없는 남자 앞에서는 먼저 옷을 홀딱 벗지 않는 것도 그녀가 고수하는 예의였다. 베루스의 몸에서 고독하고도 원시적인 향기가 확 풍겨 왔다. 즈미리나는 베루스의 어깨가 매일 보며 상상했던 것보다 훨씬 단단하고 정교하다는 것에 다시 한 번

감탄했다. 여인의 손길이 미친 적 없는 이 원시적인 숲은 울창하면서도 위풍당당하고 성스럽기까지 했다.

"어쩜, 내가 상상한 이상이네요!"

진심에서 우러나오는 감탄은 관계를 훌륭하게 이끌어가는 최고의 윤활유이기 때문에 감탄사를 아낌없이 사용하는 것도 그녀의 기교 중 하나였다. 즈미리나는 장인 정신을 발휘하는 뛰어난 전수자가 되어 베루스를 이끌었다. 즈미리나는 누운 채 자기 몸을 가리키며 손짓했다.

"자, 이쪽으로 누우면 돼요."

베루스는 아주 진지하게 눈을 반짝이며 장인의 기술을 전수받는 자세로 그녀 앞에 무릎을 꿇었다. 그리고 성실하게 산을 오르듯이 너무도 차분하고 경건한 표정을 지으며 즈미리나 위로 올라갔다. 그다음은 순식간에 이루어졌다. 베루스가 어찌해 볼 겨를도 없이 즈미리나가 갑자기 비명을 지르면서 베루스를 올라탔던 것이다. 그러고는 이내 정상에 오른 듯 날뛰면서 괴성을 질러대기 시작했는데, 그 말은 그녀가 알고 있는 최고의 찬사였다.

"환장하겠다!"

아셀리나의 술집에서 흘러나온 즈미리나의 곡소리는 암늑대의 거리를 조용히 흐느끼게 만들었다. 베루스는 그날 철저히 즈미리나의 통제하에서 움직였고, 그녀는 그 특별한 손님을 통해서 수도 없이 환장을 거듭했는데, 그건 상도덕에 어긋나는 행위였다. 즈미리나는 결국 베루스에게서 화대를 받지 않았고, 그 건에 대해서는 세금도 물지 않았다.

어쨌든 그즈음 암늑대의 거리에서부터 벽보가 나붙기 시작했다. '오줌통을 나르는 시의 진정한 일꾼 베루스를 아이딜리스로!' 그리고 어느새 베루스와 그의 희한한 지게가 벽화로 그려지기 시작했다. 그러나 그는 끝내 검투사를 택했고, 차차 그의 모습을 검투사로 그린 벽화가 등장했다.

베루스가 검투사 양성소에 입학했다는 소문은 플로시아를 복잡한 심경 속으로 몰아넣었다. 몸종으로부터 '마님 때문에 상사병을 앓던 그 오줌 나르던 노예가 검투사가 되었다'는 소리를 듣자마자 밑도 끝도 없는 야릇한 감정 속으로 빠져들었다. 이상한 일은 그렇게 시작되었다. 마치 그녀 안의 소중한 장기가 쑥 빠져나가버린 것처럼 몸과 맘에 커다란 구멍이 뚫린 듯했으나, 바로 그곳에서 들려오는 휑한 바람 소리를 들으면 오히려 가슴이 설레고는 했다.

약혼자가 죽었을 때 그녀의 혼이 거의 빠져나갔다가 돌아와서는 이미 죽은 사람에 대한 미칠 듯한 연정으로 사경을 헤매던 경우와 똑같았다. 급기야는 검투사가 된 베루스의 얼굴에서 핏기가 빠져나가 죽음에 가까워지는 환영이 수시로 떠오르곤 했는데, 그럴 때마다 그녀는 가슴에 손을 얹고 그 먹먹한 느낌을 조용히 음미했다. 새벽이 오기도 전에 문득 깨어나면 핏기 없는 얼굴이 둥실 떠올라 그녀의 가슴을 뻐근하게 죄어오곤 했지만, 그 느낌을 조금 더 유보시키고 싶은 이상한 통증이었다.

7월 중순이었다.

"나는 자칼한테 강간당한 미친개한테서 태어났다. 나한테 물어뜯기고 싶은 놈은 맘대로 하면 된다!"

카푸아 검투사 양성소의 교관은 케이우로스였다. 그는 로마 군인 출신 검투사였다. 전쟁 군인 출신이라서인지 케이우로스 교관의 훈련은 병사들이 받는 것보다 고되었다. 로마 병사들은 전쟁을 대비한 군사훈련을 받기 때문에 칼이나 창, 활 솜씨는 물론 돌팔매질까지 뛰어나야 한다고 말했다. 28킬로그램의 장비를 등에 지고서 다섯 시간 동안 32킬로미터가 넘는 거리를 걷기도 하고, 칼은 전쟁할 때 쓰는 칼보다 두 배로 무거운 것을 사용한다면서 예비 검투사들에게는 그보다 혹독한 훈련이 기다린다는 말을 매일 반복했다.

"검투사는 매일, 죽음과 놀고 자빠지면서, 그 죽음과 정사를 나누는 것이다. 플루톤 신을 바로 옆에서 모시게 된다는 말이다."

케이우로스 교관은 그 말을 하면서도 연습용 나무칼을 훈련생들의 다리 사이로 정확하게 던져 넣었다.

"매일매일 네놈들의 좆대가리를, 그 죽음의 아가리에 밀어 넣는 것과 같다는 말이다!"

교관은 죽은 목숨에 대해 말하면서 가래침을 찍 내뱉었다. 그 동작이 어찌나 재빠르고 단정하고 정확하던지 숭고한 경외심마저 불러일으켰다. 가래침과 한패가 되지 않고서는 도저히 불가능한 묘기로 보였다. 교관은 그 불가능한 묘기를 하루에도 열댓 번씩 보여주었는데, 한 패거리인 가래침을 뱉자마자 다시 아무렇지도 않게 죽는 방법을 가르쳤다.

"죽은 목숨이 되는 첫 번째 길은, 균형을 갖추기 전에 공격하면 된다. 둘째는, 상대에게 등을 보이면 이미 죽은 목숨이다. 셋째, 세 번째는 뭐가 되겠나? 거기 젤 큰 놈이 대답해라."

훈련생들은 서로를 돌아보다가 결국 모두의 시선이 베루스에게 향했다.

"예, 이미 죽은 목숨입니다."

베루스의 대답에 몇 놈이 웃었지만, 교관은 개의치 않았다.

"문제아가 들어왔구나. 틀렸다! 너무 센 상대와 붙으면, 그 또한 죽은 목숨이다."

훈련소에는 죄수와 노예가 들끓었고, 돈을 벌기 위해서 들어온 자유민도 있었다. 누구도 베루스처럼 여자 때문에 칼을 잡은 자는 없었다. 모두들 경기장에서 군중을 사로잡은 다음에 돈과 자유를 얻을 꿈에 부풀어 있었다. 병적인 매력을 풍기느라 죽음을 마주할 자는 어디에도 없었다.

베루스의 연습 상대는 트라키아족이었는데 그는 베루스에게 트라키아 검도를 가르쳐주었다. 베루스는 오히려 그처럼 짧은 검도를 휘두르는 게 훨씬 점잖고 우아하게 느껴졌다. 그러나 검투사에게 점잖고 우아한 것은 악덕이었다.

훈련은 고되고 상상하기 힘든 것들로 이어졌다. 아래위로 엇갈리게 돌아가는 나무 칼날을 피해서 폴짝폴짝 뛰는 것을 하루

중일 헤야 했는데, 잘못 뛰다가 미리가 걸리면 중상을 입기도 했다. 들기에도 벅찬 거대한 통나무를 목덜미에 이고서 새벽까지 걷기만 하던 날 아침에는 연습용 나무칼에 맞고서도 죽는 자가 생겨났다. 케이우로스 교관은 실려 나가는 시체를 보면서 말했다.

"검투사로 죽지 못한 것만이 안타까운 일이다."

모두들 실려 나가는 시체에 눈길을 주었다.

"집중해라!"

훈련생들은 마지못해 교관을 바라보았다.

"검투사가 되기 전에는 항복해도 된다. 자, 이렇게 검지와 중지 두 개만 세우면 된다. 이건 곧 항복의 표시다. 검투 경기 주최자에게 자비를 간청하는 것인 동시에 검투사로서의 수치를 뜻하며, 그건 곧 검투사의 영광에 대한 죽음이다."

베루스는 계속 집중에 대한 지적을 들으면서 매를 맞았다.

"공격은, 확실한 발 자세를 토대로 이루어진다."

케이우로스 교관은 베루스의 등짝을 나무칼로 내리치면서 소리쳤다.

"집중해라. 초점을 잃으면 끝장이다. 생각이 많은 놈은 당장이 담장을 나가라."

다시 나무칼이 베루스의 등에 떨어졌다.

"생각 없는 공격은 상대방이 이용하는 약점이다. 배우고, 훈련하고, 피를 흘려라! 어느 날 네 이름이 전설이 될 것이다. 공격!"

드디어 베루스의 등에서 피가 흘렀다. 이번에는 베루스와 맞

붙은 삼니움족의 등짝으로 칼이 떨어졌다.

"모든 게임의 승리는 상대의 허를 찔러야 온다. 전쟁이나 정치, 여자랑 떡을 칠 때도 마찬가지다. 공격!"

그 말에 웃던 삼니움족은 교관이 던진 목검에 오금을 맞고는 모래 위로 고꾸라졌다.

"잘 봐둬라, 첫 번째 룰이다."

교관의 말에 모두가 긴장해서 바라보았다.

"즉사시킬 수 있는 자리는 여기하고 여기, 목과 심장이다. 여기가 우선이다. 두 번째 룰은 천천히 죽이는 방법이다. 사지를 절단한 다음 여기 양쪽 갈비뼈 끝을 세로로 긋고, 배를 이렇게 가로로 긋는다. 그 순간 관중은 환호하고 폼페이의 모든 아들과 딸이 흠뻑 젖게 될 것이다."

베루스는 교관의 말을 들으면서 계속 마른침을 삼켰다. 자기 목과 심장, 그리고 팔과 다리에 칼이 파고드는 것 같은 서늘한 느낌에 시달렸다. 예전에 경기장에서 검투 경기를 지켜볼 때는 검투사들이 심장도 없고 머리도 없는 단순하고 무자비한 동물이라는 생각뿐이었다.

"이것이 관중에 대한 봉사다. 알겠나, 베루스?"

교관의 질문과 함께 그의 다리 사이로 목검이 날아왔다. 베루스는 차려 자세로 다리에 힘을 주면서 목을 더 높이 쳐들었다. 교관의 쇳소리가 다시 한 번 그를 향해 날아왔다.

"정신 바짝 차려라! 대개 저런 놈이 찌르거나 절단하기도 전에 지 놈이 먼저 당하게 되어 있다."

베루스는 유피데르 신께 올리는 기도문에 더 많은 걸 추가했다. 항복도 자비도 없는 게임에는 출전하지 않게 하소서! 차라리 사자나 호랑이 같은 맹수와 싸우도록 도와주소서! 사람을 죽이지 않고도 영광을 얻을 수 있다면 그 길에 최선을 다하게 하소서!

게다가 밤마다 떠들어대는 갈리아인의 성난 듯한 목소리를 견뎌야 했다.

"우리 켈트족은 말이야, 전쟁터에서도 알몸에 금목걸이와 팔찌만 찬 채 싸웠지. 그리고 말이야, 죽인 적병의 목을 잘라 말 모가지에 매달아둔 뒤에 전쟁이 끝나면 집으로 가져오지. 그걸 말이야, 기름에 담가두었다가 집에 손님이 오면 보여주는 거야. 그게 최고의 접대거든……."

베루스는 그렇게 모든 힘을 소진하고 잠자리에 누울 때 충만함이 밀려오는 것을 느꼈다. 그것은 낮의 훈련이 진행되는 동안은 플로시아로부터 벗어날 수 있기 때문이었다. 이곳으로 오기 전의 그는 자기 자신이 아니었다. 가질 수 없는 것을 원하면서 몸부림치는 가장 원초적이고 나약한 동물일 뿐이었다. 자기의 태생이 그러하듯 사랑 또한 그저 바라보는 것으로도 만족하리라던 그의 기대는 빗나갔다. 그것은 평생 끝나지 않을 허기처럼 반복적인 통증을 가져왔다. 간절히 갖고 싶은 것을 그저 바라보기만 할 때, 아픈 것은 그의 영혼뿐만이 아니었다. 이상하게 그녀를 느끼고 싶어 하는 그의 모든 부위들이 아파와서 한시도 견딜 수가 없었다.

베루스는 그렇게 잠이 들면 어김없이 꿈을 꾸었다. 그리운 사람의 얼굴을 보기는커녕 난데없이 전쟁터에서 싸우곤 했다. 게다가 날아오는 적의 칼날을 피하려는 찰나에 꼭 풀어진 샌들 끈에 의해 넘어져서 꿈이라는 생각을 하면서도 진땀을 흘렸다. 그가 진땀을 흘리고 있는 시간에 플로시아를 태운 마차가 검투사 양성소 담장 아래를 조용히 다녀가곤 했다.

플로시아는 카푸아를 오고 가면서 베루스가 겪는 모든 부위의 통증을 똑같이 느끼고 있었다. 그렇게 거의 죽음과도 같은 지옥을 경험하면서 자신에 대한 의문에 시달렸다. 암포라에 넣어 보낸 베루스의 편지가 아니었다면, 영영 그를 발견하지 못했을까. 그가 수줍고 조심스러운 몸짓으로 오줌을 붓고 떠날 때, 항상 세탁조 안에 서 있었던 건 순전히 우연이었을까. 끝도 없이 설레고 가슴이 벅차서 고통스러운, 이런 종류의 광기가 이 작은 몸 어디에 숨어 있었을까. 베루스…… 검투사가 되기 전의 그가 매일 자신의 발등 위로 오줌을 붓고 돌아가던 그때에는 결코 상상조차 할 수 없던 지옥이었다.

V

무덤에서의 시간은 무겁고 느리게 흘러갔다. 베루스가 플로시아로부터 피신해 또 다른 피눈물을 흘리고 있을 때, 프론토는 무덤 속에 억류되어 있었다. 여자들은 프론토에게 어떠한 강요도 하지 않고 정중하게 대했다. 다만 밖으로 나갈 수는 없었다.

프론토는 끌려온 지 며칠 동안은 끓어오르는 화로 숨이 넘어갈 지경이었다. 어떤 협박이나 사정에도 여자들은 끄덕도 하지 않았다. 왜 자기를 납치했는지에 대해서도 묵묵부답이었고, 언제까지 가둬둘 것이냐는 물음에도 귀머거리처럼 굴었다. 다만 신께서 판단하실 일이라고만 말했다. 그는 출구를 찾아 몸을 부딪치고 자해를 시도하기도 했다. 그러면 건장한 흑인 두 명이 달려와 그를 꽉 붙잡았는데, 이상하게 온몸에서 힘이 빠져나가 손가락 하나도 움직일 수 없었다.

어느 때는 자기가 이미 죽어서 남의 무덤에 얹혀 있는 건 아닌가 하는 생각도 해보았다. 그곳에서 그는 그들과 먹고 생활했지만 제례를 함께하지는 않았다. 그들은 프론토에게 포도주를 나누어주기도 했는데 취하지 않을 만큼만 주었다. 그들은 흑인 남자 한 사람만 남기고 모두 밖으로 나갔다가 저녁에 돌아와서는 그들의 신을 찾아 제를 올렸다.

프론토는 그들이 섬기는 신을 두려워하기에 이르렀지만, 그 상황에 적응하기 시작했다. 인간은 대체로 불편에 빨리 적응하는 능력이 있다고 떠들던 비극시인이 그립기도 했다. 그러나 그 모든 게 다 꿈인 듯 아득했다. 지금이 몇 날 며칠인지, 여기는 어디에 있는 누구의 무덤 속인지, 궁금했던 모든 것들도 이제는 다 사라졌다.

"모든 욕망이 거세된 슬픈 동물이 되었구나……."

프론토는 제단 옆에 누워서 비극시인 흉내를 내다가 잠이 들었다. 그는 무덤의 바위 문이 열리는 소리를 듣고도 까무룩 다시 잠이 들었다. 아무것도 상관하지 않고, 그저 이 안에 조용히 있어주는 것이 그들과의 암묵적인 계약이었다. 발소리가 부지런히 들려왔다. 이제 저들의 제의가 끝나면 식사를 주겠지. 이렇게 사는 것도 나쁘지는 않군. 어차피 사람구실이나 남자구실도 못하고 사는 바깥세상에서나 여기서나 별반 차이가 없을 것이었다.

"이제 문밖으로 나갈 준비가 되었느냐?"

프론토는 어렴풋이 들려오는 그 소리에 쓴웃음을 지었다. 이제 환청을 듣게 되었다는 생각에 서글픔마저 들었다. 그토록 원했지만, 그렇게 원한 만큼 철저히 거부하고 싶었던 어머니의 목소리를 결국 이 무덤 안에서 그리워하게 된 모양이었다.

"이곳에 완전히 적응이 된 모양이구나."

프론토는 눈을 번쩍 떴다. 그러나 몸을 일으키지는 않았다. 믿을 수 없지만 그의 발치에 우뚝 서 있는 여자는 분명 어머니였다.

"마님, 앉으시지요."

곁에 있던 여자들이 에우마키아에게 나무의자를 내밀었고, 그녀의 육중한 몸이 작은 나무에 앉혀졌을 때 프론토는 그제야 사건의 진상을 깨달았다. 자기에게 내려진 이 어이없는 재앙의 진범이 바로 어머니였다는 것을. 프론토는 광적인 분노에 사로잡혔다. 갑자기 몸을 일으킨 그가 날뛰었다.

"도대체 어머니의 정체는 뭡니까? 도대체!"

"그간 무덤 안에서 잠들었던 네 야수성을 또 내가 건드려 깨운 것이냐?"

"도대체 뭐냐고요?"

"그래, 사실과 짐작 사이에 뭐가 있는 줄 알아냈느냐?"

"집안 불화에 대한 변명이 고작 그따위 질문뿐이냐고요?"

"사실과 짐작 사이에는 그런 고통이 있을 뿐이다. 넌 너무 오래 그 고통 속에 있었다."

"내가 알아낸 새로운 사실이 뭔지 아세요? 어머니가 믿는 신은 오래전에 죽어서 이미 명부 세계에 들어갔다는 겁니다."

"그는 신적이지만, 신은 아니다."

"어머니의 신은 고작 이 어둡고 음험한 곳에 숨어 있었군요?"

"훤한 대낮에도 수치스러운 일들은 벌어지는 법이다."

프론토는 어머니의 침착함 앞에서 또다시 이성을 잃고 발악하기 시작했다.

"모든 신적인 것과, 관습적인 것, 전통과 사상…… 심지어 자연이 주는 재앙과 자비에도 반기를 들 겁니다. 이제 나는……."

프론토는 말을 다 마치지 못했다. 에우마키아의 눈짓이 떨어지자, 뒤에 서 있던 흑인 둘이 그를 붙잡고는 짓이긴 약초로 코와 입을 막았다. 에우마키아는 부릅뜬 프론토의 눈앞으로 다가가서 속삭이듯 말했다.

"아직 네 의식이 남아 있을 때 한마디 해야겠구나. 한 가지 명심해야 할 것이 있다. 네가 내 신을 모함하느라 세상에 잘못 고한다면, 우리 집안의 노예들은 물론이고, 네 불쌍하고 사랑스러운 동생 클라우디아가 너와 나보다 먼저 다칠 것이다. 그러니 경거망동하지 말거라."

잠시 후 프론토는 의식을 잃고 축 늘어졌다.

5. 악마의 대리인

I

프론토가 무덤에서 나왔을 때는 이미 모든 선거가 끝나 있
었다.

폴리비우스는 집정관 선거에서 대패했다. 시민들은 변화를
원할 능력이나 소신조차 없는 것 같았다. 집정관에는 여전히 움
브리키우스와 스카우루스가 뽑혔고, 행정관들도 거의 그대로
였다. 법무관이나 다른 관직에서 새로운 얼굴이 몇 명 당선되기
는 했다. 그 때문에 폴리비우스는 반미치광이가 되어 떠들고 돌
아다녔다.

"이건 배신이야. 내가 나눠준 빵을 배불리 처먹은 폼페이 시
민들이 내게 등을 돌리다니…… 이건 음모라고! 이게 다 그 귀
신같은 에우마키아 때문이야."

에우마키아는 벽화 사건으로 곤란해진 움브리키우스의 누명을 벗겨주면서 그와 손을 잡게 되었고, 폴리비우스에게는 경제적인 모든 지원을 끊어버렸다. 폴리비우스는 낙선된 후에도 그녀에게 협박성 편지를 계속 보냈다. 그가 보낸 두루마리에는 폼페이 항구를 닫아서 수출입을 막아버리겠다느니, 로마에 관직을 얻으면 폼페이를 지도에서 제일 먼저 지워버리겠다느니 도무지 실현 불가능한 협박들로 가득했다.

그녀는 짧은 답장을 보내고는 그 집에서 오는 모든 연락을 차단해버렸다. 그러나 그녀의 편지는 배달되지 못했다. 편지를 들고 집을 나서던 노예를 프론토가 불러서 직접 전하겠다고 가로챘다.

선한, 폴리비우스 님,

지금의 결과는 당신의 그 얄팍한 머리에서 나온 작품입니다. 언젠가도 말씀드렸다시피 당신은 좋은 양치기가 못 되었습니다. 양털은 깎아 가시되, 가죽은 벗기지 말아야 했습니다.

기본적인 욕심은 앞으로 나아가게 하지만, 탐욕은 반드시 대가를 치르게 되는 법이지요. 그동안 당신은 양손에 고기를 들고 너무 오래 잔꾀를 부리느라 결국 석히고 말았습니다. 다른 사람은 물론이고 당신마저도 못 먹게 된 것입니다. 그건 지나친 낭비였습니다. 그래서 탐욕은 낭비가 되는 셈이지요.

만약 이런 사실을 인정하신다면 당신은 정치를 할 수 있는 사람으로 거듭나게 될지도 모르겠습니다. 부디 그러하시기를 바랄 뿐입니다. 그러니 자신과 싸우십시오. 귀신같은 저와 싸울 필요가 어디에 있겠습니까!

언젠가 선한 폴리비우스 님을 다시 도울 수 있게 되기를 바랍니다. 신의 은총이!

귀신같은 에우마키아 올림.

프론토는 두루마리를 다시 말아 쥐고서 집으로 들어갔다.

무덤에 갇히기 전보다 집안 분위기가 좀 달라진 것 같았다. 노예들의 위치도 조금씩 바뀌었는지 어머니 옆에 그림자처럼 붙어 있던 그라티아가 집을 지키고 있었다. 게다가 그라티아의 행동은 예전 같지가 않았다. 뭔가에 달떠 있는 것 같기도 하고, 술에 취한 듯 비틀거리면서도 행복한 웃음을 흘리는 것이 꼭 비극시인의 슬픈 제스처를 보는 것 같았다.

노예들을 족쳐서 프론토가 알아낸 사실은 그라티아가 와인 창고를 들락거리면서 술에 손을 댄다는 것이었다.

"터무니가 없어서 웃음도 나오지 않는구나."

프론토가 나오지 않는 웃음을 킬킬거리자, 그 말을 전해준 노예가 또 다른 사실도 말해주었다.

"마님도 이미 알고 있는 사실입니다요."

프론토는 비극시인을 만나러 가기 위해 서둘렀다. 비극시인이 어머니의 지시를 받고 자신을 목욕탕으로 유인했다는 사실도 믿을 수 없고, 그토록 깊은 잠에 빠지도록 음료에 약을 타기까지 했다는 건 더더욱 믿을 수 없었다.

프론토는 일부러 두 번째 페리스틸리움을 지나서 세 번째 페리스틸리움 앞에 있는 별채 쪽으로 지나갔다. 베루스네 모자의 거처를 지나기 위해서였다. 그라티아는 어디에도 보이지 않았다. 그는 다시 정원을 한 바퀴 빙 돌아서 주랑 밑을 서성거리다가 아트리움을 통해서 밖으로 나갔다.

프론토의 모습이 집 안에서 사라지자, 정원으로 슬금슬금 기어 나오는 사람이 있었다. 그리고 분수 옆에 앉아 고개를 젖히고 병색이 짙은 얼굴을 햇빛에 드러냈다. 그라티아였다. 베루스가 검투사 양성소로 떠난 후에 그녀는 뼈가 드러날 정도로 나날이 말라갔고, 하얗던 얼굴색은 농부처럼 변해버렸다. 에우마키아는 그라티아의 자리를 다른 노예로 교체하면서 그라티아를 좀 쉬도록 배려했지만, 그것이 오히려 그라티아의 음주를 부채질한 격이 되었다. 그녀는 혼자 있는 시간이 늘어나자 술에 대한 간절한 욕구를 더욱 거부할 수 없게 되었다.

"유노 신이 날 버렸구나……."

그라티아는 빈 정원에 앉아서 맥없이 중얼거렸다. 그녀는 자신에게 무슨 병이 생긴 게 분명하다고 생각했다. 그 병은 무서웠다. 그녀에게서 음식에 대한 입맛을 빼앗아 간 지는 오래되었고, 세상에 대한 어떤 의욕이나 감정도 일지 않았으며 두려운 것도 없었다. 그저 입에 당기는 건 술이었다. 술이 주는 위안이 아니면 벌써 죽었을 거라는 생각도 들었다.

"메가이라(질투의 여신) 신의 저주가 내게로 왔어……."

그녀는 분수에서 생기는 색색의 빛을 바라보며 중얼거렸다.

"너무 오래 기도를 올리지 않은 건 아닐까."

그녀는 흐르는 눈물을 닦으며 눈을 반짝 뜨고는 생각에 잠겼다. 그리고 불현듯 몸을 털고 일어나더니 안으로 들어갔다. 향을 피운 그녀는 맥없이 뒤로 물러나 앉았다. 왠지 모를 죄책감이 향냄새와 더불어 확 달려들었던 것이다. 그녀는 조용히 그리스 시를 읊조렸지만 불안이 스멀스멀 엄습해 오는 걸 온몸으로 느꼈다. 누군가 자신의 목덜미를 움켜쥔 것처럼 갑갑해서 숨을 몰아쉬기도 했다.

그녀는 전신에 돋는 소름을 느끼며 진저리를 치다가 결국 물병에 따라놓은 포도주를 가져왔다. 그리고 희석하지 않고 원액을 그대로 마셨다. 이제는 그 맛이 아니면 술맛도 느낄 수 없었다. 연거푸 몇 잔을 마시고 나면 방망이질하던 가슴이 진정되고, 알 수 없는 불안으로부터 달아날 수 있었다. 그럴 때면 영락없이 그녀의 입에서 시가 흘러나오곤 했다. 그것은 바크후스 숭배자들의 시였다.

나타나소서,
황소로서,
또는 머리가 많은 뱀의 모습으로,
또는 불을 내뿜는 사자의 모습으로!

이쯤에서 그녀는 또다시 포도주 원액을 한 잔 더 들이켰다. 그리고 더없이 행복한 미소를 지으며 신에게 간구하듯이 두 손을 높이 들어 올렸다.

자,
바크후스여,
그대는 마이나데스 무리를 덮치는
이 바크후스의 여신도들의 사냥꾼에게 웃는 낯으로 죽음의
올가미를 씌우소서!*

"이런, 이런, 우리 집에서도 곧 광적이고 음란한 집단 히스테
리가 벌어지겠구나."
그라티아는 꿈결처럼 들려오는 소리에 한참을 어리둥절해
했다.
"그 올가미는 곧 네년이 쓰게 생겼단 말이다."
잠시 후에 프론토 특유의 냉소적인 호통이 날아오지 않았다
면 아마도 그녀는 꿈이라고 여겼을 것이다.
"불편한 진실은 늘, 때아니게 찾아오는 법. 안 그러냐?"
그라티아는 천천히 뒤를 돌아보았다. 뻐딱한 모습으로 서 있
는 프론토를 본 그라티아는 정말이지 꿈만 같았다. 그녀는 벌떡
일어서다가 뒤로 두 걸음이나 떠밀린 다음에야 겨우 일어섰다.
프론토는 그녀의 주변을 어슬렁거리면서 바닥에 널린 술잔이
나 항아리, 말린 사과 따위를 발로 툭툭 건드렸다.

* 에우리피데스 비극 「바크후스의 여신도들」 중에서.

210

"네년이 숨기는 게 이제야 드러났어. 말을 그리도 잘하다니, 참기가 막히는구나. 그나저나 우린 참으로 질긴 인연이 아니냐?"

그라티아는 뼈만 남은 앙상한 손으로 입을 틀어막고서 바들바들 떨었다.

"우리 인연 말이다. 네년과 베루스가 이 집에 발을 들여놓았을 때부터 시작된 악연에 대해 오늘은 네년 입으로 들어야겠다."

"……."

"우선 베루스의 태생에 대해 실토해보거라. 네년의 그 낭랑한 목소리를 다시 한 번 들어보자꾸나."

그라티아는 입을 틀어막은 채 고개만 흔들었다. 눈에 고인 눈물은 곧 흘러내리기 직전이었다. 프론토는 아예 자리를 잡고 앉았다.

"무덤이 파헤쳐지고, 처녀들의 시신이 두 번 죽는다는 소문은 알고 있겠지?"

"……."

그라티아는 눈물을 흘리면서 고개만 저을 뿐이었다. 프론토는 낮은 소리로 다시 음산하게 물었다.

"언제부터 베루스를 내 어미의 침대 속으로 던져 넣은 것이냐? 그래서 네년은 뭘 얻어냈느냐?"

그 순간 그라티아가 바닥으로 쓰러지듯이 온몸을 내던지며 입을 열었다.

"아닙니다, 주인님. 베루스는 건드리지 마세요. 부탁드립니다."

"이따위 술병을 얻어낸 건 아닐 테지. 어쩌냐? 죽어서 파헤쳐지고 싶은 게냐, 아니면 베루스……."

프론토는 자리를 박차고 벌떡 일어서더니, 다시 그라티아의 주위를 맴돌면서 이를 갈듯이 말했다.

"그러면 사실을 말하면 간단하겠구나."

"소인이 아는 사실이 무엇인지도 모릅니다, 주인님."

프론토의 얼굴이 냉소로 가득 차오르더니 발갛게 달아올랐다.

"그래, 내 어머니와의 거래를 지키겠다 이거냐? 아니면, 네년 자존심이냐?"

"그런 뜻은 아닙니다……."

"네년이 베루스 놈을 바라보는 게 어떤 눈인지 알고 있단 말이다. 그건 연인을 보는 눈이다. 모를 줄 알았느냐?"

"저는 그 아이 어미입니다, 주인님."

"잘 생각해라. 네년이 고집하는 자존심이라는 게 감염병보다 더 빨리 생명을 단축시킨다는 거 말이다."

그라티아는 숙였던 고개를 들고, 프론토를 정면으로 바라보았다. 그녀의 눈에서 눈물은 보이지 않고 이상한 빛이 감돌았다.

"주인님께서 약속만 지켜주신다면, 제가 아는 사실을 말씀드리겠습니다. 주인님이 꼭 약속을 지켜주신다면……."

"널 자유민으로 풀어줄 수도 있지. 내 맘에 드는 사실을 알려준다면 말이다."

"주인님, 저는 베루스의 어미로 살았고 지금도 그렇게 살아오고 있습니다. 그것뿐입니다, 주인님."

"이런, 이런! 그럼 하나만 묻자. 정말 딱 하나만 묻는다."

프론토는 그라티아 가까이 다가와 속삭이듯이 음성을 낮추었다.

"그 지진이 있던 날, 내 어미가 어째서 네 아들 놈만을 안고 피신했던 것이냐? 그것만 말하여라, 당장."

"그것만은 모릅니다, 주인님."

"본 적이 없다면 몰라도, 그것만은 모른다니? 그게 더 이상하지 않느냐?"

그라티아는 아까보다 더 난폭하게 프론토 앞으로 제 몸을 내던지면서 소리쳤다.

"제 목숨을 거둬주십시오, 주인님. 이제 이 목숨은 가치가 없습니다."

"안 되겠구나. 네년은 필시 성문 밖의 즐비한 무덤*처럼 죽어서라도 기필코 우리와 평등해지고 싶은 게로구나."

"주인님……."

"이년의 살점이 뜯겨 나가도록 패야겠다. 채찍을 가져와라."

프론토는 옆에 있던 몸종에게 명령했다. 몸종은 허리를 더 깊숙이 숙일 뿐 움직이려 하지 않았다. 그라티아는 눈을 감고 채찍을 기다렸다. 그녀는 프론토의 눈에서 저토록 광기 어린 노여움은 처음 보았다. 그러나 살점이 튀고 피를 부르더라도 자신이

---

* 폼페이는 노예제에 기반을 둔 사회였지만, 죽음은 계급 간의 차별을 폐지했다. 주인과 노예의 묘비가 같은 곳에서 출토되기도 했다. 아우구스투스 부인인 리비아의 노예를 위한 대리석 묘비에는 머리를 땋은 그 노예의 모습을 조각해둘 만큼 사후 세계에는 평등과 평화가 흘렀음을 알 수 있다.

지켜야 할 두 사람이 있었다. 주인이며 우정을 나누는 에우마키아와 목숨과도 같은 베루스…….

"거기, 채찍을 가져와라."

웬일인지 채찍을 가져오라는 그의 불같은 명령에도 불구하고 주변에 서 있던 노예들이 주춤거리며 뒤로 물러서기 시작했다. 프론토의 목에 핏대가 불거지기 시작했고 급기야 자신이 직접 채찍을 찾아 들었다. 그때 에우마키아의 노기 띤 음성이 온 집 안을 뒤흔들었다.

"이 하이에나 같은 놈!"

어느새 나타난 에우마키아는 프론토의 손에서 채찍을 빼앗아 들고는 후려칠 듯이 그를 노려보았다.

"그래요! 난 사람처럼 말하는 하이에납니다. 그러는 어머니는 하이에나보다 나은 인간입니까?"

프론토는 덜렁거리는 왼쪽 어깨를 에우마키아 쪽으로 들이밀면서 악을 쓰기 시작했다. 그것은 대극장에서 상영 중인 메난드로스의 희극 중 한 장면 같았다. 에우마키아는 한숨을 내쉬며 돌아섰다. 그리고 발을 떼기 전에 프론토에게 말했다.

"하이에나가 되지 않으려고 노력했다만, 이제 보니 하이에나로 살았더구나. 그리고 너는 내 자식이다. 알겠느냐?"

프론토가 축 늘어진 어깨를 한 손으로 부여잡으며 대답했다.

"예, 그럼요. 어머니의 자식입니다. 살코기가 썩어가는 냄새를 좋아하는."

II

선거가 끝난 후에도 살인 사건이 줄을 이었다. 원형 경기장의 모래 위가 아닌 곳에서도 남자들이 검투사처럼 죽어나가기 시작했다. 범인은 죽은 사람의 신체 부위를 잘라내서 어디든 걸어놓고는 그 장소를 벽화에 그려놓았다. 이전과는 다른 형태의 살인이어서 폼페이 전체가 잔뜩 긴장했다.

첫 번째 살인에 대한 공지 사항은 공중목욕탕 벽에 쓰였다. 평소에 발표나 광고 등 공공 벽보가 붙는 장소였다. 약속 시간이나 장소, 또는 실종자 알림과 같은 주민 공지 사항이 적히는 통신 수단이었다. 그런데 어느 날 그 벽에 목 없는 남자의 몸이 그려져 있고, 그 아래 엉성한 필체의 글씨가 쓰여 있었다.

이 남자의 머리를 찾으려면 ○○에 있는 ○○의 집에서 놀라 문 쪽으로 얼마를 더 걷다 보면 VII 지구가 나오는데, 거기 전체를 뒤지다 보면 나올 것이다!

단, 무조건 VII 지구로 질러간다면 고인이 흘린 소중한 장기를 못 찾을 수도 있다는 걸 명심할 것.

늘 그런 식이었다. 게다가 그 어디 어디라고 지적된 장소와 연관이 있는 사람이나 누구누구라고 지명된 사람은 기절초풍하다 숨이 넘어갈 지경이었는데, 실제로 그 상태에서 숨이 넘어가는 사람이 속출하는 바람에 폼페이에 줄초상이 이어졌다. 난

데없이 일어난 살인 사건에서 자신의 상점이나 집이 거론되질 않나, 생전 벽화에 오르내릴 짓은 하지도 않고 살아온 고귀한 부인의 이름이 중요한 단서처럼 살인 현장에 남겨지게 되자, 조용했던 가정에 각종 불화의 씨가 싹을 틔우기도 했다.

피해자의 가족들은 어디에 하소연할 데도 없었다. 죽은 남편의 귀가 남의 집 대문 안에 걸려 있지를 않나, 금쪽같은 자식의 성기가 공동묘지의 편백나무에 대롱대롱 매달려서 슬프게 떨었고, 지하 수로를 따라가다가 벽에 걸린 횃불에서 죽은 노예의 왼쪽 다리를 발견할 때도 있었다. 한마디로 일관성이나 개연성을 전혀 찾을 수 없는 전대미문의 해괴한 미친 짓거리였다.

게다가 대극장이나 주악당, 원형 경기장 등 사람이 많이 모이는 장소에서는 툭하면 싸움이 일어나 죽거나 불구가 되는 사람들이 늘어났다. 그들은 싸움이 끝나고 나서도 그 싸움의 원인을 알 수 없었고, 왜 자신이 그토록 살의가 넘쳐서 패싸움을 벌였는지 짐작할 만한 단서도 찾지 못했다. 너도 나도 더위를 먹었나 보다 하고 생각하면서 집으로 돌아가는 수밖에 없었다. 그런 사람들 속에는 항상 디아볼루스(diábŏlus: 악마)라는 삼니움족이 끼여 있었다.

그 8월의 더위와 피비린내 속에 낯선 얼굴이 클로니아의 술집에 나타났다. 그 사내는 한여름인데도 소매가 달린 긴 투니카를 입고 있었다. 숱이 많은 회색 머리칼을 가진 그는 대체로 젊고 힘이 세어 보였지만 그의 턱수염에는 더러 흰색이 섞여 있었다. 유난히 남자 얼굴에는 신경 쓰지 않는 클로니아도 이 남자를 보고는 웃지 않을 수 없었다. 디아볼루스라는 이 남자의 얼굴은 말 그대로 서명이 필요 없는 협박장이었지만, 한쪽 콧방울이 반쯤은 사라져버려 어쩔 수 없이 웃게 만들었다.

"오, 포르투나(운명의 여신) 신이시여, 장난이 너무 심하십니다……."

클로니아가 그에게 술을 건네주다가 웃음이라도 터트리면 그는 별 악의 없이 이렇게 받아치곤 했다.

"신들의 수법은 이렇게 다양하답니다!"

그렇게 떠벌릴 때면 그나마 남아 있던 얇은 콧방울마저 파르르 떨리는 바람에 옆에 서 있던 군인들도 술잔을 팽개치며 배를 움켜잡았다.

삼니움족은 거칠고 잔인한 산악인이었다. 디아볼루스는 폼페이 옆 마을인 헤르쿨라네움에 살고 있었다. 자유민인 그는 아이들이 여섯이었고, 그 아이들을 낳고 늘 앓기만 하는 병든 아내와 로마에 대한 저주를 입에 달고 사는 노모가 있었다. 처음에 그는 심심하고 화가 나서 술상을 뒤엎고 싸움판을 벌이곤 했다. 그런데 이제는 그 짓을 하는 대가로 충분한 사례를 받으면서 풍족한 생활을 하고 있었다.

디아볼루스는 돈에 여유가 생기자 제일 먼저 외과의사를 찾아갔다. 일전에 명령을 수행하다가 다친 넓적다리의 통증 때문에 살짝 절름거려야 했던 것이다. 그가 외과의사에게 갔을 때 그 집에는 환자가 넘쳐 나고 있었다. 최근 도시 곳곳에서 일어나는 상해 사건들 때문이었다. 다행히 목숨을 건진 사람들이 이곳을 찾았지만 거의 불구가 되었다. 디아볼루스는 알 수 없는 미소를 지었다.

사람 환자에 지친 외과의사는 진료대 위에 올려놓은 개의 다리를 만지고 있었다. 의사는 들고 있던 수술용 칼을 내려놓고 바늘을 집어 들었다. 한참 후에 개는 진료대에서 내려져 구석에 놓인 침상으로 옮겨졌다. 개는 살아 있었다.

디아볼루스는 외과의사에게 넓적다리의 증상을 얘기했다. 다 듣고 난 의사는 그에게 나무잔에 담긴 음료 한 잔을 마시게 했다. 음료를 마시고 잠들었던 그가 깨어났을 때 의사는 절망적인 사실을 들려주었다. 꺾인 상태의 대퇴부를 그대로 사용하였기 때문에 그 상태로 굳어버렸고, 그로 인해 키가 5센티쯤 줄어들 것이라고 말했다. 그렇게 되면 자연히 골반뼈도 휠 것이라는 부작용까지 꼼꼼히 알려주었다. 그러고는 다음 환자의 휜 팔꿈치를 찾아 더듬거렸다. 디아볼루스는 외과의사에게 의미심장한 말을 남기고는 절름거리며 걸어 나왔다.

"내 진료비 대신, 더 많은 환자를 보내주리다."

디아볼루스의 원래 꿈은 로마에 가서 기사가 되는 것이었다. 평민이라도 제국에 대한 기여도에 따라 단숨에 원로의원이나 기사가 될 수 있었다. 그런 신분 상승이 그의 원대한 꿈이었다. 그러나 제국에 대한 기여는커녕 가정에 봉사할 기회마저 오지 않았다. 날이 갈수록 그의 집안에 가난만 더 보태질 뿐이었다.

그런데 몇 달 전 그에게 반가운 제안이 들어왔다. 선술집에서 그가 막 술에 취하기 직전이었다. 시장에서 구걸을 하는 눈먼 거지 소년이 술집으로 들어오더니 더듬거리면서 그의 테이블까지 다가왔다. 그리고 그의 귓가에 대고 속삭였다.

"지금 당장, 바실리카 앞으로 가면 너무 좋은 일이 생길 거랍니다."

눈먼 거지 소년은 그 말을 전하더니, 이번에는 더듬지도 않고 밖으로 나가버렸다. 그는 취하지도 않은 술이 확 깨는 것처럼 정신이 맑아졌다.

잠시 후, 바실리카 앞에 서 있는 그에게 변호사가 다가왔다. 디아볼루스는 그 변호사의 얼굴을 알고 있었다. 바실리카 앞에는 늘 많은 변호사들이 호객 행위를 하고 있었는데, 그는 그중에서도 가장 극성스러운 변호사였다. 변호사는 그를 멀리 데려가지 않았다. 그냥 길거리 돌 위에 앉게 하더니 제법 위엄 있는 목소리로 말했다.

"자네가 계속 이런 식으로 난동을 부리면 되는 일이지. 그리고 가끔 누구를 통해서든지 전해 받은 명령을 수행하기만 하면 많은 돈을 주겠다는 사람이 있네."

"이런 제기랄, 내 똥구멍이 비웃고 있어."

디아볼루스는 변호사의 말이 끝나기도 전에 욕을 내뱉고 일어났다. 그때 변호사가 돈주머니를 그의 발치에 던졌다.

"그건 일종의 계약금이네."

디아볼루스의 눈이 커다래지면서 초롱초롱해졌다.

"앉으시오!"

변호사는 그의 표정을 보더니 다소 거만하게 말했다.

"니는 단지 그걸 증명해주는 역할만 맡았을 뿐이네. 어떤가?"

"그게 어떤 일입니까, 그냥 난동만 부리면……."

"몇 가지 단서 조항이 있네."

변호사는 급히 그의 눈앞에 파피루스를 펼쳐 보였다.

I. 명령을 수행하다가 체포됐을 때는 즉시 자결할 것.

II. 사망 시에는 가족들이 먹고살 수 있도록 보장함. 가족
들이 디아볼루스의 죽음에 대한 대가로 돈을 찾아갈
수 있도록 변호사에게 봉인한 봉투를 전달했음. (이 계
약서는 변호사가 죽어도 협회에서 집행될 것임)

III. 만약 체포되어서도 죽지 않는다면, 단 1세스테르티우
스*도 찾아갈 수 없음.

디아볼루스가 어지간히 머리를 굴려봤지만 아무리 생각해도
공평하고 안전한 약속 같았다. 체포되어 비참하게 십자가형에
처해지느니, 미리 죽는 것이 편하고 뒤탈도 없을 것이었다. 변
호사는 그에게 독이 든 가느다란 유리병을 건네주었다. 그것은
체포되었을 때 그의 자결을 도와줄 유일한 것이었다. 그들이 앉
아 있던 발치 앞에 커다란 물웅덩이가 있었는데, 거기에 베수비
우스 산이 고스란히 담겨 있었다. 파란 하늘을 이고 선 베수비
우스는 검푸른 빛을 내뿜으며 잔바람에도 시리도록 서럽게 흔

* 1세스테르티우스(sestértĭus)=4아스(as), 16아스(as)=1데나리우스(dēnárĭus)

들리고 있었다.

바로 그날 밤부터 디아볼루스는 보이지 않는 명령자로부터 살인을 지시받았다. 얼굴 없는 그 지시자는 벽화의 그림을 통해서 살인 명령을 내렸고, 바로 그 자리에서 돈을 지불하는 아주 깔끔한 방식을 택했다. 살인을 저지른 대가로 지불되는 돈은, 술집 구석 의자 뒤, 혹은 묘지로 들어가는 입구에 매달려 있기도 했고, 어느 때는 죽인 사람의 몸에서 나오기도 했다. 그런 명령을 받는 장소는 시장 골목이든 술집이든 가리지 않았고, 전달하는 방식도 아주 태평스러웠다. 길에서 놀고 있던 꼬마나 넝마 쪼가리를 걸치고 구걸하는 거지를 통해서 그에게 파피루스 두루마리가 건네졌다. 그 쪽지에는 사건을 저지를 시간과 장소가 벽화에 그려져 있다고만 적혀 있었다. 그러면 디아볼루스는 지정된 그 벽화를 찾아서 이동했다. 언젠가는 지정한 벽화에 가 보니 다른 곳으로 가라는 화살표가 그려져 있었고, 그 화살표를 따라가다 보니 또 다른 화살표가 쉴 새 없이 나타나기도 했다. 그러나 그는 욕설을 내뱉으면서도 흥분과 긴장감을 가지고 그 화살표를 따라다녔고, 도시 곳곳에서 범행을 지시하는 벽화를 찾아내고야 말았다.

지정된 벽화에는 일단 사람이 그려져 있었다. 그리고 칼의 모양이나 위치, 피가 있는지의 여부에 따라서 살인과 협박, 혹은 매질이나 팔다리 병신 등으로 구분되었다. 그림에 피가 있으면 그건 반드시 살인을 의미했다.

어떤 날은 사람들이 붐비는 시장에서 일을 치러야 했고, 어느 날은 그냥 파피루스 쪽지에 쓰여 있는 대로 '바로 옆에 서 있는 남자를 병신으로 만들라'는 지시도 있었다. 그 쪽지를 전해준 거지 꼬마는 '왼쪽이래요'라는 말을 남기고 사라졌다. 그러면 바로 그 순간 디아볼루스의 왼쪽에 있던 더럽게 재수 없는 어떤 남자가 희생양이 되어야 했다.

디아볼루스는 처음 몇 번의 명령을 수행하고 난 뒤, 변호사가 준 독이 든 작은 병을 복부 아래의 살 위에 대고서 살가죽을 아예 꿰매버렸다.

III

스테파누스는 수행원을 거느리고 항구로 나가면서 자꾸만 침을 뱉었다. 도대체 되는 일이 하나도 없었다. 선거가 끝나면 자신에게 돌아올 줄 알았던 이익이 움브리키우스와 에우마키아가 연대함으로써 통째로 날아가버린 것이다. 그 집의 오줌에 세금을 물리자는 것도 허사가 되어버리고, 포도주나 항아리 수출 건도 전혀 손댈 수 없게 되었다. 그나마 에우마키아가 한 말은 그로 하여금 약간의 희망을 품게 하였다. 수출에 참여하는 것이나 벽돌 공장 등을 차리는 것도 전혀 개의치 않을 것이니, 상도덕만 지켜달라고 했다. 그것은 방해하지 않겠다는 뜻이었다.

"늙은 여우가 이제 배가 부를 때가 된 게지, 뭐."

그는 침을 한 번 더 뱉고는 항구로 들어섰다.

배들이 들어와서 정박해 있거나, 막 출항 준비를 서두르고 있었다. 정박한 배에서 짐을 내리는 노예들과 짐을 싣는 노예들이 빠르게 오고 갔다. 그의 일행은 항구에 드나드는 배를 관리하는 사무실을 찾아갔다. 일단 어떤 배가 어디서 들어오는지와 그들이 무엇을 원하는지를 알아야 했다. 가격과 품질을 흥정하는 일은 그다음이었다. 장인이 기르고 있는 싸움닭을 수출하면 얼마나 좋을까. 그의 얼굴에 잠시 미소가 떠올랐다가 사라졌다.

사무실 앞에는 외국인들의 요란한 사투리가 시끄럽게 들려왔다. 그들 중에 갈기 머리를 한 남자가 어떤 배를 가리키면서 걸어가자, 모여 있던 사람들이 그쪽으로 우르르 몰려갔다. 스테파누스는 그들을 바라보며 멈춰 섰다.

"무슨 돈벌이가 있는지 따라가보아라."

집사에게 명령한 그는 팔짱을 낀 채 그쪽을 바라보고 있었다.

잠시 후 집사를 따라갔던 노예가 허연 얼굴로 달려왔다.

"아무래도 주인님이 가보셔야 할 듯합니다."

"무슨 좋은 건수가 있는 게냐?"

한걸음에 달려간 스테파누스는 뱃머리에서 팔리고 있는 여자들의 초상화를 보았다. 엄청나게 많은 복제 초상화들이 얼굴이나 유형별로 구분되어 놓여 있었다. 그는 내심 불편한 마음이 되었다.

"주인님, 이쪽으로 오셔야겠습니다."

집사는 스테파누스를 구석으로 잡아끌었다. 스테파누스는 그 자리에 붙박인 듯 서버렸다. 얼굴이 달아오르기 시작한 그는 집사에게 뭔가 지시를 내렸고, 집사는 조용히 배를 빠져나갔다. 잠시 후 스테파누스가 신음처럼 내질렀다.

"젠장, 신께서도 무심하시지!"

스테파누스 앞에 놓여 있는 초상화의 주인공은 바로 아내 플로시아였다. 그녀의 초상화는 얼굴은 물론이고 몸까지 그려져 있었는데, 걸친 옷이나 장신구도 그림마다 달랐고 드러낸 신체 부위도 가지각색이었다. 한마디로 플로시아의 초상화는 한 가지가 아니었다. 어떤 그림에는 허리 아래가 물고기로 되어 있었는데, 그것은 분명 그녀가 시렌이라는 소문 때문에 생겨난 상상화일 터였다. 웃고 있는 플로시아의 잘록한 허리 아래 달린 물고기 몸은 요동치는 듯 생동감이 넘쳤고, 선명한 비늘은 찬란한 빛을 발하고 있었다. 그 여러 가지 초상화를 복제해놓은 파피루스의 매수만 해도 엄청났다. 스테파누스는 버릇처럼 이마에 손을 짚었다.

"그 얼굴이 가장 잘 팔립니다."

언제 나타났는지 올이 풀린 투니카 차림의 작은 사내가 스테파누스에게 다가오더니 플로시아의 그림을 가리켰다.

"그 여자가 시렌이라는 소문 때문인지, 많은 주문이 밀려들어서 화가들이 정신을 못 차립니다."

"화가들을 직접 만날 순 없나?"

"그들은 저도 못 봤습니다. 그림만 보내오지요. 이 물고기 비늘이 기가 막히지 않습니까? 젤 높은 값을 받고 있지요."

잠시 후에 아까 빠져나갔던 스테파누스의 집사가 나타났는데, 집안의 노예들은 물론이고 병사들까지 데리고 나타났다. 그배는 출항이 정지되었고, 배 안에 있던 모든 초상화는 압수되었으며 그림을 팔던 사내와 일원들은 시 의회로 압송되었다. 스테파누스는 시 의회에 신신당부를 했다.

"그자들을 고문해서 초상화의 출처를 반드시 밝혀야 합니다. 시민의 이름으로 알 권리가 있으니까요."

스테파누스는 집으로 돌아가면서도 게거품을 물었다. 수행원들에게 명령을 내릴 때에도 침을 튀기며 발광했다.

"저번에 내 초상화를 그린 놈들, 그 화가 놈들을 찾아와라. 한 놈도 빼놓지 말고 집으로 데려와라. 반드시 집으로."

항구에 나갔던 스테파누스가 광분해서 돌아오자, 집 안은 또다시 발칵 뒤집혔다. 스테파누스의 몰골은 정말이지 말이 아니었다. 투니카 위에 걸친 여러 겹의 토가마저 군데군데 땀에 젖었고, 인두로 곱슬곱슬하게 지진 머리도 축축하게 젖어서 반쯤이나 풀려 있었다. 그는 대뜸 소리부터 질렀다.

"마님, 마님을 불러라. 어서."

노예들은 저번처럼 또다시 암노새의 배를 갈라야 하는 상황으로 판단했다. 저번에 노새 배를 갈랐던 흑인 노예가 그에게 물었다.

"암노새 배를 가를까요, 주인님?"

그 흑인 노예는 즉시 스테파누스의 발길에 걷어차여서 세탁조 안으로 처박히고 말았다.

"마님을 불러오너라."

스테파누스의 손에는 한 장의 초상화가 들려 있었고, 옆에 서 있는 노예의 가슴에는 초상화 두루마리가 가득 안겨 있었다.

"무슨 일이신가요?"

플로시아가 나타나자 스테파누스는 앉으라는 손짓을 하면서 이마를 짚었다.

"잠시 기다리면 알게 될 일이오. 참으로 기가 막힌 일이지. 이게 다 당신이 막 돌아다닌 때문이오."

"……."

플로시아는 왁자한 밖의 소리에 몸을 일으켰다. 한 무리의 사람들이 들어서더니 곧장 아트리움으로 걸어왔다.

"드디어 왔군."

스테파누스가 소리쳤다.

"페리스틸리움으로 데려가거라. 아, 당신도 따라오구려. 볼만한 구경거리가 될 테니, 기대하는 게 좋을 거요."

붙잡혀 온 화가는 네 명뿐이었다. 스테파누스는 눈알을 번득이면서 물었다.

"한 놈은 어디 갔느냐?"

"저번 주에 죽었습니다요. 무슨 일이신지요?"

"잡혀 온 이유를 아직 모른다? 네놈들이 파헤친 무덤으로 다시 묻히고 싶지 않으면 사실을 고해야지."

네 명의 화가는 모두 땅에 머리를 수그렸고, 그중 나이 든 화가가 말했다.

"약속이 틀립니다요. 이러시면 약속이 틀립니다요."

"그 약속을 깬 건 네놈들 아니냐? 죽도록 맞고 싶구나, 네놈들이?"

"약속을 깨다니요? 그 비밀을 지켜주신다기에 저희는 시키는 일을 했을 뿐입니다요. 정말이지 저희는 뼈를 가지고 물감 색을 내는 데에만 사용했습니다. 초상화 중에서는 잘 팔릴 만한 얼굴만 내다 팔았습니다요. 산 사람 얼굴은 분부하신 대로 그 처녀 얼굴만 한 번 그리고는 다신 그런 짓 한 적이 없습니다요. 저기 카피톨리움 삼신전의 신들과 제가 섬기는 모든 신께 맹세코……."

"그 맹세가 확실한지 다시 한 번 생각할 시간을 주겠다. 네놈들 재주가 아까워서 봐주는 시간이다."

화가 일행 중에 제일 어린놈이 고개를 번쩍 들더니 외쳤다.

"맹세하기 전에 드릴 말씀이 있습니다."

"목숨 하나는 건지게 됐구나. 사실을 말해봐라."

"실은 그 초상화 장사가 생각보다 잘되어서 계속 복제해서 팔았습니다요. 게다가, 게다가 그 살아 있는 처녀를 그린 다음부터는 살아 있는 여자들도 그려서 팔았습니다. 하지만 결코 이 폼페이 사람에게는 판 적이 없습니다요."

스테파누스가 화가들 앞으로 초상화를 한 무더기 던지면서 소리쳤다.

"그럼, 이건 무엇이냐?"

화가들은 흩어진 초상화를 주워 들었다. 그들의 입에서 감

탄사가 흘러나오는 것을 본 스테파누스는 발을 구르며 발광을
했다.

"네놈들 하는 짓이 지금, 죽고 싶어 환장한 놈들 아니냐? 양
심이 있어야지, 양심이."

그가 말한 '양심'이라는 게 이 말을 들었다면 기절초풍하고
도 혀를 깨물 일이었다. 이번에는 아까 그 나이 많은 화가가 얼
굴에 웃음을 띠면서 말했다.

"선한 스테파누스 님, 맹세코 이 그림은 저희 그림이 아닙니
다. 저희는 복제한 그림에도 모두가 이니셜을 새겨 넣습니다.
잘 그리기는 하였습니다만, 우리 물건이 아닙니다."

"네놈들을 시 의회에 넘겨서 죽여달라고 신신당부를 해야 실
토를 하겠단 말이지?"

"스테파누스 님, 맹세코 저희 그림이 아닙니다. 무덤을 파기
는 했지만 고객을 그리 대하지는 않습니다요. 게다가 저희가 시
의회에 넘겨지면, 스테파누스 님이 시킨 일은 어쩌시려고 그럽
니까?"

"네놈이 지금 나를 협박하는 게냐!"

스테파누스는 이를 악물었다. 그는 자신이 저지른 악덕에 발
목이 잡혀서 더는 나아갈 수 없었다. 죽은 처녀들의 초상화 소
문이 돌던 즈음에 에우마키아의 딸을 그려서 내다 팔라고 시키
고는 돈을 주었던 것이다. 스테파누스는 끙 소리가 날 정도로
길게 신음을 흘렸다.

그림을 살피던 어린 화가가 다시 말했다.

"스테파누스 님, 이건 저희를 모방한 범죄 같습니다. 마님의 이 그림은 저희가 그린 프레스코화의 얼굴과 똑같습니다. 머리와 손에 든 첨필까지요. 그림마다 입술의 표정만 조금씩 바꾸고 몸을 따로 그린 것뿐입니다. 보십시오, 밖에 있는 프레스코화의 색깔을 모두 본떠서 그대로 그렸지 않습니까?"

스테파누스는 그 말을 듣고는 곰곰이 생각에 빠졌다. 그때까지 아무 말도 없이 사태를 지켜보던 플로시아가 조용히 말했다.

"제 얼굴이 폼페이 여인의 대표 얼굴로 도는 것은 어쩔 수 없는 일이지요. 하지만 이자들을 조용히 다른 도시로 보내지 않으면 이제 당신이 다칠 차례군요."

플로시아는 그 말을 다 마치고는 전혀 아무렇지 않은 표정을 지었다.

"저런, 또 그 초상화 같은 얼굴이군."

스테파누스는 술을 내오라고 소리치고는, 플로시아에게도 소리쳤다.

"그러니 원수 집안의 노예마저 당신을 따라다니는 게지."

그는 집사에게 돈주머니를 주면서 화가들을 처리하라고 일렀다.

"죽이든지, 다른 데로 보내서 다시는 얼씬 못하게 하든지 알아서 해라."

더운 날씨에 속까지 뒤집어진 때문인지 그의 얼굴에는 금방 취기가 올라왔다. 그는 술을 들이켜다 말고 플로시아를 쳐다보고는 양팔을 펼치며 다가왔다. 플로시아가 한 발 물러서자, 그는 그대로 벽화 앞으로 걸어갔다. 스테파누스는 벽화의 베누스를 향해 팔을 벌렸다.

"아, 여신 베누스여, 나를 잊지 마소서"

기도하던 스테파누스는 갑자기 생각났다는 듯 지껄이기 시작했는데, 어이없게도 사랑의 여신인 베누스에게 죽음과 복수를 청했다.

"여신이시여, 빌어먹을 제 경쟁자 놈을 벌하여주소서!"

스테파누스는 그러고도 뭔가 풀리지 않는지 베누스를 바라보며 으르렁거렸다. 그의 모습은 꼭 비 맞은 털북숭이 개가 머리와 몸을 마구 털어대는 것처럼 보였다.

"내, 여신에게 상처받은 만큼 복수를 하겠습니다!"

노예들은 슬금슬금 눈치를 보면서 각자 주변으로 달라붙어 일하는 척했다. 플로시아도 뒤돌아섰다. 그 순간 스테파누스가 들고 있던 잔을 벽으로 내던졌다. 그의 술잔은 우습게도 베누스의 눈두덩에 맞고서 박살이 났다. 스테파누스는 씩씩거리면서 플로시아를 불러 세웠다.

"플로시아, 은혜를 이렇게 갚는 건 당치도 않지, 안 그런가?"

"맞아요, 당신은 내게 크나큰 은혜를 베풀었답니다."

"알기는 하는군!"

"그것은 규칙적인 감시와 욕질 다음에 오는 비단과 패물, 그다음엔 공갈 협박……."

"……."

"덤으로는, 약혼자의 묘지를 만들어주기까지 하셨지요."

스테파누스는 당당하게 서 있는 플로시아를 노려보며 눈에 띄게 파들파들 떨었다. 그는 비척거리면서 벽에 걸려 있는 지도 앞으로 걸어갔다. 플로시아는 바닥에 떨어져 뒹구는 자신의 초상화를 집어 들고 말했다.

"이 초상화를 거둔 건, 정말이지 고맙군요."

스테파누스는 대답도 없이 폼페이 지도를 노려보고 있었다. 플로시아가 아트리움을 거의 벗어날 무렵 스테파누스의 외치는 소리가 들려왔다.

"됐어, 여기가 적당해."

플로시아는 걸음을 딱 멈추었다.

"그 자식을, 이 물고기 눈알에서 죽여버리겠어."

'그 자식'이라는 말에 플로시아는 즉시 뒤돌아섰다. 그동안 스테파누스의 입에서 수도 없이 나온 말이어서 누군지도 알고 있었다. 파피루스에 단 두 줄로 쓰여 있던 '그 자식'의 진심을 다 헤아리고도 그보다 앞서는 감정을 느끼고 있던 그녀는 갑자기 용기를 내야겠다는 생각이 들었다. 그녀는 다시 스테파누스 앞에 섰다.

"당신은 많은 재능을 가졌어요. 그렇잖아요? 그걸 약한 사람에게 사용하면 신들도 가만히 있지 않을 거예요."

"……"

"당신이 가진 재능 중에는 어리석음도 있다는 걸 명심하셔야 해요, 제발."

플로시아의 말도 귀에 들리지 않는지 스테파누스는 연신 만족스러운 미소를 띠고는 다시 외쳤다.

"그놈의 피를 모래 위에 뿌려서, 폼페이 시민을 절정에 오르게 해줄 거야!"

"재능을 탕진하면, 신들도 등을 돌리는 법이랍니다."

그러나 스테파누스는 뭔가에 홀린 듯 집을 뛰쳐나갔다. 스테파누스가 나간 뒤 플로시아는 폼페이 지도를 바라보았다.

"물고기, 물고기 눈알이라고?"

그러고 보니 폼페이 지형은 옆에서 바라본 물고기 형상이었다. 대체로 지느러미 등쪽은 묘지로 연결된 농경지였고, 미스터리 빌라와 외과의사의 집이 꼬리를 만들어주고 있었다. 배 아래쪽 지점에는 검투사 막사와 연습장이 있고, 조금 더 올라가면 주악당과 극장이 불룩하게 나온 윗배 역할을 하고 있었다. 그리고 물고기 입으로 보이는 지점에는 연못이 있었다. 그녀의 눈에 비로소 물고기 눈알이 들어왔다. 그곳은 바로 원형 경기장이었다.

"그는 이제 다트판 정중앙에 이름을 매단 거나 다름없게 되었구나."

플로시아는 중얼거렸다.

"이름을 매달았어. 누구든 그를 맞추기만 하면…… 그는 이제 죽은 목숨이야."

그날 저녁 플로시아는 미루었던 일을 시작했다. 남편의 지시로 노예들이 뽑아서 말려놓은 독인삼*을 몰래 거둬들였다. 그리고 몸종을 시켜서 곱게 갈도록 했다. 언젠가 더 이상 살아가는

232

일이 구차해질 때를 대비하기 위해서였다. 조용히 세상을 떠나고 싶을 때, 그보다 더 평온하게 떠나는 방법도 없을 터였다. 그녀는 곱게 간 독인삼을 알라바스테르** 안에 넣어 품속에 지녔다.

플로시아는 요즘 대낮에 깨어 있으면서도 꿈을 꾸었다. 청동 투구를 쓴 검투사와 오래도록 눈을 마주치는 꿈이었다. 그 눈은 너무도 진지하게 빛나고, 그녀의 가슴은 바짝바짝 타들어가는 것이었다. 그 진지한 눈은 이렇게 묻고 있었다. 내가 어떻게 하면 좋을까요? 깨어 있는 상태에서 꾸는 꿈이라니. 플로시아는 놀란 가슴을 진정시키며 품에 간직한 알라바스테르로 손을 가져갔다.

IV

베루스의 손바닥이 방패에 감긴 가죽의 질감에 익숙해질 무렵, 그는 폼페이의 검투사 막사로 이송되었다. 이유는 알 수 없었다. 대기실로 불려 가보니 마차에 오르라는 것이었다. 교관에게 인사할 시간도 없었다. 그가 마차에 오르자 마부가 채찍을 휘둘러서 말을 전속력으로 달리게 했다.

베루스는 마차가 폼페이 가도로 들어설 때, 비로소 자신의 예

---

* 늪 주변에서 많이 나는 이 독인삼의 효능에 대해서는 소크라테스도 기술해 놓았다.
**향수나 연고를 담는 목이 가늘고 긴 병.

감이 밎았음을 깨달았다. 낯익은 묘지의 풍광들이 한 번도 느껴보지 못한 플로시아의 품속처럼 느껴지더니 갑자기 무릎에서 힘이 빠지고 눈물이 핑 돌았다.

폼페이 대극장 뒤 공터에 검투사 막사가 있었고, 거기에는 커다란 훈련장이 딸려 있었다. 직사각형의 훈련장을 큰 돌기둥으로 빙 둘러 세워놓았고, 그 돌기둥으로부터 주랑이 시작되었다. 그곳은 검투사들의 땀을 식혀주었고, 산책을 할 수 있는 공간이 돼주었다.

베루스는 매일 훈련을 계속했다. 이곳에 도착한 순간부터 플로시아에 대한 상념이 들끓어 한시도 몸을 가만히 내버려둘 수가 없었다. 눈만 돌리면 주악당이나 대극장이 보였다. 그럴 때면 플로시아를 바라보며 걷던 예전의 심경이 되살아났다. 이곳에서는 눈에 보이고, 느껴지고, 냄새 맡아지는 모든 것이 그의 심장을 자극했다. 성문이나 거리 풍경, 하다못해 신전의 신들마저도 플로시아와 연결되어 있었다.

베루스는 연습 도중에도 유피테르 신전이 있는 쪽을 향하여 왼쪽 무릎을 꿇었다. 그리고 두 손을 공손하게 위로 쳐들고 입술을 달싹거리면서 기도를 올렸다. 때로 그 기도는 무한한 상상으로 변해서 베루스의 입가에 미소를 떠오르게 했다. 오줌을 채운 세탁조에서 하얗고 가냘픈 발을 꺼내는 플로시아의 모습. 그 발에서 똑똑 떨어지는 오줌방울이 천장에서 들어오는 빛을 받아 영롱하게 빛나는 순간, 그 발에 입 맞추는 베루스. 화들짝 놀라는 플로시아의 소박한 몸짓에 주변의 모든 사물이 꿈틀거리며 깨어나는 환영. 그때 이름 모를 새들이 날갯짓하며 날아오르는 바람에 베루스는 그 달콤한 상상 속에서 억지로 깨어나곤 했다.

오후가 되어 한낮의 열기가 식을 때쯤이면 베루스는 안절부절못하고 서성거렸다. 검투사 숙소 뒤로 나가면 바로 스타비아이 문과 만나는 공동묘지가 나오기 때문이었다. 그때쯤이면 플로시아가 산책을 마치고 묘지를 지나갈 시간이었다. 좁고 긴 스톨라 위에 붉은 비단이 섞인 팔라를 걸치고서 마치 허공을 디디는 것처럼 나풀나풀 걷고 있을지도 몰랐다.

베루스는 플로시아를 위해 일찍부터 비단을 구해두었고, 시장의 세공업자에게 부탁해서 여자들의 가슴과 등을 가로지르는 커다란 금사슬로 된 장식을 주문했다. 진실이 담긴 그의 선물을 그녀가 받아준다면, 이렇게 살아가는 일이 조금은 덜 고달프리라 생각했다. 만약 그의 신분이 해방 노예가 아니었다면, 얼마든지 그녀와 닿을 수 있었을 거라는 생각만으로도 명치가 아파왔다.

베루스는 숨을 크게 내쉬고는 연습용 칼을 집어 들었다. 이제 그의 손바닥에는 노랗고 단단한 굳은살이 생겨나고 있었다. 그는 나무칼을 바라보며 생각했다. 신들은 대체 무슨 생각으로 이런 신분 구조 속에 나를 던져 넣고서, 하필이면 플로시아를 보게 하셨을까. 그녀에게 그토록 마음을 끄는 목소리와 깊디깊은 올리브색 눈동자를 준 것은 우연이었을까. 그런 미로 속에서 내가 어떻게 움직이는지 신들끼리 내기라도 걸었던 건 아닐까. 마치 싸움닭을 놓고 내기를 걸듯이? 베루스는 미친 듯이 칼을 휘둘렀다. 자기 안에 들끓는 어리석은 꿈을 하나도 남김없이 몰아내려는 듯이 쉬지 않고 움직였다. 그런 야외 훈련장을 멀찍이에서 바라보는 여러 개의 눈동자가 있었다.

"이그니스는 왼손잡이였지⋯⋯. 베루스는 양손을 모두 능숙하게 사용하는구나."

중얼거리는 에우마키아를 옆에 선 몸종은 물끄러미 바라볼 뿐이었다.

"헛된 야망으로, 아까운 남자들이 모래 위에서 죽어가는구나⋯⋯."

또한 그런 에우마키아까지도 바라보는 눈이 있었다. 이제 하나 남은 눈마저 질투로 멀기 직전인 클라우디아의 오른쪽 눈이었다.

클라우디아가 보는 베루스는 그의 큰 덩치와는 어울리지 않게 지적인 노예였다. 베루스가 글을 알아서라기보다 애초에 사물에 대한 감각이나 상황에 대한 남다른 지각 능력을 타고난 듯이 보였다. 그리고 그는 무엇보다 제 분수를 잘 알았다. 분수를 모르는 노예는 노동력이나 얻어내는 짐승에 불과하지만, 분수를 잘 아는 노예는 어떤 상품보다 가치를 지니기 마련이다. 클라우디아는 어머니의 눈길이 베루스의 진지한 눈이나 단단한 이마 위를 떠돌고 있을 때면 비위가 상했다. 게다가 서늘하고도 정제된 듯한 그의 대리석 같은 피부와 근육의 움직임을 훔쳐보는 어머니를 볼 때마다 탐욕으로 반들거리는 뱀의 눈이 떠올랐다.

잠시 후 베루스는 목검을 집어 던지고 청동칼을 들었다. 그리

236

고 주랑의 돌기둥 아래 쪼그리고 앉아 돌을 쪼았다. 칼끝에 힘을 주어 고딕체로 무언가를 새겨 넣었다. 그는 한참 만에 일어섰다.

더 멀리에서는 플로시아의 시선이 그 모두를 지켜보고 있었다. 그날 밤, 플로시아의 몸종이 검투사 막사를 찾았다. 몸종은 베루스에게 파피루스 두루마리를 전달했다. 그것은 그가 플로시아에게 온 마음을 담아 보냈던 그 편지였다. 몸종이 말했다.

"우리 마님께서, 그 마음을 모두 받으셨답니다. 저를 따라오십시오."

베루스는 플로시아의 몸종을 따라 이시스 신전에 도착했다. 그때 플로시아가 신상 뒤쪽에서 걸어 나왔다. 그들은 신상을 옆에 두고 마주 보았다. 달빛 때문인지 베루스의 얼굴은 핏기가 없어 보였다. 플로시아는 오랜 연인을 대하듯 거침없이 입을 열었다.

"이곳에 오래 있을 수 없어서 기다리면서도 애가 탔지요. 그런데, 이렇게 만나고 보니 아무런 생각을 할 수가 없군요."

"……."

베루스는 어떤 대답도 할 수 없었다. 마음을 받아준 사람을 이렇게 앞에 두고 볼 수 있다는 게 믿기지 않았다. 플로시아는 베루스의 눈을 정면으로 응시하며 말했다.

"이렇게 살아 있는 서로를 보는 걸로도 감사한 일이에요."

"제 기도에 답이 왔나 봅니다."

베루스는 감격스럽게 그 말을 뱉고는 다시 침묵했다. 플로시아도 조용히 그를 바라보기만 했다. 먼발치에서 플로시아의 몸종이 조급한 발소리를 내면서 두 사람을 재촉했다. 늦은 시간이지만 누군가 신전에 와서 두 사람을 보기라도 하면 큰일이었다.

베루스가 문득 입을 열었다.

"저는 지금 행복한 춤을 추는 것 같군요. 땀이 나고 숨이 차는데도, 기분은 날아갈 듯 아주 유쾌하니 말입니다."

"그래요, 정말 춤을 추는 것 같군요."

플로시아는 그 말을 하면서 이를 드러내고 웃었다. 그 웃음은 언젠가 베루스의 무릎을 휘청거리게 만들었던 바로 그 웃음이었다. 베루스는 이제 거침없이 말했다. 마치 그 말을 못 하면 평생을 두고 후회할 것처럼 서둘렀다.

"당신은 일종의, 개량품종 같군요. 그러니까 인간의 여러 장점이 극대화된……."

플로시아는 부끄러운 듯 팔라를 만지작거렸다. 다시 베루스의 낮은 음성이 들려왔다.

"언젠가는 우리가, 정말 춤을 출 수도 있을까요?"

플로시아가 손을 내밀었다. 베루스는 꿈을 꾸듯 그 손을 바라보기만 했다. 플로시아가 조용히 그의 손을 잡은 순간, 베루스의 눈에 왈칵 눈물이 올라왔다. 그토록 간절하게 수도 없이 원했던 장면이었지만 막상 그 손의 감촉을 느끼자, 이전보다 더한 갈증이 그의 목을 조여 왔다. 두 사람의 만남은 그렇게 흘러갔다.

베루스는 플로시아의 몸종을 통해서 준비해두었던 모든 선물을 보낼 수 있었다.

V

선전 벽화를 그리느라고 도시 전체가 술렁거리기 시작했다. 결국 8월 22일에 폼페이 원형 경기장에서 검투 경기가 열리게 된 것이다. 원칙이라는 것은 늘 깨지기 위해 세우는 거라는 스테파누스의 집념이 이루어낸 쾌거였다.

스테파누스는 처음에 검투 경기의 흥행사인 알레이우스를 찾아갔다. 그는 축제 날에만 경기를 한다는 원칙을 고집했다. 스테파누스는 결국 두 집정관에게 돈과 여자와 남자, 그리고 기가 막힌 와인을 듬뿍 안겨준 뒤에 알레이우스를 설득하게 했다.

시민들에게 오락을 제공하는 것이 정치의 우선이었고, 검투 경기는 그중 최고였다. 집정관들에게는 인기 관리를 위해 좋은 일이었고, 흥행사들에게는 돈이 되어 좋은 일이기 때문에 마다할 이유가 조금도 없었다. 단, 이번 검투 경기는 항복도 자비도 없는 '사투'였고, 그것이 스테파누스가 내건 조건이었다. '사투'는 무조건 싸움에서 살아남은 자만이 경기장 밖으로 나올 수 있었다. 일단 경기장 모래 위에 서면, 죽이든지 죽어야 하는 것이다.

그날 이후 스테파누스는 들뜬 기분으로 날아다녔고, 집에 와서는 플로시아에게 들리도록 목청을 높여가며 떠들어댔다.

"이제 그 자식은 날을 받아놓은 몸이다. 겨우 시작한 하룻강아지는 경기장에 서는 날이 제물이 되는 날이지."

남편의 목소리가 들릴 때마다 플로시아는 몸을 떨었다. 그녀는 자주 어떤 예감에 사로잡혔다. 자신이 두 남자의 묘지에 머리카락을 바치게 되는 운명이 아닌가 하는 비극적인 감상에 빠지곤 했다.

스테파누스는 이제 구체적인 말로 플로시아를 괴롭혔다.

"제물을 바칠 신의 명단이나 작성해야겠군. 아니지, 아니야. 폼페이의 검은 개들 중 넓적다리에 흰 털이 숟가락만큼 난 개를 찾으시오, 플로시아."

"……."

"난 그 털을 뽑아서 제단에 올리고 태운 연기를 신께 바쳐야겠소. 검투사들의 그 달콤하고도 역겨운 피와 함께 말이오."

플로시아는 아무렇지도 않은 듯, 그저 미소를 지으며 스테파누스의 얼굴을 똑바로 바라볼 뿐이었다.

"그런데 플로시아, 독인삼을 어디에 두었소?"

"……."

"사내 마음만 훔치는 줄 알았더니, 이제 다른 물건에도 손을 대는구려."

"독살은 당신이 전문 아닌가요, 안 그래요?"

"허긴, 사지 절단은 검투사가 전문이지. 그래도 내 손에 피를 묻히지 않는 기발한 방법이 있는데, 내가 왜 그걸 피하겠소?"

플로시아는 스테파누스를 막을 길이 없다는 걸 이미 알고 있었다. 그는 자기가 원하는 일에 기꺼이 목숨을 바칠 만큼 공을 들이는 사람이었다. 의무나 자비 같은 것으로 그를 움직일 수는 없었다. 그녀는 남편의 그런 야만적인 솔직함에 진저리가 쳐졌다.

"당신에게도 심장이 있다면, 그건 기형일 거예요."

남편의 심장이 어떻게 생겼든지 간에 플로시아는 그날부터 아예 잠을 이루지 못했다. 백일몽이 바로 눈앞에서 실현되고 있다는 사실이 믿을 수 없었다. 그녀는 자신이 또 한 번의 가슴앓이로 거의 죽어갈 것임을 분명하게 예감했다. 베루스가 궁지에 몰린 순박한 동물처럼 경기장 구석으로 내몰리는 장면이 또렷이 떠올랐다. 그러자 그녀의 입에서 기도문이 터져 나왔다.

"그를 살려주십시오. 만약 그를 살려주시면, 남편을 용서하겠습니다."

그날 밤도 베루스는 플로시아의 집 담벼락에 낙서를 남기고 있었다. 매번 그녀가 아니면 알아볼 수 없는 위치를 골랐다. '우리가 함께 나눈 춤을 잊지 말아요!' 때로 그의 낙서에 답변이 달리기도 했는데, 대답은 늘 '아마도!'였다. 그녀의 반응은 언제나 짓궂지 않으면 뜨거웠다.

VI

시 의회에서는 집정관들까지 모인 가운데 열띤 회의가 벌어졌다.

최근 일어나고 있는 살인은 일관성도 없고, 어떠한 개연성도 찾을 수 없는 이례적인 것이기 때문이었다. 수사라는 것이 어떤 예측 가능한 단서라도 있어야 풀어나갈 수 있는 것인데, 이건 도무지 미친년이 웃다가 시침 뚝 떼고 울어대는 꼴이니 어디다 대고 물을 수도 없고 추적조차 불가능했다. 세나가 요즘 일어나는 살인은 그 잔인함이 신들이 치는 장난질보다 심해서 더 이상 운명에 맡기면서 기다릴 수 있는 게 아니었다.

"반드시 로마에 도움을 요청해야 합니다. 그곳 군인들이 내려오면 이따위 정신 나간 살인쯤은 막을 수 있을 겁니다."

"그게 문제가 아닙니다. 그보다도 폭동을 생각해야지요."

포이부스의 말에 그들 모두는 네로 황제 재위 5년(59년)을 떠올렸다. 그 당시의 폭동은 검투 경기를 지켜보던 누케리아 주민과 폼페이 주민 사이의 다툼이 원인이었다. 처음에 그들은 작은 돌멩이를 던지기 시작했다. 그러나 곧 패싸움으로 번지고 결국은 칼부림으로 이어진 끔찍한 사태로 발전했다. 그때의 폭동은 양쪽 주민들 모두에게서 엄청난 양의 피를 수거해 갔다. 그 소식에 화가 난 네로 황제는 향후 10년간 폼페이에서의 검투 경기를 금지시켰다.

그때 눈치 없는 멜라이가 변명하듯 말했다.

"그건 포파이아 왕비의 중재로 무효가 되지 않았습니까?"

포이부스가 주변 의원들을 둘러보며 일어섰다.

"포파이아 왕비가 여기 폼페이 출신이었으니 그랬지요. 이제 누굴 믿고 관망하고 계실 겁니까? 그때 나는 어린 나이였지만, 원형 극장에 벽화로 남아 있는 그때의 사태를 볼 때면 정말이지 오금이 저립니다."

이번에는 새로이 법무관이 된 그나이우스가 거들고 나섰다.

"맞습니다, 이번 회의에서는 살인 사건보다 그 문제에 더 신경을 써야 합니다. 다시 그런 사건이 발생한다면 로마에 모든 행정권을 빼앗길 수도 있는 일이지요."

"그러니까 로마군을 불러 내려야 하는 겁니다."

평소에 말이 없던 멜라이가 오늘은 이상하게 흥분하고 있었다. 연쇄살인이라는 것에 신경이 곤두선 것 같았다. 그의 말을 듣고 있던 포이부스가 다시 신경질적으로 물었다.

"그래, 붉은 깃털 꽂은 투구와 빨간 망토 자락을 휘날리는 군인들을 경기장에 끌어들이자는 건가?"

"그렇게 하지 못할 이유가 뭐 있나?"

"있지. 그렇게 한다면 폭동을 감시할 수는 있겠지만, 살인자가 거기 나타나겠나? 그 군인들을 피해서 살인이 벌어질 확률이 크지 않겠느냔 말일세."

포이부스의 말을 듣고 있던 그나이우스가 벌떡 일어났다.

"원형 경기장은 2만 명을 수용할 수 있습니다. 35열의 관중석은 엄격한 사회적 서열에 따라 배분되고, 높은 계급일수록 낮은 자리에 앉게 되지요. 여기 계신 집정관님들께서는 제일 아래 눈에 띄는 자리에 계시게 됩니다. 군인들의 호위를 받는다 해도 어쩌면 더 위험할 수 있다는 말입니다. 요즘 일어나는 살인은 모두 알다시피 예측이 불가능한 살인이라는 걸 모르는 분은 없겠지요?"

그때 조용한 목소리가 모든 문제를 잠재울 방법을 제시했다.

"그렇다면, 군복을 벗기면 되겠구면. 로마 군인들에게 노예들처럼 헐렁한 투니카를 입히면 안 되겠나?"

그 말을 한 것은 집정관 스카우루스였다. 늙을 대로 늙어버린 그는 집에서나 시 의회에서나 통 말이 없어서, 이미 죽은 것도 산 것도 아니면서 관직으로만 존재한다는 인상이 강했다. 그러나 시민들은 반쯤 죽은 듯이 보이는 그를 늘 집정관으로 선출했고, 이번 선거에서도 마찬가지였다. 그런데 오늘 그가 이런 중대한 발언을 함으로써 시민들이 원하는 것은 돈 많은 허수아비가 아니라는 것을 알려주었다. 그는 필요한 말을 하기 위해 여전히 살아 있었던 것이다. 스카우루스는 그 말을 던지고는 졸린 듯 다시 눈을 가늘게 떴다.

시 의회에서 결정한 사안은 신속히 처리되었다. 로마에서 내려온 사단 병력의 군인들이 일제히 투니카로 갈아입고 경기장에 입장하게 되었다.

6. 카타스트로파(Cătástrŏpha)

I

8월 22일. 원형 경기장 앞은 기발한 패션을 볼 수 있는 절호의 기회이기도 했다. 귀족들은 물론이고, 노예들마저 최대한 화려하게 차려입고 몰려들었다. 평민들은 이날을 위해 오래 준비해온 의상을 꺼내 입었고, 매춘부들의 기발한 의상은 모두의 입을 쩍 벌어지게 만들었다.

폴리비우스는 거의 앞자리에 앉아 있었는데, 평소보다 더 많은 수행원을 대동했다. 게다가 자기 등 뒤 자리에도 경비병들을 두 줄이나 세워두었고, 퇴역 군인들을 사서는 양옆과 앞에 투니카를 입혀 배치했다. 물론 그들은 투니카 안에 가죽으로 만든 튼튼한 흉갑을 한 개 더 입고 있었다. 폴리비우스는 요즘 외출을 할 때도 집에서 키우는 새들을 데리고 다닐 정도로 독살에 대한 극도의 두려움을 보였는데, 노예들이 그의 옆에서 새장을 들고 거리를 지날 때면 새들이 극성스럽게 똥을 싸대는 통에 거들먹거리던 그의 행세는 순식간에 익살극으로 변해버리곤 했다. 그럴 때마다 그는 이렇게 소리쳤다. 우리가 신들의 유머를 어찌 따라가겠소!

오늘의 시합은 사투였다. 말 그대로 항복도 자비도 없는 죽음의 결투였다. 그것은 경기를 주관하는 흥행사들이 그 지방의 동의를 얻어내어 실행할 수 있는 경기 형태 중 하나였다. 그런 사투 경기는 관중을 그 어느 때보다도 흥분시켰다. 관중은 새로운 먹잇감이 뿌릴 피의 맛을 고대하며 온몸을 내던지며 열렬히 환호했다.

오늘의 검투 시합이 끝나면 또 다른 격투가 벌어질 예정이었다. 사람과 사자의 싸움, 야생 동물과 가축의 싸움, 사자와 영양의 싸움 등, 싸울 수 있는 지구상의 모든 종족이 결투를 벌이게 돼 있었다. 그들은 싸울 수 있는 모든 종들이 흘리는 각종 피를 원했다. 만약 움직이는 종족들이 모두 사라진다면, 그들은 올리브나무나 무화과나무를 데려다놓고 싸움을 시키며 흥분할지도 몰랐다. 만약 그렇게 된다면 그 나무들은 투명한 수액을 붉은색으로 바꾸는 변종을 시작해야 할 것이다.

베루스의 상대는 켈레두스라는 흑인이었다. 검투사들의 이름은 본명이 아니었고, 자기가 추종하는 전설적인 검투사나 주인이 지어준 것을 사용했다. 어느 경기에서나 유명한 검투사를 따라 이름을 짓거나 그의 기술을 연마하는 것이 유행이었다. 켈레두스는 삼지창을 높이 쳐들고 왼손에 들고 있던 그물을 힘차게 돌리면서 경기장으로 들어섰다. 잘 단련된 그의 피부는 그 자체가 갑옷이었다.

베루스는 왼손에 칼을 들고, 오른손에는 가죽끈을 손에 묶은 직사각형의 방패가 들려 있었다. 그리고 수탉이 조각된 투구를 쓰고서 양쪽 어깨에 가죽 보호대를 착용하고 있었다. 두 사람 다 칼리가(가죽끈으로 발목 위까지 엮은 샌들)만 신은 상태였다.

"내 얼굴을 똑똑히 보아두라고. 마지막으로 보는 얼굴이 될 테니까."

켈레두스는 별로 힘들이지도 않고 자근자근한 목소리로 베루스를 위협했다. 베루스는 칼을 잡은 손에 힘을 주면서 방패의 가죽끈을 더 단단히 그러쥐었다. 상대를 죽이기 전에는 이 경기장을 빠져나갈 수 없다는 사실이 부담스러울 뿐이었다. 그러나 반드시 살아남아야 했다. 사랑하는 일은 살지 않고서는 할 수 없는 일이었다. 그것만큼은 누군가가 대신해줄 수 없었다.

에우마키아는 경기장에 들어선 베루스를 보면서 현기증을 느꼈다. 어쩔 수 없이 이그니스의 모습이 떠올랐다.

이그니스의 마지막 경기가 있던 그날의 환영이 그녀의 중년을 모조리 지배해오고 있었다. 수도 없이 진저리를 치면서 눈을 감아도, 이그니스가 쓰러질 때의 모습이 먼지 냄새가 맡아질 정도로 너무도 선연하게 떠올랐다. 원형 경기장 한가운데 선 이그니스가 막 쏟아지는 창자를 제 손으로 받쳐 들고서 그녀를 찾아 관중석을 둘러보던 순간을 그녀는 내내 보고 또 보았다. 그 순간 에우마키아는 그가 너 이상의 수고를 하지 않도록 자리에서 일어났다. 그리고 노예의 도움을 받아 관중석 앞으로 내려섰다. 그들이 눈을 마주쳤을 때 이그니스의 창자는 바닥으로 쏟아졌고, 그의 장대한 몸도 먼지를 일으키며 널브러졌다. 눈동자는 여전히 에우마키아에게 고정된 채였다. 그녀는 재빨리 그에게 고개를 끄덕여주었다. 그들은 그 짧은 시간에 평생에 걸쳐서 나눌 수 있는 얘기와 약속을 모두 주고받았다.

이그니스가 미소를 머금고 죽어갈 때 관중은 그를 위해 환호하고 갈채를 보냈으며 눈물을 흘렸다. 패자에게 인색한 관중의 마음을 흔든 것은 왕년의 그가 보여준 눈부신 승리와 그의 검투 실력을 다시 볼 수 없다는 안타까움이었고, 더 나아가서는 그런 그에게 보내는 애도의 마음이었다. 그리고 관중은 일제히 일어서서 외치기 시작했다. 그에게 자유를 주라고. 이그니스에게 자유를! 관중은 그가 죽어서야 경기장 밖으로 풀어주었고, 그는 그렇게 영원한 자유인이 되었다.

베루스는 몇 번이나 켈레두스의 삼지창에 투구를 맞고 휘청거렸다. 골이 울리고 앞이 분간되지 않았다. 방패와 함께 나가떨어진 그를 향해 관중의 야유가 쏟아지더니, 곧바로 죽이라고 외치기 시작했다. 그는 자신을 죽이라고 외치는 관중의 야유를 들으면서 벌떡 일어섰다. 베루스는 플루톤 신이 자기를 데리러 마중 나온 것 같았다. 다시 삼지창이 날아왔다. 그가 방패를 쳐들고서 옆으로 빠지자, 켈레두스는 그 순간을 놓치지 않고 그물을 던졌다. 베루스는 칼을 치켜들고서 다시 몸을 굴렸다. 그 순간 케이우로스 교관의 말이 떠올랐다. '아무리 뛰어난 검투사라도 약점은 있다. 약점을 넘어서는 힘을 발휘할 뿐이다.'

켈레두스는 그물을 앞으로 던져서 길게 늘어뜨렸다. 그렇게 베루스가 사정거리 안으로 들어오지 못하도록 하고는 삼지창으로 공격을 해 왔다. 방패는 방어만이 아니라, 공격에도 쓰인다는 교관의 말은 그야말로 말뿐이었다. 방패로는 삼지창을 막아내는 것만으로도 정신을 차릴 수가 없었다. 그 생각을 할 때, 베루스의 투구가 벗겨져 날아갔다. 그것은 아주 순식간이었는데, 날아간 것은 투구만이 아니었다. 그의 왼쪽 귓바퀴가 잘려 나가면서 피가 흩뿌려졌고, 관중석에서는 뜨거운 함성이 터져 나왔다.

켈레두스는 투구도 없는 베루스를 관중석 벽으로 몰아붙였다. 그러고는 관중에게 일종의 유희를 제공하기 시작했다. 일격에 죽이지 않고 삼지창과 그물을 던지면서 조금 더 피를 흘리게 하고, 더 많이 뒹굴게 하면서 가지고 놀았다. 베루스는 많은 상처를 입었다.

베루스의 허벅지와 옆구리에서 끈적끈적한 피가 흘러나왔다. 베루스의 피를 본 관중은 엄지를 목으로 가져가면서 죽이라고 외쳐댔다.

"죽여라, 죽여!"

"빨리 끝내라고!"

그때 관중석에 있던 플로시아는 베루스 옆에 붙어 있는 카론 신(저승으로 가는 나룻배의 사공)을 보았다. 그 신의 그림자는 옛 약혼자의 어깨 위에서도 본 적이 있었다. 더 이상은 눈을 뜨고 있을 수가 없었다. 그녀는 몸종에게 의지해서 겨우 경기장을 빠져나왔다.

베루스는 관중의 외침이 플루톤 신을 부른다고 생각했다. 그러나 아직은 죽을 때가 아니었다. 제단에 자기를 바쳤지만, 그녀를 얻기 전에는 그 약속을 지킬 수 없었다. 베루스는 감았던 눈을 떴다. 켈레두스의 그물이 날아오는 게 보였고, 동시에 삼지창 끝이 정확히 배꼽 아래를 향하는 것도 보였다. 켈레두스의 약점은 거기 있었다. 그물로 공격을 할 때면 저도 모르게 삼지창이 내려가서 가슴 위가 무방비 상태로 노출되었다. 방패 없이 그물과 삼지창을 쓰나가 생긴 버릇 같았다.

베루스는 이제 그의 목을 노렸다. 그러나 켈레두스는 틈을 주지 않고 몰아붙였다. 베루스는 이제 상대의 공격에 맞서기로 했다. 힘을 겨루는 건 그도 자신 있었다. 칼과 삼지창이 팽팽히 맞서면서 힘겨루기가 계속되었다. 베루스는 하는 수 없이 자세를 더 낮추고 기회를 노렸다. 방패를 잡은 손에 모든 힘을 주었다. 또다시 교관의 목소리가 들려왔다. 공격! 공격! 순간 베루스는 자세를 더 낮추면서 켈레두스의 아킬레스건을 방패 끝으로 가격했다. 그리고 재빨리 빠져나왔다.

켈레두스는 삼지창을 놓치고 절뚝거렸다. 그러나 습관적으로 그물을 던지면서 베루스를 사정거리에 들어오지 못하게 막았다. 그가 다시 삼지창을 주우려고 상체를 낮추었다. 그 순간을 기다리던 베루스의 귀에 또다시 목소리가 울렸다. '공격!' 하는 외침이 고막을 때렸다. 베루스는 켈레두스의 그물 안으로 뛰어들면서 그의 오른쪽 목을 겨냥했다. 켈레두스가 그물을 거두려 할 때는 이미 늦어버렸다. 반대로 돌려 잡은 베루스의 칼날이 켈레두스의 목을 뚫고 지나갈 때, 켈레두스의 삼지창은 베루스의 옆구리를 뚫고 들어왔다. 두 사람의 피가 포물선을 그리면서 솟아올랐다가 떨어지면서 모래를 붉게 물들였다. 관중은 숨을 멈추었다.

잠시 후, 먼저 일어난 사람은 베루스였다. 관중의 마음은 변덕스럽고 취미는 고약했다. 그들은 일어선 베루스에게 환호를 보내면서 켈레두스를 죽이라고 아우성이었다. 베루스는 오른쪽 옆구리를 누르느라 칼을 왼손으로 옮겨 들었다. 그리고 켈레두스의 목을 겨냥하면서 천천히 다가갔다. 켈레두스는 이미 많은 피를 쏟아냈고, 일어설 기미를 보이지 않았다. 그는 이미 죽어 있었다. 그러나 관중은 물러서지 않았다. 일제히 엄지를 아래로 향하고는 미친 듯이 외쳤다.

"죽여라, 죽여라!"

베루스는 검투 경기 흥행사가 앉은 발코니를 올려다보았다. 경기를 주선한 알레이우스가 일어났다. 그는 엄지를 목으로 가져가더니 아래쪽으로 내렸다. 관중석은 아까보다 더 광분의 도가니가 되었다. 베루스는 이미 죽어 있는 켈레두스의 목을 베었고, 그의 머리를 칼끝에 꽂아서 높이 치켜들었다. 관중석은 순식간에 아수라장이 되었다.

죽음과 에로스는 어쩔 수 없이 한 패거리였다. 검투사의 피를 보면서 욕망을 자극받은 여자들이 펄쩍펄쩍 뛰어오르다가 옆에 있는 남자와 딱 붙어버리는 경우는 너무도 흔한 일이었고, 젖통을 드러내놓고 옷을 찢어대는 여자에, 그것을 노리고 있다가 미친 듯이 주물러대는 남자들까지 그야말로 폼페이 전체가 달아올랐다. 그 절정의 끝에 켈레두스의 머리를 치켜들고 있던 베루스가 풀썩 쓰러졌다. 관중석은 다시 안타까운 신음에 휩싸였지만 그건 어디까지나 다음에 일어날 더 큰 흥분에 대한 기대였다.

베루스는 들것에 실려 검투사 막사로 옮겨졌다. 어쨌든 그는 산 채로 경기장을 빠져나왔다. 그의 옆구리에서는 피가 조금씩 질금질금 새어 나왔다. 그는 눈을 뜬 채 간간이 의식을 놓았다.

살인 용의자가 그 경기 도중에 검거되었다. 베루스의 몸이 검투사 막사로 옮겨지고 있을 때, 그 용의자는 시 의회의 지하 감옥으로 끌려가고 있었다. 그는 삼니움족인 디아볼루스였다. 그는 투니카를 입고 잠복근무를 하고 있던 로마 군인들에 의해 체포되었는데, 전쟁 군인 여섯 명이 제지를 한 뒤에야 겨우 그를 묶을 수 있었다. 그는 온몸이 포박된 상태에서도 계속 같은 말을 지껄였다.

"젖 때문이야, 그년 젖통이 때문에……."

경기장 응원석에서 군중 틈에 섞여 있던 그는 선술집 마누라 클로니아와 나란히 서 있었다. 그건 그녀의 간곡한 부탁에 의해서였다. 클로니아는 요즘 벌어지는 살인에 대비해서 자기 곁에 꼭 있어달라고 했다. 그런데 바로 그녀의 커다란 가슴 때문에 마지막 범행 직전에 붙잡히고 말았다.

디아볼루스는 바로 그 자리에서 파피루스 쪽지를 받았다. 웅성거리는 관중 틈에서 그에게 건네진 파피루스에는 왼쪽의 남자부터 죽이라고 쓰여 있었다. 오른쪽에도 남자가 있었지만 왼쪽의 남자는 클로니아를 사이에 두고 서 있는 그녀의 남편이었다. 그는 꺼벙하고 허수아비 같아서 디아볼루스에게는 한주먹거리밖에 안 되었다. 디아볼루스는 호흡을 가다듬고 투니카 소매 속에 있던 칼을 아래로 내려서 슬며시 손에 쥐었다.

그는 어디선가 익명의 지시자가 자신을 지켜보고 있음에 틀림이 없다고 생각했다. 그것은 하루 이틀의 일이 아니었다. 집으로 돌아가는 길에서도 명령이 들어 있는 쪽지를 받은 적이 있었는데, 그때의 상황을 훤히 알고 있는 내용의 지시가 들어 있었다. 그러다가 어느 날 자기 자신을 죽이라거나 불구로 만들라는 지시를 받게 되는 건 아닌가 싶어서 여간 찝찝한 게 아니었다.

디아볼루스는 빼어 든 칼을 사용할 수가 없었다. 극성스러운 클로니아의 응원 때문이었다. 그녀의 커다란 젖이 흔들리면서 자꾸만 목표물을 가렸다. 게다가 매일 보며 술을 따라주었던 그 얼굴이 환호하며 펄펄 살아 날뛰고 있을 때 죽인다는 게 쉬운 일은 아니었다. 결국 디아볼루스의 짧은 칼은 클로니아의 가슴을 아슬아슬하게 비켜 가서 목표물의 왼쪽 어깨에 꽂혔고, 그는 그 짧은 칼을 빼기도 전에 체포되었다. 로마 군인들의 눈은 시종일관 그를 주시하고 있었는데, 그 많은 관중 속에서 전혀 날

뛰지 않고 침착한 남자를 찾는 건 그리 어려운 일이 아니었다.

디아볼루스는 체포 후에도 오히려 당당했다.

"범인은 따로 있습니다."

그가 진범에게서 받은 파피루스를 내밀며 진지하게 말했으나 행정관이나 병사들 모두 콧방귀를 날릴 뿐이었다.

"그럼 네놈이 그 변호사를 찾아보거라. 네놈의 그 대가리가 나쁘니 무기로밖에 안 쓰인 게지."

"아님 바실리카에서 변호사 대신 네놈이 널 변호하든지."

"그것도 아니면 로마로 끌려가서 십자가에 매달려 서서히 죽든가."

그 순간 디아볼루스는 남은 가족을 위해 죽어야 한다는 걸 깨달았으나 함부로 죽을 수도 없었다. 그를 체포한 병사들이 그의 두 손을 묶어서 매달아버렸기 때문에 그는 손을 쓸 겨를조차 없었다. 디아볼루스는 억울하다고 소리쳤다. 그러자 이제까지 조용히 앉아 있던 법무관 그나이우스가 앞으로 나섰다.

"살인자 놈이 억울하다?"

"열두 명을 죽인 건 모두 내가 했습니다."

"이제야 실토를 하는구나. 그것밖에 못 죽인 게 억울하다는 것인지, 어디 한번 나머지 것도 들어보자."

"죽이지 않고, 불구를 만든 건 살인의 두 배가 넘습니다."

질문을 던지던 법무관은 시종일관 조용히 물었다.

"그래? 그럼, 왜 그랬느냐?"

"그래야 우리 가족이 먹고살 수 있으니까요."

"네 가족들의 입이, 그 무고한 시민들의 피와 살을 원했단 말이지……. 그리고?"

"그리고요? 아니, 가족들이 피를 원한 게 아니라 그 진짜 범인요. 그건 다 그 벽화에서 시킨 대로 한 겁니다요. 쪽지가 있습……."

그는 입안에 고인 피를 뱉어냈다.

"이놈이 진짜 그 살인마로구나. 쇠사슬로 사지를 따로 묶어두어라!"

디아볼루스는 양쪽 다리가 각각 따로 묶인 채 거꾸로 매달렸다.

"로마에서 온 병사에게 널 넘기기로 했다. 될 수 있으면 이곳에서 처리하려고 했지만 생각을 바꿨다. 너 같은 놈은 십자가형이 제격이지. 십자가에 매달려 네놈의 그 잔인한 피가 다 빠져나가고 나면, 신께서 그제야 네놈을 거둬 가실 게다."

"법무관님, 죽여주십시오. 그렇지만 이놈 말은 모두가 사실입니다요. 이놈 손으로 그 진범을 잡을 수 있게 해주십시오, 제발……!"

"그렇다면, 좋다."

법무관 그나이우스는 한참을 눈만 껌벅거리더니 말했다.

"살인범에게도 진심은 있는 법이지. 그렇다면 네놈은 여기 남고, 병사들이 벽화를 뒤진다. 그래도 단서를 찾지 못한다면, 네놈은 군인들을 따라서 로마로 갈 것이다. 더 이상 폼페이에서는 피를 보기 싫다."

오후에 그나이우스는 집으로 돌아갔다. 그는 범인의 자백 이외에 얻은 게 없었다. 벽화들은 상당 부분이 회반죽으로 칠해져 새로운 공지 사항이나 또 다른 추문들로 외설적인 욕설과 함께 도배되어 있었다.

II

그날 저녁, 색다른 추문과 외설적인 벽화가 난무하는 골목을 가로질러 검투사 막사를 찾는 여인들이 있었다. 머리까지 팔라를 뒤집어쓴 거구의 여인 옆에 한 줌밖에 안 되는 몸피를 가진 여자와 계속 두리번거리는 계집종이 바싹 붙어서 걷고 있었다. 막사 근처에 오자 에우마키아는 머리에 썼던 팔라를 걷고 그라티아를 앞장서도록 했다.

막사로 들어가는 입구에는 횃불이 두 개 꽂혀 있었고, 오늘의 경기에서 살아 돌아온 검투사들이 술을 마시며 떠들고 있었다. 어디에도 베루스는 보이지 않았다. 두 여인은 경비병에게 다가갔다.

"베루스를 만나러 왔소만."

"여긴 여인들이 드나드는 곳이 아니오. 그는 쉬어야만 한다고 했소."

횃불 옆에 서 있던 경비병이 시큰둥하게 대답했다. 그는 이곳에서 술을 마시지 않은 유일한 사람 같았다.

"어미가 왔다고 전해주시오."

에우마키아는 그 말을 하면서 그라티아에게 눈짓을 보냈다. 그라티아는 품에서 팔레르누스산 포도주 병을 꺼내어 경비병의 옆구리에 슬쩍 밀어 넣었다. 귀한 술병을 알아본 경비병의 눈이 휘둥그레졌다.

"어미가 자식을 보러 왔는데, 봐야 하지 않겠소?"

경비병은 두말없이 팔레르누스산 술병을 옆구리에 끼고는 막사 안으로 들어갔다. 여인들은 재빨리 그 뒤를 따라 들어갔다. 입구를 들어서자 안은 동굴 같았다. 하염없이 어딘가로 들어갔는데, 점차 시원해지는 것으로 보아 지하로 연결되는 것 같았다. 경비병이 멈춰 서더니 불빛을 가리키며 말했다.

"저기요, 불빛이 보이는 거기에 있소. 너무 오래 지체하면 안되오."

몸종은 그 자리에서 기다리게 하고 두 여인은 불빛을 향해 조심스럽게 다가갔다. 침상 주변에서 움직이던 노인이 굽혔던 허리를 펴고는 두 사람에게 다가왔다. 노인의 얼굴은 퉁방울만 한 눈 외에는 아무런 특징이 없었고, 기력이 쇠해서 수명이 얼마 남지 않은 사람처럼 보였다. 에우마키아는 동전 꾸러미를 노인의 손에 쥐여주며 말했다.

"베루스를 보러 왔소만…… 오늘 다친 검투사요."

노인은 그 퉁방울 같은 눈으로 돈을 슬쩍 내려다보더니, 갑자기 거부하는 몸짓으로 물러났다. 그러고는 기어들어가는 목소리로 말했다.

"가망 없소. 나한테 실러내라는 거라면 난 못하오."

에우마키아는 다시 노인 손에 돈을 쥐어주며 말했다.

"내가 살리지요, 우리가 합니다."

노인은 마지못해 받는다는 표정을 지으며 베루스의 침상을 가리켰다.

"오늘 다쳐서 죽어가는 검투사는 그 하나요. 나머지는 모두 죽었거나 깨끗하게 이기고 돌아왔소."

두 사람은 조용히 침상으로 다가갔다. 베루스의 얼굴은 하얗게 변해 있었다. 날카로운 눈썹이 더욱 진해지고 두 눈 사이가 어느 때보다 또렷해 보였다.

노인이 조용히 다가와 말했다.

"내가 조치를 했지만 그는 계속 피를 흘리고 있소. 창끝이 깊이 들어가서 창독이 오른 거 같소. 아직 살아 있는 게 신기할 정도요. 저 정도면 정신을 놓을 때 바로 가버리기 십상입지요."

노인의 말이 끝나자, 베루스가 힘겹게 손을 들어 보였다. 그리고 잠깐 눈을 뜨고는 미소를 지으며 말했다.

"허풍입니다. 허풍……. 난 살았습니다."

그는 평생 못 해본 농담을 죽기 전에 해보려는 듯 짓궂은 웃음마저 띠고 있었다.

베루스의 옆구리에는 짓이긴 약초가 한 줌씩 붙어 있었다. 습하고 뜨거운 날씨는 흐르는 피마저 끈적거리게 만드는지 흰 거즈 위는 자줏빛으로 엉겨 붙어 있었다. 그라티아는 차마 볼 수 없어 고개를 돌렸고 다음 순간 다시 동굴을 빠져나갔다.

에우마키아는 침상에서 떨어져 나와 횃불 아래 섰다. 이그니스가 죽어가던 순간이 다시 떠올랐다. 날카로운 눈썹이나 깊은 눈이 젊은 시절의 이그니스와 똑 닮은 베루스가 지금 자기 눈앞에서 피를 흘리며 죽어간다는 사실이 믿을 수 없었다.

잠시 후, 에우마키아는 일찍이 본 적 없는 서글픈 몸짓으로 천천히 베루스에게 다가갔다. 그리고 그녀가 가진 온갖 우아함과 체면을 다 내던진 자세로 베루스의 침상 앞에 무너졌다. 그녀는 그 자세에서 허리를 굽히더니 베루스의 귀에 대고 속삭였다. 그녀의 음성은 처음엔 조용하고 작았으나, 점점 더 크고 절절하게 변하더니 이내 가슴을 후비는 애끓는 소리로 변해갔다.

"죽지 마라, 아들아! 이렇게는 못 보낸다. 내 아들아……."

베루스는 잠시 눈을 떴다. 에우마키아의 통곡은 계속 이어졌다.

"너를, 별채의 부엌에서 밥을 먹게 해놓고…… 그 긴 세월 동안 나는 매일, 매 끼니마다…… 달궈진 돌멩이를 삼키는 기분이었다는 걸 네가 알았겠느냐…… 내가 네게 젖을 물린 걸 기억이나 하느냐? 어찌 부모 자식 간이 이렇게 만날 수가 있단 말이냐……."

베루스의 가슴이 아래위로 크게 들썩거렸다. 에우마키아는 베루스의 맨발을 부여잡고는 얼굴을 비벼댔다.

"어린 너를…… 고단한 네 발을 얼마나 씻겨주고 싶었는지 모른다. 이번 생에서……."

에우마키아는 생애 처음 울어보는 사람처럼 울부짖었다. 그녀의 몸 안에 들어 있는 온갖 서러움을 모두 눈물로 바꾸어 내보내는 듯 온몸으로 오열했다.

"이번 생에서는 이렇게 만났다만…… 다음 생에서는 내가 네 자식으로 태어나마. 너를 이런 세상에 던진 대가로…… 나는 네게 기쁨만 주는 자식이 되도록 노력하마. 내 평생을 네게 기쁨을 주는 데 모두…… 모두 바칠 것이야……."

한참 후에 에우마키아가 벌떡 일어났다.

"이대로 널 보낼 수는 없다. 이보시오, 노인."

횃불 아래 서 있던 노인은 에우마키아가 두 번을 더 불러서야 그 큰 눈을 끔벅거리면서 다가왔다.

"무얼 구해 오면 되겠소? 내가 뭘 구해 오면, 이 애를 살릴 수 있느냐 말이오?"

"나로서는 영…… 글쎄요, 난 그 식물을 본 적이 없지만 만드라고라스*라고 사람과 똑같이 생긴 식물이 있다고 들었지요. 아주 영물이라고 합니다만."

에우마키아는 벌써 막사를 나섰다.

"카일라야, 넌 세크레타에게 전갈을 넣어라. 한시가 급하니 마부를 불러라."

그 시각, 플로시아는 유피테르 신전으로 달려갔다. 지금 그녀

---

* 만드라고라스는 고대 그리스나 로마에서도 수면제나 토제, 최음제로 사용하면서 의약품 취급을 했다.

가 찾을 수 있는 건 신밖에 없었다. 경기장에서부터 베루스가 죽었다는 소문이 돌았다. 그러나 그녀는 그가 아직 죽지 않았음을 느낌으로 알고 있었다. 만약 그가 죽었다면 그녀의 가슴이 이토록 뜨겁지는 않을 것이었다. 다만 그는 죽어가고 있을 것이다. 그녀의 예감이 운명처럼 이제 당도한 것뿐이었다.

"유피테르 신이시여, 어찌하여 제게 이 같은 열망을 갖게 하셨는지요? 언제나 상대가 돌이킬 수 없는 길을 떠날 때에야 비로소 사랑이 시작되니 말입니다. 신이시여."

플로시아는 신전 앞에 엎어진 채로 거칠게 물었다.

"유피테르 신이시여, 제게 무엇을 원하시기에 이런 걸 베푸시는지요? 그를 돌려달라고 애원합니다. 그냥 단 하루라도 그의 사람이 되어보고 싶습니다. 신이시여……."

플로시아는 몸종이 아무리 끌어당겨도 일어서지 않았다.

"신들이 나를 벌주시는 게다."

플로시아는 밤이 이슥해서야 유피테르 신전에서 물러났다. 그리고 다시 이시스 신전으로 달려갔다. 모든 신께 기도를 올리기에는 밤이 턱없이 짧을 것이었다. 그녀는 바닥에 꿇어앉지도 않고 신전 앞에 그대로 선 채 두 손을 위로 들어 올렸다. 플로시아의 입에서 뜻밖의 말이 나왔다.

"이시스 님, 차라리 남편을 죽게 해주시면 남편을 위해 기도를 올리겠습니다. 그가 인간의 오물을 마시며 죽어가게 해주십시오. 그래서 그가 선한 사람들에게 저지른 죄의 대가를 치를 수 있도록 이시스 님께서 도와주시기를……."

"베네눔 아템페라툼."

그 목소리와 함께 신전 뒤에서 흰 아마포를 두른 신녀 하나가 슬그머니 나왔다. 플로시아의 몸종은 그 모습에 심장이 멎을 뻔했다. 어둠 속에서 드러난 흰 물체의 움직임이 그토록 기분 나쁘기는 처음이었다. 조용히 걸어 나온 신녀는 두 사람을 보면서 음산한 목소리로 지껄였다.

"효과가 서서히 나타난다는 뜻이라오. 하루 만에 죽일 수도 있고, 일 년에 걸쳐 서서히 죽일 수도 있는데, 어떠신가요?"

플로시아는 옷깃을 여미고서 태연하게 말했다.

"심판의 자격은, 신에게만 있답니다."

"방금 그 신에게 살인을 청부한 사람이 누구시던가요? 신과 인간이 손을 잡으면 못 할 게 없지요."

플로시아가 황급히 계단을 내려서자, 어느새 신녀가 앞을 막아섰다. 플로시아는 이 신녀의 얼굴을 어디선가 본 적이 있었지만, 도무지 기억나지 않았다. 길을 막아선 신녀가 재빨리 속삭였다.

"거꾸로 매단 뒤 때려서 죽인 돼지의 내장에, 아비산을 넣고 부패시키면 간단합니다. 술에 넣으면 술맛이 좋아져 취기가 오르기도 전에 죽어버릴걸요. 뭐 원한이 좀 더 깊다면, 주름이 잡히고 이가 빠지게 하고 눈이 폭 꺼져서 머리가 하얗게 센 다음에는 걷지도 못하고 땅바닥을 기어 다니게 만들어드리지요……."

"……."

"한낮에도 오한을 느끼고 부들부들 떨면서 생사를 넘나들다가, 죽는 줄도 모르게 죽여드릴 수 있습니다만. 어떻습니까?"

플로시아는 스톨라 안에서 떨고 있는 두 다리에 힘을 꽉 주었다. 그리고 겨우 쥐어짜낸 목소리로 제법 단호하게 말했다.

"난 오로지, 기도의 힘으로 죽일 겁니다. 티시포네(살인을 복수하는 여신) 신도 그를 용서치 않을 거요."

신녀의 웃음이 신전을 울렸다. 플로시아의 그 기도는 정확히 이틀 후에 이루어지게 되는데, 신의 자비가 하도 넘쳐 나서 훨씬 더 많은 사람들까지 죽여주었다.

III

에우마키아에게 불려 온 세크레타는 눈을 휘둥그레 떴다. 에우마키아의 주문이 너무도 황당해서였다.

"아무래도 합환채*를 구해야겠네."

"마님, 영광의 손**을 만들 생각이신가요?"

"허튼소리 말게. 시급을 다투는 일이네. 오늘 밤엔 반드시 그것을 뽑아 와야 하네."

---

* 창세기 제30장 14절에는, "그리하여 르우벤이 보리를 거두어들일 때, 들에 나가서 합환채를 얻어 어머니 레아에게 드렸더니, 라헬이 레아에게 이르되 '언니 아들이 가져온 합환채를 저에게 주시오' 하고 말했다"는 구절이 있다. 여기서 합환채는 만드라고라스를 의미한다.

"마님, 준비할 시간이 필요한 일인 줄은 아시잖······."

"사람 목숨이 달렸네."

"마님, 만드라고라스는 늦은 밤이 되면 젖먹이의 울음소리를 내기 때문에 있는 곳을 쉽게 알 수는 있습니다. 그런데 이 만드라고라스를 뽑을 때는 명상을 하고 단식을 해야 합니다, 마님."

"하면 될 게 아닌가?"

"이제서요, 마님? 게다가, 지금까지 죄와는 거리가 먼 처녀의 머리카락을 구해야 합니다."

에우마키아는 옆에 서 있는 그라티아를 한 번 바라보고는 대답했다.

"그건, 걱정 말게."

"마님, 그럼 그 머리카락과 엮어 만든 줄을 충실한 개의 목에 거는 겁니다. 그런 다음에 그 끈을 만드라고라스의 목과 연결하고서 개 앞에 고기를 던져주면 됩니다."

"개가 그걸 먹으려고 달리다 보면 만드라고라스가 뽑힌다?

**영광의 손(mail de gloile)은, 금요일에 교수형을 당한 남자의 손목을 절단해서 다섯 손가락을 꼭 쥐게 한 다음에 초석, 아연 가루, 고양이의 골수를 새로운 구리 술병에 넣고, 말린 고사리 한 줌과 방금 채집한 란타나(lantana: 열매는 검은색이고 독이 있다. 꽃잎 색깔이 시간이 지남에 따라 계속 변하기 때문에 칠변화(七變化)라고도 한다.)를 함께 섞어 가열한 후 건조시킨다. 그런 다음 그 손을 받침대로 해서 사형수의 밧줄에서 뽑아낸 세 개의 마로 만든 심지로 촛불을 켠다. 이때 사용하는 초는 굳지 않은 밀랍과 인간의 지방을 절반씩 섞어 만든 것이어야 한다. 그렇게 만든 촛불은 보물이 숨겨진 장소에 가까이 가면 깜박깜박 타오르다가 보물을 발견하면 갑자기 꺼진다고 한다. 또한 이 '영광의 손'을 들고 도둑질을 하러 들어가면 그 집 안의 사람들이 모두 죽은 듯이 깊은 잠에 빠져든다고 한다.

이런 기록들은 모두 만드라고라스의 효능에 힘을 실어주는 말들이다.

간단하구먼."

"마님, 바로 거기가 중요합니다. 만드라고라스는 뽑힐 때 아주 비통한 소리를 지릅니다. 그래서……."

"알고 있네. 그 공포스러운 단말마의 괴기한 소리를 들은 사람은 발광하거나 죽기 때문에 개에게 시킨다는 것도 다 알고 있네."

"마님, 아무래도 그건 주술사의 힘을 빌리는 게 안전할 것 같습니다만."

"이보게, 내 지금까지 자네와 모든 걸 같이했네. 이번 일은 특히 외부로 새 나가지 않았으면 하네."

"제가 주술사가 되어야 하겠네요, 마님……."

"뭐가 다른가? 자네가 호들갑을 덜 떤다 뿐이지."

에우마키아는 죄를 멀리하고 살아온 착한 처녀의 머리카락을 구하는 데에 아무런 힘도 들이지 않았다. 그녀는 그라티아에게 머리털을 잘라달라고 말했다.

그날 밤, 달은 서쪽부터 썩어 들어가고 있었다.

멀리서부터 종소리가 들려왔다. 세크레타였다. 그녀는 주술사가 되어 검은 옷에 납으로 만든 삼중관을 쓰고 오닉스, 사파이어, 흑옥탄, 흑진주 등으로 장식한 팔찌를 차고서 나타났다. 팔찌의 보석 주위에는 납으로 만든 뱀 모양의 장식이 달려 있었다. 그리고 네 정령들, 오멜리엘, 아나치엘, 아라우치아, 아나자치아의 이름을 써둔 부적들을 옷에 달았다.

에우미키아는 그라티아와 함께 만드라고라스를 채취하는 곳에서 멀찍이 떨어져 기다렸다. 오늘은 노예들도 선뜻 따라나서길 꺼렸다. 혹여 그 비통한 소리에 미쳐 발광하다가 죽을까 봐겁이 났던지 몸종 카일라도 아픈 척하면서 집에 있고 싶어 했다.

얼마나 지났을까. 발광하는 개의 소리가 어둠을 뚫고 처참하게 들려왔다. 그러고 나서도 한참이나 흐른 다음에 세크레타의검은 그림자가 나타났다.

"마님, 성공했습니다."

그녀의 손에는 정말 인간의 모습과 아주 흡사한 식물이 들려있었다. 다행히 개는 죽지 않았는데, 점차 뭔가에 홀린 듯 침을흘리면서 제정신이 아니었다. 이상하게 잘 짖지도 못하고 목에걸린 무언가를 뱉어내려는 듯 컥컥거렸지만, 아주 얌전하게 세크레타 옆에 붙어 있었다.

그라티아는 만드라고라스를 받아 들고는 오래전 기억을 떠올렸다. 이 집의 노예로 팔려 올 당시에 노예 상인이 강제로 냄새를 맡게 했던 바로 그 잎사귀였던 것이다. 그라티아는 잎사귀를 코앞에 대고 숨을 깊이깊이 들이마셨다. 만약 이대로 다시 벙어리가 되어 예전의 평화를 되찾을 수 있다면 밤을 새워서라도 그 냄새를 맡고 싶었다. 프론토에게 벙어리가 아닌 사실을들킨 이후에도 그녀는 전혀 말을 하지 않았다. 혀가 말린 것도아닌데, 이상하게 말이 나오지 않았다.

"이상한 기운이 폼페이 위에 감돌고 있어요. 기도로도 이루어지지 않는 무서운 일이에요, 마님."

세크레타는 갑자기 배에서 올라오는 굵직한 목소리를 내면서 몸에 달린 장신구들이 소리를 낼 만큼 온몸을 떨었다. 에우마키아는 깜짝 놀라서 그녀의 이름을 불렀다. 그러자 세크레타는 다시 말짱한 얼굴로 개를 끌어당기며 재촉했다.

"마님, 왜 그러고 계세요? 빨리 들어가시죠, 마님."

"이보게 자네, 왜 그러나? 기도로도 이루어지지 않는 일이라니, 그게 뭔가?"

"제가 무슨, 말을 했습니까 마님?"

세크레타는 자신이 한 말을 전혀 기억하지 못했다. 에우마키아와 그라티아는 앞서 가는 세크레타를 눈여겨보았다. 그녀는 옆에 있는 개처럼 자꾸만 몸을 부르르 떨면서 가끔 중얼거렸다.

"이곳을 떠야겠어요. 기도하러 가야 합니다."

에우마키아는 세크레타를 불러 세웠다.

"자네 예감이 맞을지도 모르겠네. 자네는 내일 배를 타고 미세눔 쪽으로 가서 기도를 드리게나. 그리고 그라티아는 클라우디아를 데리고 내일 새벽 일찍 로마로 떠나야겠네."

"……?"

그라티아가 의문 섞인 표정을 지어 보이자, 에우마키아는 그라티아의 손을 잡으며 말했다.

"내게는 여기 죽어가는 자식이 있질 않나. 내 딸을 잘 부탁하네……."

에우마키아는 직접 검투사 막사에 들러 만드라고라스를 전해주었다. 베루스는 잠깐 깨었다가 혼절하듯이 잠들었다. 그녀는 땀에 젖은 베루스의 이마를 쓸어주었다. 누구의 눈치도 보지 않고 마음껏 아들의 이마를 만지고, 늘 고단했을 발을 오래도록 주물러주었다. 그녀는 문득 노인에게 물었다.

"이렇게 계속 잠을 자도 괜찮은 건가요?"

"내가 먹인 사리풀 때문이오. 통증을 잊으려면 어쩔 수가 없지요."

에우마키아는 노인의 손을 붙들고 조용히 눈물을 보였다.

"최선을 다해주시오. 내, 잊지 않을 것이니."

"내 재주가 이것뿐인걸요."

"내일 로마에서 유명한 의사가 내려올 것이니, 그때까지만이라도……"

에우마키아는 노인의 눈에 물기가 어릴 때까지 잡은 손을 놓지 않았다.

막사를 내려오는 그녀의 눈에 베수비우스 산이 불쑥 들어왔다. 베수비우스는 짙은 그림자를 드리우고서 아래를 굽어보고 있었다. 마치 이곳에서 저질러지고 있는 어떤 짓도 예사로이 넘어갈 수 없다는 듯 오롯이 내려다보는 커다란 눈 같았다. 한순간 그녀의 눈에 베수비우스 산이 들썩거리며 숨을 쉬는 것으로 보였다. 놀란 그녀는 가슴이 미친 듯이 방망이질하는 것을 애써 누르며 눈을 더 크게 뜨고 베수비우스를 바라보았다.

IV

티투스 황제 즉위 원년(79년) 8월 24일.

폼페이는 맑고 화창했다. 무더위 때문인지 암늑대 거리는 일찍부터 잠에서 깨어났다. 그날따라 유난히 무더웠지만 모두들 똑같은 일상을 꾸려가고 있었다. 에우마키아 집안의 노예들은 아침 준비를 위해 시장으로 나갔고, 제빵사 트레비우스가 굽는 빵 냄새에 장을 보는 발걸음이 빨라졌다. 제물을 들고 유피테르 신전으로 가는 사람들과, 벌써부터 술집 문이 열리기를 기다리는 남자들도 보였다. 시장은 어느새 사람들로 북적거리기 시작했다. 그러나 노예에게 더 이상 빵을 먹이기도 힘에 부친 비극 시인은 두 명의 노예를 팔러 폼페이 항구로 나가고 있었다.

폼페이에는 이상스럽고 무더운 기운이 감돌았을 뿐, 다른 날과 별다를 것이 없었다.

10시쯤 되자 이상하고 기분 나쁜 진동이 도시를 조용히 흔들었다. 그 미세한 진동은 베수비우스가 깨어나고 있다는 신호였다. 진동 때문에 화산 안의 물이 원을 그리고, 마그마가 지각의 약한 부분을 뚫고 안으로 스며들었다. 지상에서는 거대한 바위가 그 분화구를 틀어막고 있었지만, 지하의 마그마 웅덩이가 커짐에 따라 서서히 압력도 상승했다. 땅이 부풀어 오르고 불길한 진동이 잦아지기 시작했다.

오후 1시, 드디어 베수비우스가 잠에서 깨어났다. 1500년 동안 뜨거운 압력솥 안에서 끓고 있던 마그마는 거품이 되어 터져 나왔다. 맹렬한 속도로 뿜어져 나온 마그마는 하늘 높이 치솟았다.* 폼페이 시민들은 난생처음 보는 광경이었다. 이 당시의 라틴어에는 '화산'이라는 단어조차 없었다. 시민들은 그 광경 앞에서 입을 벌리고 있다가 급히 공물을 들고 신전 앞으로 달려가거나, 다시 술집으로 들어가버렸다.

시 의회의 지하실에서는 아직도 벽화 살인범을 취조하고 있었다. 지나치게 무덥고 높은 습도는 폼페이 시민들을 잠에서 깨웠지만, 살인자를 고문하는 병사에게는 알 수 없는 분노를 일깨웠다. 끈적거리고 축축한 지하실에서도 군인 신분 때문에 옷을 벗을 수 없는 그는 미치기 직전이었다. 그는 부하를 시켜서 범인 디아볼루스의 옷을 칼로 모두 찢어버리고 물을 끼얹게 하고는 자신이 직접 매질을 시작했다.

디아볼루스의 입에서는 여전히 진범의 이름이 나오지 않았다. 거꾸로 매달려서 피를 흘리고 있는 살인범의 얼굴을 대하고 있자니 더위 때문인지 구역질이 나고 어지러웠다. 실시간으로 보고를 하기 위해 부하를 시 의회에 보내면서 그는 노예를 시켜 점심을 내려보내도록 지시했다. 부하는 오른손을 가슴에 척 붙이면서 경례를 하고 나가서는 아직 돌아오지 않았다.

병사는 디아볼루스를 바라보며 소리쳤다.

"아무래도 네놈보다 내가 먼저 죽을 것 같다. 안 그래?"

---

* BBC 다큐멘터리 〈폼페이 최후의 날〉에서 지진의 진행 시간 참조.

디아볼루스는 매달린 상태에서 눈을 뜨려고 껌벅거렸다. 이제 와서 생각해보니 자기야말로 함정에 빠진 것 같았다. 원형 경기장에서 잡히던 날은 두 번이나 파피루스를 받았다. 그날은 벽화 위치를 알려주는 대신 파피루스에 지시 내용이 적혀 있었다. 첫 번째는 관중석에서의 살인이었다. 피가 그려진 위쪽에 작은 글씨로 '네 왼쪽에 있는 남자부터 죽여라!'라고 쓰여 있었다. 그는 그 지시를 수행하기 전에 두 번째 두루마리를 받았는데, 거기에는 이렇게 쓰여 있었다. '이제, 단 한 번 남았다!'

디아볼루스는 있는 힘을 다 쥐어짜내서 외쳤다.

"이제 또 살인이 일어납니다요. 진범을 잡아 제가 죽이겠습니다."

"네놈이 여기 있는데? 진범을 밝히는 게 아니었으면 지금쯤 네놈 뼈는 사창가 벽화에 처발리고 있을 것이다."

"마지막 받은 쪽지에…… 한 번 남았다는 게 그거 아닙니까요, 제발……."

말을 할 때마다 디아볼루스의 입에서 핏물이 뚝뚝 떨어졌다. 병사가 악을 썼다.

"이 날씨 때문에 내 머리가 먼저 돌아버릴 거 같으니 입 닥치지 못해?"

병사는 바닥에 침을 뱉었다.

"왜 이리 비위가 상하냐, 이거."

병사가 위쪽에 대고 소리를 질렀다. 부하 이름을 아무리 불러도 대답이 없었다.

"전신도 내려오지 않고, 이것들이⋯⋯."

부하의 대답 대신 밖에서 사람들의 아우성이 들려왔다. 그리고 잠시 후 달려 내려온 부하는 숨차게 말을 뱉었다.

"하늘이 노했으니, 빨리 피신해야 합니다."

부하는 그 말을 남기고 다시 밖으로 나가버렸다. 상관의 명령을 무시한 것은 처음이었다. 남은 병사에게는 정말 믿을 수도 없고, 있을 수도 없는 이상한 날이었다.

"아무리 하늘이 노해도 네놈에게서 자백을 받고 말 테다."

병사는 디아볼루스에게 다가가 피가 흐르는 그의 몸에 다시 물을 끼얹었다. 그때 물에 씻겨 내린 범인의 뱃가죽이 볼록하게 빛났다. 무슨 무늬인가 보려고 다가간 그는 복부 아래쪽에 꿰맨 자국을 발견했다. 병사는 허리춤에서 칼을 꺼내 들고 그곳을 톡톡 건드렸다.

"제발⋯⋯."

반쯤 남은 디아볼루스의 콧방울이 안쓰러우리만치 파닥거렸다. 병사가 그곳에 칼을 대자, 디아볼루스는 몸통을 뒤틀었다. 병사는 디아볼루스의 튀어나온 복부를 칼끝으로 휙 그었다. 피와 함께 유리병이 떨어져 바닥에 뒹굴었다. 디아볼루스는 괴성을 지르며 온몸을 뒤틀었다.

"연쇄살인자 놈이 아픈 감각은 남았나 보구나? 잠자코 있지 않으면 반쪽 남은 코마저 없애주마."

"내 겁니다. 그게 내 전부라고요⋯⋯."

병사는 떨어진 병을 주워 들더니, 디아볼루스와 병을 번갈아서 바라보았다. 그 순간 디아볼루스는 그보다 더할 수 없이 비굴한 얼굴을 하고서 병사에게 사정했다.

"그건 저희 가족이 살길입니다. 생명과도 같습니다. 제발 그걸 저한테 주십시오, 제발⋯⋯."

병사는 고개를 갸웃하더니 병뚜껑을 열었다.

"생명 같다고?"

냄새를 맡던 병사가 디아볼루스의 코앞에 병을 들이대며 물었다.

"그렇게 귀한 것이냐?"

"제발⋯⋯."

디아볼루스는 애끓는 소리를 지르다가 어느 순간 딱 멈추었다. 병사가 손가락을 병 입구에 대더니 가루를 묻혀서 자신의 혀로 가져가고 있었다.

"어차피 네놈은 로마로 보내져 십자가에 매달릴 테니⋯⋯."

병사는 오늘의 이 기분 나쁜 더위에서 벗어나 처음으로 행복한 미소를 지었고, 마치 그 행복의 냄새를 음미하려는 듯 눈까지 살짝 감았다.

그 순간 디아볼루스는 쇠사슬에 매달린 자신의 몸에 무게를 실어 이쪽저쪽으로 움직이기 시작했다. 그렇게 병사 쪽으로 다가가려 기를 쓰다가 몇 번의 반동 끝에 드디어 병사의 몸에 닿았다. 그리고 눈을 허옇게 뒤집고 쓰러지기 직전인 병사의 어깨를 죽을힘을 다해 움켜잡았다. 그는 다시 필사의 힘으로 병사의 늘어진 몸을 잡고서 그의 옷을 뒤졌다. 한참 만에 열쇠를 찾아낸 그는 가차 없이 병사를 밀어냈다. 병사는 끝까지 병을 움켜쥔 채 벗은 옷이 허물어지듯 바닥에 널브러져서 노란 담즙을 토해냈다.

디아볼루스는 우선 두 손을 묶은 쇠사슬을 풀고 발목에 묶인 사슬까지 풀었다. 그는 이틀 만에 처음으로 바닥에 발을 디뎠다. 그는 병사의 바지를 벗겨서 입고 지하실을 나오면서 하늘을 향해 외쳤다.

"기필코 네놈을 잡아서 푸리아이 여신* 앞에 바치겠다."

디아볼루스는 미친 듯이 거리로 뛰쳐나갔다.

미스터리 빌라에서는 움브리키우스가 하늘을 보며 서성거리고 있었다. 그때 노예가 뛰어 들어와 움브리키우스의 귀에 대고 속삭였다. 그는 갑자기 어두운 표정으로 집 안을 휘둘러보고는 한숨을 내쉬었다.

"오, 이런 풍요와 조화로운 신들을…… 모두 두고서 떠나야 하다니."

그는 금고를 직접 챙기며 다시 중얼거렸다.

"예전 같은 지진이 아닐까 싶은데…… 곧 다시 돌아오면 되겠지?"

그는 남아 있는 노예들에게 집 안 단속을 시키고는 급히 사르

---

* 범죄자들을 쫓아서 미칠 때까지 고문하는 복수의 우화적 여신으로, 뱀 머리카락에 피로 가득 찬 눈을 하고 있다.

누스 문으로 향했다.

기지개를 켜기 시작한 베수비우스는 끓고 있던 마그마를 하늘로 쏘아 올렸고, 바람은 곧장 그 연기를 폼페이 쪽으로 밀어붙였다. 시커먼 화산재가 태양을 가리자, 폼페이는 곧 밤으로 바뀌었다.

그 시각, 사르누스 문 앞에서는 군인의 사명감으로 죽기를 각오한 병사가 서 있었다. 노예에서 군인이 된 그는 움브리키우스의 숨은 애인이었다. 그는 자신을 보살펴준 정인에게 마지막 호의를 베풀기 위해 자신이 가진 모든 힘을 동원했다. 이번 지진은 예전 것보다 심각해 보였다. 예감이 좋지 않았다. 병사는 움브리키우스 일행이 횃불을 들고 나타나자 빠른 걸음으로 그 앞에 다가갔다.

"배가 기다리고 있습니다. 어서 항구로 가서 배를 타십시오. 그 편이 제일 안전할 것입니다."

움브리키우스는 망연히 그를 바라보며 고개를 흔들었다. 그의 쭈글쭈글한 목이 어느 때보다 발그레하게 달아올라 있었다.

"저는 군인입니다. 집정관님이 제게 베풀어주신 그 병사의 임무를 다하겠습니다. 먼저 가십시오⋯⋯."

그는 다리를 모으면서 오른손 주먹을 왼쪽 가슴에 척 붙이며 경례를 올렸다. 움브리키우스는 노예를 시켜 그의 손을 끌게 하였다. 그러나 그는 요지부동의 자세로 서 있었다. 움브리키우스가 노예에게 손짓해 금전 꾸러미를 그에게 건넸으나 그마저도 거절했다.

"저를 운명에 맡기시고…… 빨리 떠나셔야 합니다."

그 말을 마치고 차려 자세로 돌아선 병사는 눈을 부릅뜨며 허공만을 바라보았다. 수년간 자신을 돌봐준 정인을 뒤돌아볼 만도 하건만, 움브리키우스 일행이 떠나고 나서도 그는 최후의 순간까지 성문 초소에서 단 한 발자국도 움직이지 않았다. 그는 끝까지 병사로서의 의무를 다하였고 그렇게 화석이 되었다. 그리고 1500년의 세월이 흐른 후에 갑옷을 입은 그 자세 그대로 성문 앞에서 발굴되었다.

분화 시작 한 시간째, 폼페이는 정오임에도 불구하고 횃불을 밝히기 시작했다. 하늘로 솟구친 돌들이 차가운 대기에 열을 빼앗기고 단단하게 굳어졌다. 그리고 지상을 향해 비 오듯 쏟아져 내리기 시작했다. 그 돌이 폼페이에 닿는 데는 30분이 걸렸다. 뜨거운 돌과 가스가 15킬로미터 높이로 솟구치고, 사람들은 아무 곳이나 가까운 데로 숨어들었다.

이때 스테파누스가 세탁소로 돌아왔다.

"플로시아는 어디로 갔지?"

스테파누스는 지체 없이 금고 쪽으로 걸어갔다.

"금고, 금고를 열어봐라. 플로시아는 어디로 갔지?"

노예가 두말없이 금고 문을 열어 그에게 보였다. 그는 금고 앞으로 기어가더니 금과 패물 등을 허겁지겁 챙겨서 자신의 몸에 지녔다. 밖에서는 계속해서 부석이 지붕으로 떨어지는 소리가 들리고 집 안은 한층 더 어두워졌다.

그때 한 번 더 돌멩이들이 지붕으로 떨어지고 약한 지붕 모서리가 털썩 주저앉았다. 잠시 서로의 눈치를 보던 노예들은 일제히 몸을 돌려 밖으로 나가버렸다. 스테파누스가 그들에게 돈을 던지면서 명령했다.

"남거라, 여기 남으면 네놈들에게 돈을 주겠다."

노예들은 밖으로 뛰쳐나가더니 쏟아지는 부석들 아래로 사라졌다. 누케리아 문으로 빠져나가려던 스테파누스의 노예들은 쏟아지는 불덩이를 피해 머리에 기왓장을 썼으나 그 상태로 화석이 되었다.

이제 거리는 피난민들로 가득 차고 시체들이 생겨났다. 그 사람들 틈에는 에우마키아와 플로시아도 끼어 있었다. 에우마키아는 한눈에 플로시아를 알아보았다. 이 난리 통 속에서 그토록 요란하게 치장을 한 여인은 눈에 뜨이고도 남았다. 그녀가 들고 있는 휘황찬란한 등잔도 진귀해 보였다. 플로시아는 그 길에서 몸종과 헤어지고 있었다. 몸종의 손에는 돈 꾸러미로 보이는 주머니와 은붙이들이 잔뜩 들려 있었다. 두 사람은 서로 반대편으로 뒤돌아섰다.

아름다운 등잔을 든 플로시아는 검투사 막사 쪽으로 부지런히 걸었다. 그 장면을 본 에우마키아는 막사 쪽으로 가려던 발길을 공동묘지 쪽으로 돌렸다. 죽어가는 베루스에게 자신보다는 목숨을 건 연인의 방문이 훨씬 의미 있을 터였다. 에우마키아는 플로시아를 위해 기도했다. 그녀가 무사히 베루스의 마지막을 지켜주길 간절히 바랐다.

공동묘지 쪽에도 피난민의 행렬이 들끓고 있었다. 그때까지 무덤 속에 있던 여자들은 드디어 최후의 날이 왔다고 외치면서 밖으로 나왔다. 에우마키아는 그녀들을 불러 세우고 무덤을 가리켰다.

"이제 우리 운명은 여기서 맞을 것이네. 신의 뜻이네……."

네 명의 여자 중 한 명이 피난민들 쪽으로 잽싸게 달려갔다. 그 순간 피난민 속으로 합류하려던 여자는 주먹만 한 돌에 머리를 맞고 쓰러졌다. 옆에서 그 모습을 지켜본 한 여자는 비명을 내지르고 그 자리를 떠나버렸다. 에우마키아가 다시 말했다.

"이제 신의 손에 맡기세."

그들은 쓰러진 여자를 끌고서 무덤 속으로 들어가 돌문을 닫아버렸다.

8월 25일 새벽 1시.

검투사 막사에는, 플로시아와 베루스가 남아 있었다. 두 사람은 등잔불을 사이에 두고 서로를 바라보기만 했다. 플로시아가 들고 나타난 등잔은 심지의 수만큼 다양한 가면과 화환으로 장식된 예술품이었다. 각 심지에 불을 붙이면 등잔의 모든 예술 작품을 감상할 수 있었다.

"내 기도가 이루어졌어요."

오랜 침묵을 깨뜨린 건 플로시아였다.

베루스는 있는 대로 치장을 하고 나타난 플로시아에게서 눈을 떼지 못했다. 벽화 속의 여신 같았다. 온갖 보석과 꽃으로 둘러싸인 그녀의 머리 장식이 찬란하게 빛났다. 앞머리를 둥글고 높게 말아 올려서 띠를 둘러 장식하고, 이마에는 금줄이 살짝 내려와 있었다.

"내가 당신을 취할 거예요. 신께서 노하시지만 않는다면……."

플로시아는 그 말을 하고 차례차례 옷을 벗었다. 베루스가 선물한 금사슬이 그녀의 몸을 사선으로 가로지르고 있었다. 그녀는 자신의 눈동자 색깔과 같은 에메랄드 귀걸이와 목걸이를 하고 있었는데, 무엇보다 가슴을 가로지르는 금색 비단 띠가 베루스의 눈을 어지럽게 했다. 젖꼭지 부분에만 앙증맞은 꽃수가 놓여 있는 그 띠 아래로 그녀의 배꼽이 있었고, 그 배꼽에 잎사귀 한 장이 붙어 있었다. 최음제였다. 플로시아는 그 잎을 떼어서 베루스의 인중 위에 살포시 올려놓았다.

그제야 베루스가 입을 열었다.

"내 기도에 응답하신 거요. 당신을 내게 보내주고서, 나를 거두시려고 말이오……."

베루스는 죽어가고 있었다. 그것은 두 사람 다 알고 있는 사실이었다. 만약 시간을 연기할 수 있다 해도, 내일 아니면 모레가 될 것이다. 그러나 두 사람은 더 많은 시간을 원하지도 않았다.

플로시아는 베루스의 상처를 피해서 간신히 그의 몸 위로 올라갔다. 그리고 그의 각진 눈썹 아래서 빛나는 그 진지한 눈을 입술로 더듬었다. 눈꺼풀 안에서 떨리고 있는 그의 눈동자가 고스란히 느껴졌다. 그녀는 베루스에게서 풍겨 오는 고독한 죽음의 냄새를 맡으며 저도 모르게 눈물을 흘렸다. 그건 슬픈 눈물이 아니었다. 처음으로 어떤 충만한 기쁨이 그녀 안에 꽉 들어찬 데서 오는 거부할 수 없는 감동의 눈물이었다. 그녀에게 온 마음을 다 바쳐서 결국은 죽음의 길로 들어선 베루스가 풍기는 그 인상적인 냄새만큼 강력한 최음제는 없었다. 두 사람의 몸은 뱀처럼 부드럽게 물결쳤다. 그들은 어떤 말도 하지 않았지만, 하나가 된 몸과 깍지 낀 서로의 손바닥을 통해서 지나간 모든 얘기와 온갖 느낌을 아낌없이 주고받았다.

베수비우스 산에서는 암석들의 무게를 못 견딘 연기 기둥이 무너졌다. 그것은 마치 거대한 파도처럼 산 아래로 쏟아져 내리기 시작했다. 용암과 뒤섞인 고온의 화산재와 암석들이 맹렬한 속도로 산을 뒤덮고 달려 내려갔다. 이 첫 번째 화쇄난류 현상은 방향을 바꿔서 이번에는 헤르쿨라네움의 주민들을 향해 곧장 돌진했다. 이 파도는 가스와 화산재로 이루어져 있어서 끓는 물보다 다섯 배나 뜨거웠다.

프론토는 바닷길밖에는 빠져나갈 수 있는 방법이 없다는 걸 알게 되었고, 스타비아이로 가려던 발길을 헤르쿨라네움의 보트 창고로 돌렸다. 그러나 막상 보트 창고에 도착했을 때에는 배를 끌고 밖으로 나갈 수조차 없었다. 그곳에는 이미 백여 명의 사람들이 피신해 있었다. 그는 자신의 집 보트가 있는 곳을 찾아 그 위에 누웠다. 늘 무언가를 훔치는 재주가 있는 카시야라는 여자 노예가 그의 곁으로 슬금슬금 다가가고 있었다.

그때 고문실에서 탈출한 디아볼루스는 자신의 마을로 도망치던 중이었다. 그는 빨리 헤르쿨라네움으로 가기 위해 지름길을 택했다. 그 난리 통에도 두 손을 벌리고 기도하는 이가 있었는데, 신은 없다고 악을 쓰는 사람도 있었다. 그 순간 갑자기 앞이 밝아왔는데, 사람들은 신께서 나타났다고 비명을 질렀다. 그러나 그것은 신이 아니라, 그곳을 향해 다가오는 불길이었다. 불길은 곧 멈추었고, 무거운 잿더미가 사방에서 날아오기 시작했다. 디아볼루스는 거기에 파묻히지 않기 위해 필사적으로 뛰다가 사람들이 웅성거리는 소리를 듣고는 보트 창고로 피신했다.

프론토는 창고로 들어오는 그를 보자 숨을 죽였다. 보트 창고에 들어선 디아볼루스는 주변을 둘러보았다. 상체를 벗고 있던 디아볼루스의 뱃가죽에서 연신 피가 흘러내렸다. 그는 배를 움켜쥐고 두리번거리다가 곧장 프론토 쪽으로 걸어왔다. 제일 화려하고 커 보이는 배를 향해서 다가왔던 것이다. 그는 프론토가 앉아 있는 배로 올라오더니 아무런 양해도 구하지 않고 벌렁 드러누웠다.

프론토는 몸을 일으켜 그의 몰골을 훑어보고는 알 수 없는 미소를 지었다. 그러고는 자신의 가슴에서 파피루스를 꺼냈다. 그는 파피루스에 그려진 그림을 들여다보고는 다시 의미심장한 웃음을 흘렸다. 그는 천천히 디아볼루스에게 다가가 이름을 불렀다. 처음에는 움찔하는 반응을 보이던 디아볼루스는 이내 코를 골기 시작했다.

그사이 밖의 난리가 심상치 않자, 안에 있는 사람들이 창고 문을 닫자고 제안했다. 아직 올 가족을 기다리고 있던 사람들과 닫자는 사람들 사이에서 싸움이 일어났고, 창고 안은 순식간에 아수라장이 되었다. 그제야 부스스 눈을 뜬 디아볼루스는 자신의 눈을 의심했다. 그의 눈앞에 펼쳐진 낯익은 파피루스의 필체는 지금껏 그에게 벽화의 위치와 살인할 사람, 살해 방법 등을 지시하던 필체와 똑같았다. 이번에는 검투사의 그림이 그려 있었다. 피 묻은 칼을 쥐고 있는 검투사의 머리 위에는 디아볼루스라는 자신의 이름이 쓰여 있었고, 자신이 죽여야 할 상대편 검투사의 머리 위에는 '베루스'라고 쓰여 있었다.

"마지막 임무를 주려 했는데, 붙잡혔더군. 그런데 아직도 살아 있다니, 놀랍지 않나? 아무리 진실을 말해도 아무도 네놈 말을 믿지 않았겠지?"

반쪽이나 달아난 디아볼루스의 콧방울이 실룩거렸다. 프론토는 여전히 파피루스를 펼쳐 들고 미친 듯이 지껄여댔다.

"유피테르, 마르스, 오르쿠스 신*께 빌다가 네놈을 택했지. 복수를 하기에는 신들보다 인간의 손을 빌리는 게 훨씬 빠르지. 뭐 물론 비밀 유지가 좀 힘들긴 하지만, 방법이 없는 건 아니니까. 이유가 궁금한가?"

디아볼루스는 천천히 몸을 일으켰다.

"그게 궁금하겠지? 그래, 복수라고 해두지. 아마도 그 일이 아니었다면 내 사랑스러운 동생 클라우디아의 눈은 훨씬 밝고 아름다운 것들을 보면서 행복할 수 있었을 거야. 게다가 나는 구부

---

* 맹세를 어긴 자를 처벌하는 신들.

정한 등신으로 평생 연애 한 번 못 하고 살지는 않았겠지! 어머니는 왜 우리보다 노예 놈을 챙겼을까?"

거기까지 듣고 있던 디아볼루스가 피 묻은 손으로 파피루스를 치우고는 얼굴을 드러냈다. 프론토는 디아볼루스의 얼굴에서 유독 이글거리는 눈을 뚫어지게 바라보며 말을 계속했다. 마치 그의 눈이 어머니라도 되는 것처럼.

"그다음엔 뭐였더라? 그래, 처음엔 어머니를 궁지로 몰고 싶었어. 다음엔 폼페이 돌아가는 꼴을 참을 수가 없었어. 터무니없잖은가! 그러다 보니…… 그거 참 묘하더라고. 내가 마치 신이 된 것 같았…… 허헉!"

디아볼루스는 프론토의 말이 채 끝나기 전에 그의 목을 움켜쥐고는 새의 모가지처럼 비틀었다. 디아볼루스는 저승사자의 얼굴이었다. 마치 자신이 심판해야 할 가장 중요한 사건에 대해 최선을 다하는 신의 얼굴을 하고 있었다. 그 틈을 타 아까 슬금슬금 기어 온 카시야라는 노예가 프론토의 주머니를 낚아챘다. 그녀는 주머니를 열고 보석을 꺼내더니 황홀한 얼굴이 되었다.

그때 보트 창고로 화산재가 쏟아져 들어왔다. 프론토는 꺼져가는 의식 속에서 문 옆에 모여 있던 네 명의 가족을 보았다. 한 번도 저런 모습으로 있어본 적 없는 그의 가족들 얼굴이 빠르게 스쳐갔다. 쏟아져 들어온 화산재의 열기가 문 옆의 가족에게 닿는 순간, 그들의 피부조직이 증발하고 숯으로 변해버렸다.

디아볼루스가 프론토의 숨통을 완전히 조일 때 화산재는 그들을 향해 쏜살같이 달려와서 두 사람의 꼬리를 덥석 물었다.

순식간에 그들의 치아와 뼈들이 유리처럼 산산이 깨졌다. 짧은 생의 절반 이상을 복수로 고뇌하던 프론토의 뇌는 순식간에 끓어오르며 폭발했다. 디아볼루스는 프론토의 목을 쥔 채, 그리고 옆에 있던 카시야는 보석을 손에 쥔 채 숯덩이가 되었다. 인생에 대한 어떤 회한이나 고통도 느낄 수 없는 찰나의 순간이었다.

저녁 8시. 분화가 시작된 지 일곱 시간이 되자 거리는 폐허가 되었고, 속돌이 문 앞에 쌓여서 문도 열리지 않았다. 그들은 이제 집 안에서 살아남을 궁리를 해야 했다. 빗물을 받는 용도로 만든 임플루비움 때문에 허약한 지붕은 계속 쌓이는 속돌을 견디지 못하고 폭삭 무너져 내렸다.

묘지 안에서는 에우마키아와 두 여자가 혼절했다 깨어난 사람을 위해 애쓰고 있었다. 쏟아져 내린 속돌이 이미 묘지 입구를 덮어버린 지는 오래이고, 뜨거운 가스와 화산재가 새어 들기 시작했다. 깨어난 여자는 고통스럽게 물을 찾았으나, 물은 이미 바닥난 지 오래였다. 에우마키아는 제단 위에 바쳤던 마지막 포도주 한 잔을 가져왔다. 그리고 누워서 헐떡이는 여자의 입술에 포도주를 흘려주었다. 미친 듯이 포도주를 빨아 먹던 여자가 이번에는 경련을 시작했다. 그 거친 호흡은 죽음을 훨씬 더 빨리 불러왔다.

뜨거운 가스와 화산재를 마신 그들의 폐에 액체가 고이기 시작했다. 발작을 하느라 너무 많은 숨을 몰아쉬던 여자는 어느

순간 경련을 멈추더니 아예 숨까지 멈추어버렸다. 에우마키아
는 축 늘어진 여자의 얼굴에 흰 아마포를 덮어주었다. 그녀도
남은 두 사람과 같이 숨을 몰아쉬며 발갛게 질려가기 시작했다.
그들의 폐에 고인 액체와 뒤섞인 화산재가 기도 속에서 축축한
시멘트 상태로 변해가고 있었다. 기도하며 호흡을 계속할수록
젖은 시멘트는 더 뻣뻣해졌다.

　에우마키아는 불을 삼킨다는 표현을 그제야 절감했다. 자식
을 노예로 기르면서 삼켰던 뜨거운 돌멩이와 별다를 것이 없다
고 생각했으며, 이제야 그 죄의 대가를 받는다고 생각하며 눈을
감고 기꺼이 심판을 기다렸다.

　새벽 6시, 네아폴리스 만 주변의 마을 전체에 대진동이 있었
다. 그 격렬한 진동은 베수비우스 분화의 본격적인 신호탄이었
다. 화산 내부에 고여 있던 마그마의 방이 무너졌다. 제2의 화쇄
난류가 시작됐다. 이번에는 그 뜨거운 파도가 폼페이를 향해 달
려 내려왔다. 시속 100킬로미터의 속도로 달려 내려온 화산분
출물들이 폼페이에 닿는 데는 채 몇 분이 걸리지 않았다. 맹렬
한 기세로 달린 화산재 구름은 다행히 북쪽 성벽 못 미쳐 기력
을 잃고 속도가 느려졌다. 그러나 이번에는 유독가스가 폼페이
를 가득 메우기 시작했다. 이산화탄소는 사람들을 질식시키고
염화수소는 눈과 기도를 부식시킨다. 그리고 이 두 기체가 만나
면 치명적이다.

　폴리비우스는 그가 사랑하는 앵무새의 조잘거리는 애무를

듣기 위해 새장을 열었지만, 새들은 이미 축 늘어져 있었다.

"신들이 노했어! 새로 태어난 신들 때문에 질투를 하신 거야……."

뜨거운 가스와 화산재를 들이마신 폴리비우스의 폐에 액체가 고이기 시작했다. 그는 열에 들떠 신음하며 소리쳤다.

"유피테르 신이시여, 제발!"

그가 올린 기도에 대한 응답처럼, 거리를 메운 유독가스가 그의 집 안으로 빠르게 밀려들었다.

그 시각, 스테파누스는 탈진 상태에 빠져버렸다. 화산의 열기에 의해 물이 바닥나고 수도관이 파괴되어 마실 물도 없었다. 그때 세탁조에서 출렁거리는 오줌물이 그의 눈에 들어왔다. 그는 1초의 망설임도 없이 세탁조에 얼굴을 처박고 오줌을 들이켰다.

유독가스가 거리를 꽉 채우고, 이제 집 안에 남은 그도 이산화탄소에 질식하기 시작했다. 플로시아의 기도문처럼 스테파누스는 오물을 마시고 죽어갔다. 염화수소에 의해 눈과 귀가 부식된 스테파누스의 죽음은 길고 고통스럽게 이어졌다.

검투사 막사에도 마지막 시간이 찾아왔다.

플로시아가 알라바스테르을 꺼내 들고 희미하게 웃었다.

"독인삼이에요. 우리를 편안하게 인도해줄 거예요."

그녀는 먼저 베루스에게 반을 먹이려 했다. 그러나 베루스는 고개를 저으며 저항의 뜻을 보였다. 그녀는 베루스를 설득했다.

"독은 복수로 쓰이면 독약이 되지만, 사랑을 만나면 양약이 되는걸요."

독가스가 막사 안으로 흘러들어 등잔불이 꺼질 듯 까불거리기 시작했다. 그 불을 바라보던 두 사람의 눈빛이 한데 엉켜서 풀어지지 않았다.

"여기까지 오는 데에도 수없이 죽을 뻔했어요."

"당신은 안 돼요. 나 혼자만 신께 바쳐지면 되는 거요."

플로시아는 처연한 미소를 지으며 고개를 가로저었다.

"저 등잔불을 보면서도 그래요? 우린 어차피 죽을 거예요. 편히 가는 길을 택한 것뿐이에요. 서로를 기다리며 애태우지 않아도 되는 곳으로요."

곧 숨이 멎을 듯한 가스가 한차례 휘몰아쳤다. 밖에서 들려오던 아우성도 어느새 잠잠해지고 이제는 고요함만 남았다. 그녀는 자신이 먼저 알라바스테르에 입을 대고 백색 가루를 흡입했다. 그러자 베루스가 병을 낚아채더니 나머지를 단숨에 삼켜버렸다.

플로시아는 다시 베루스의 몸 위로 기어 올라가면서 중얼거렸다.

"뒤늦게 이토록 당신을 사랑하다니요……."

베루스는 언젠가 에우마키아가 했던 것처럼 가슴에 손을 얹고 말했다.

"모든 불행은 여기서 나오지요……. 그러나 행복도 여기에서 비롯된다오."

두 사람은 얼굴을 마주하고 꺼져가는 서로의 숨소리에 귀를 기울였다. 베루스가 고통스럽게 입을 열었다.

"만약…… 내가 죽어가지 않았다면, 당신은 나를 사랑할 수 없었을 거요."

"어떻게 시작되었는지는 중요하지 않아요. 어떻게 사랑하는지가 중요해요. 이렇게 사랑한다는 사실, 그뿐이에요."

이윽고 그녀의 다리가 무거워졌다.

"죽음이 벌써 무릎까지 올라왔어요. 당신은 느껴지세요?"

"상사병으로 죽는 게 아니니…… 괜찮소……."

"아, 점점 올라오고 있어요. 이게 심장까지 오면…… 그러면 우리는 같이 떠나는 거예요."

"고맙소……."

플로시아는 발과 다리의 감각이 사라지고 나자, 자신의 정강이를 눌러보았다. 그리고 베루스의 허리와 어깨 팔을 더듬거렸지만, 그는 벌써 감각이 없어진 듯했다. 독인삼은 베루스를 훨씬 빨리 점령해버렸다. 어차피 그는 이틀 전부터 죽어가는 중이었다. 점점 단단한 무언가가 그녀의 배를 향해 올라오고 있었다.

"고맙다니요……."

"……."

베루스는 눈을 뜬 채 아무 말도 없었다. 그녀는 이미 심장까지 굳어버린 베루스의 체취를 맡기 위해 몸부림쳤다. 피를 내주면서까지 그녀를 얻기 위해 몸부림치던 남자가 풍기는 그 인상

적인 냄새를 맡으면서, 그녀는 눈물 없이 울었다. 그리고 어서
빨리 자신의 심장이 점령당하기를 기다렸다. 결국은 그녀에게
도 결정적인 호흡곤란이 찾아왔다……

에필로그

……그리고 밑부분의 굉음과 함께 화쇄난류가 네아폴리스 만을 가로질렀다. 화산의 마지막 공격이 시작된 것이다. 꾸역꾸역 피어오른 그 검은 구름은 미친 사자들처럼 뛰쳐나와 수천 명의 피난민을 떼죽음 속으로 몰아넣었다. 로마에서는 더러운 눈과 같은 화산재가 하늘에서 떨어졌다. 불과 열여덟 시간 동안에 저 베수비우스는 1천억 톤에 달하는 속돌과 암석, 그리고 화산재를 토해냈다. 로마에서 구조를 왔으나 손을 댈 수가 없었다.

살인자는 죽기 전에도 살인을 하고, 도둑은 죽으면서도 훔쳤으며, 사랑하는 자는 사랑하면서 죽었다. 옆 마을 헤르쿨라네움의 주민들도 25미터의 속돌과 화산재에 묻혀버렸고, 그렇게 폼페이와 함께 화석이 되었다.

이틀 뒤에 그 잔해 속을 뒤지는 사람들이 있었다. 그중에는 그라티아와 클라우디아, 저 멀리에는 비극시인도 보였다. 그때

산 위에서 한 차례 굉음이 들려왔다. 그리고 마침내 구름이 사라졌고, 베수비우스 화산은 또다시 침묵에 잠겼다. 폼페이는 결국 로마 제국의 명암을 동시에 투영한 채, 그 시간 속에 1500년간 잠들어 있었다.

1594년 수도관 공사를 하다가 발견된 폼페이는 고대 신전과 상점, 희생자들의 유골과 그들의 석고상 등이 고스란히 보존되어 있다. 카시야라는 이름의 여자는 보석을 손에 움켜쥔 채로 발견되었고, 검투사 막사에서는 두 남녀의 유골과 기이한 등잔이 뒹굴고 있었다. 빵 가게에서는 8등분 된 빵이 오븐 안에 들어 있었고, 금 열 조각과 커다란 열쇠를 쥔 채 화석이 된 남자의 유골이 나왔다. 공동묘지 지구에서는 파헤쳐진 무덤도 몇 기 발견되었는데, 관 대신 돌 제단이 있는 커다란 묘지도 하나 있었다.
당시의 라틴어에 '화산'이라는 단어는 없었지만, 사랑과 음모, 배신과 질투, 권력이나 야망 같은 온갖 단어들은 지금처럼 똑같이 존재했다.

니체는 삶이 권태롭거든, 베수비우스 비탈에 집을 지으라고
했다. 현재 베수비우스는 사화산이 아니라, 휴화산이다. 언젠가
는 다시 분화할 것이다. 2천 년 전에 일어났던 그 일은 우리 주변
에도 얼마든지 널려 있다. 반드시 언제, 어디에서만 불행이 일어
난다는 법은 없다. 그 화산은 현재 우리의 가슴에서도 잠자고 있
을 테니까.

폼페이에 처음 간 것은 2007년이었다. 유적지의 폐허를 돌아
보고 호텔 객실에 들어섰을 때, 침대 위에 걸려 있던 소녀의 초상
화가 눈길을 끌었다. 폼페이가 화산으로 묻힐 때 죽은 소녀라는
이야기에 섬뜩했는데, 얼마 지나지 않아 그 소녀가 궁금해지기
시작했다. 소설은 그렇게 시작되었다.

처음 소설을 구상하면서 몇 가지 플롯에 따른 인칭을 고민하
다가, 탐탁지 않아서 미뤄두었다. 어느 날, BBC 다큐에서 폼페

이를 다시 보았을 때, 뭔가 손에 잡힐 듯했다. 세탁소가 열두 군데였다는 것, 검투사 막사에서 발굴된 남녀의 해골, 그리고 곳곳의 낙서들과 벽화들……

　그 당시에는 오줌으로 빨래를 했으므로 세탁소에 오줌을 나르던 노예가 있을 것이라는 생각에서 주인공이 탄생했다. 당연히 그의 연인은 세탁소에 있었을 것이다. 그 생각을 하면서 짐을 꾸려 폼페이로 떠났다. '에르콜라노' 역 근처에 머물면서 매일 폼페이 유적지에 나가 하루를 보냈다. 2천 년 전의 폼페이가 몇 년간 내 안에 머물면서 그제야 발효되는 것 같았다.

　폼페이 지도와 사진을 가지고 돌아와, 내 방에 부적처럼 걸어두었다. 온 사방 벽에 삼베 줄을 걸어서 폼페이 사진을 다닥다닥 붙였고, 모니터 옆에는 지도를 붙여놓았다. 그리고 외부와 나 자신을 격리시키고는, 그 방에 들어앉았다. 행복했다!

　그 방 안에 들어서는 순간, 나는 정확히 서기 79년의 여름으로 들어가기 위해 애를 썼다. 그곳에서 땀방울을 흘리며 오줌통을 지고 가는 베루스를 만나고, 그의 연인과 그를 흠모하는 암늑대 거리의 수많은 여인들을 보았으며, 오만방자하지만 미워할 수 없는 시장 폴리비우스와 독살 염려증의 세탁소 주인도 보았다. 뜨거운 젊음을 보낸 에우마키아의 고뇌를 만났고, 그런 어머니를 둔 프론토의 비극적이고 섬세한 눈을 상상했다.

　소설을 쓰면서 이런 생각을 하며 자주 웃었다. "정말, 소설 쓰고 있네!" 의도된 스토리에 인물을 사용한 것이 아니라, 철저히 인물들에 의해 쓰인 소설이다.

끝으로 미안한 말과 고마운 말을 각각 전하고 싶다. 이 소설을 쓰는 동안, 정확히는 내가 2천 년 전의 폼페이로 들어가 있을 때, 나를 찾아 1층에 내려와 기웃거리던 엄마를 애써 외면한 일이다. 되도록 말도 아꼈다. 엄마라는 일상을 만나러 나갔다가 다시 2천 년 전으로 돌아오려면, 많은 시간이 걸리는 관계로 세 번에 한 번은 엄마를 외면했다. 부디, 용서하시길······.

2010년 가을, 느닷없이 폼페이로 떠날 때 여행을 책임지고 동행해준 정미에게 고마움을 전한다. 베수비우스 화산 정상에 올랐을 때, 그녀가 한 말을 정확히 기억한다. "집에 돌아가면 아버지 안아드려야지······. 나를 낳아주시고, 이런 장관을 보게 해주셔서 고맙다고!" 나는 그때 못한 말을 소설 출간을 기회로 해야겠다. 그 폐허에 동행해줘서, 정말 고마웠어!

한지수

참고 도서
폼페이 농업·경제에 대한 정보와 벽화의 음담패설, 헤도네 어인숙, 아셸리나의
술집 등은 시공디스커버리 총서 『폼페이 최후의 날』을 참조하여 소설적 구성으
로 끌어들였으며, 서기 62년에 일어난 지진 장면은 국민서관의 『폼페이의 발견』
에서 참조하였고, 해나무의 『독약의 박물지』에서는 사건의 발단(독살)을 구성하
는 데에 많은 도움을 받았다.

파묻힌 도시의 연인

© 한지수, 2015

1쇄 발행일 | 2015년 10월 13일

지은이 | 한지수
펴낸이 | 정은영
책임편집 | 이지웅

펴낸곳 | 네오북스
출판등록 | 2013년 04월 19일 제2013-000123호
주   소 | (우 04047) 서울시 마포구 양화로 6길 49
전   화 | 편집부 (02)324-2347, 경영지원부 (02)325-6047
팩   스 | 편집부 (02)324-2348, 경영지원부 (02)2648-1311
E-mail | neofiction@jamobook.com

ISBN 979-11-5740-122-2 (04810)
       979-11-5740-121-5 (set)

이 도서의 국립중앙도서관 출판시도서목록(CIP)은 서지정보유통지원시스템 홈페이지
(http://seoji.nl.go.kr)와 국가자료공동목록시스템(http://www.nl.go.kr/kolisnet)에서
이용하실 수 있습니다.(CIP제어번호: CIP2015026168)